炮火下的孩子

王鲁彦◎著

中国言实出版社

图书在版编目(CIP)数据

炮火下的孩子 / 王鲁彦著 . -- 北京 : 中国言实出版社 , 2021.2
ISBN 978-7-5171-3792-4

Ⅰ . ①炮… Ⅱ . ①王… Ⅲ . ①短篇小说－小说集－中国－当代 Ⅳ . ① I247.7

中国版本图书馆 CIP 数据核字（2021）第 027731 号

出 版 人 王昕朋
责任编辑 代青霞
责任校对 王战星

出版发行 中国言实出版社

地　址：北京市朝阳区北苑路 180 号加利大厦 5 号楼 105 室
邮　编：100101
编辑部：北京市海淀区花园路 6 号院 B 座 6 层
邮　编：100088
电　话：64924853（总编室） 64924716（发行部）
网　址：www.zgyscbs.cn
E-mail：zgyscbs@263.net

经　　销 新华书店
印　　刷 北京盛通印刷股份有限公司
版　　次 2021 年 4 月第 1 版　2021 年 4 月第 1 次印刷
规　　格 710 毫米 ×1000 毫米　1/16　15.5 印张
字　　数 230 千字
定　　价 62.00 元　ISBN 978-7-5171-3792-4

王鲁彦（1901—1944），原名王燮臣，又名王衡、鲁彦、返我，浙江镇海人。少年时期曾受过高小教育。1920 年，参加由李大钊、蔡元培等创办的工读互助团，自上海到北京大学旁听。受“五四”新文学运动影响，走上文学道路，是文学研究会成员之一，被鲁迅称为乡土文学作家。

主要作品有长篇小说《野火》（又名《愤怒的乡村》）等，短篇小说《我们的喇叭》《伤兵旅馆》《杨连副》《炮火下的孩子》《陈老奶》《千家村》《樱花时节》等，翻译书目《犹太小说集》、《给海兰的童话》（童话集）等。此外，还有一些短评、散文与随笔。

目录

黄　金

陈四桥虽然是一个偏僻冷静的乡村，四面围着山，不通轮船，不通火车，村里的人不大往城里去，城里的人也不大到村里来。但每一家人家却是设着"无线电话"的，关于村中和附近地方的消息，无论大小，他们立刻就会知道，而且，这样详细，这样清楚，仿佛是他们自己做的一般。例如，一天清晨，桂生婶提着一篮衣服往河边去洗涤，走到大门口，遇见如史伯伯由一家小店里出来，一眼瞥去，看见他手中拿着一个白色的信封，她就知道如史伯伯的儿子来了信了，眼光转到他的脸上去，看见如史伯伯低着头一声不响地走着，她就知道他的儿子在外面不很如意了，倘若她再叫一声说："如史伯伯，近来萝菔很便宜，今天我和你去合买一担来好不好？"如史伯伯摇一摇头，微笑着说："今天不买，我家里还有菜吃。"于是她就知道如史伯伯的儿子最近没有钱寄来，他家里的钱快要用完，快要……快要……了。

不到半天，这消息便会由他们自设的"无线电话"传遍陈四桥，由家家户户的门缝里窗隙里钻了进去，仿佛阳光似的，风似的。

的确，如史伯伯手里拿的是他儿子的信，一封不很如意的信。最近，信中说，不能寄钱来。的确，如史伯伯的钱快要用完了，快要……快要……

如史伯伯很忧郁，他一回到家里便倒在藤椅上，躺了许久，随后便在房子里踱来踱去，苦恼地默想着。

"悔不该把这些重担完全交给了伊明，把自己的职务辞去，现在……"他想，"现在不到两年便难以维持，便要摇动，便要撑持不来原先的门面了……悔不该——但这有什么法子想呢？我自己已是这样的老，这样的衰，讲了话马上就忘记，算账常常算错，走路又踉踉跄跄，谁喜欢我去做账房，谁喜欢我去做跑街，谁喜欢我……谁喜欢我呢？”

如史伯伯想到这里，忧郁地举起两手往头上去抓，但一触着头发脱了顶的光滑的头皮，他立刻就缩回了手，叹了一口气，这显然是悲哀侵占了他的心，觉得自己老得不堪了。

“你总是这样的不快乐。”如史伯母忽然由厨房里走出来，说。她还没有像如史伯伯那么老，很有精神，一个肥胖的女人，但头发也有几茎白了。“你父母留给我们的只有一间破屋、一口破衣橱、一张旧床、几条板凳，没有田，没有多的屋。现在，我们已把家庭弄得安安稳稳，有了十几亩田，有了几间新屋，一切应用的东西都有，不必再向人家去借，只有人家向我们借，儿子读书知礼，又很勤苦——弄到这步田地，也够满意了，你还是这样忧郁做什么！”

“我没有什么不满意，”如史伯伯假装出笑容，说，“也没有什么不快乐，只是在外面做事惯了，有吃有笑有看，住在家里冷清清的，没有趣味，所以常常想，最好是再出去做几年事，而且，儿子书虽然读了多年，但毕竟年纪还轻，我不妨再帮他几年。”

“你总是这样的想法，儿子够能干了，放心吧。哦，我昨晚做了一个梦，忘记告诉你了，我看见伊明戴了一顶五光十色的帽子，摇摇摆摆地走进门来，后面七八个人抬着一口沉重的棺材，我吓了一跳，醒来了。但是醒后一想，这是一个好梦：伊明戴着五光十色的帽子，一定是做了官了；沉重的棺材，明明就是做官得来的大财。这几天，伊明一定有银信寄到的了。”如史伯母说着，不知不觉地眉飞色舞地欢喜起来。

听了这个，如史伯伯的脸上也现出了一阵微笑，他相信这帽子确是官帽，棺材确是财。但忽然想到刚才接得的信，不由得又忧郁起来，脸上的笑容又飞散了。

“这几天一定有钱寄到的，这是一个好梦。”他又勉强装出笑容，说。

刚才接到了儿子一封信，他没有告诉她。

第二天午后，如史伯母坐在家里寂寞不过，便走到阿彩婶家里去。阿彩婶平日和她最谈得来，时常来往，她们两家在陈四桥都算是第二等的人家。但今天不知怎的，如史伯母一进门，便觉得有点异样：那时阿彩婶正侧面地立在巷子那一头，忽然转过身去，往里走了。

“阿彩婶，午饭吃过了吗？”如史伯母叫着说。

阿彩婶很慢很慢地转过头来，说：“啊，原来是如史伯母，你坐一坐，我到里间去去就来。”说着就进去了。

如史伯母是一个聪明人，她立刻又感到了一种异样：阿彩婶平日看见她来了，总是搬凳拿茶，嘻嘻哈哈地说个不休；做衣的时候，放下针线；吃饭的时候，放下碗筷。今天只隔几步路侧着面立着，竟会不曾看见，喊她时，她只掉过头来，说“你坐一坐”就走了进去，这显然是对她冷淡了。

她闷闷地独自坐了约莫十五分钟，阿彩婶才从里面慢慢地走了出来。

“真该死！他平信也不来，银信也不来，家里的钱快要用完了也不管！”阿彩婶劈头就是这样说，“他们男子都是这样，一出门，便任你是父亲母亲、老婆子女，都丢开了。”

“不要着急，阿彩叔不是这样一个人。”如史伯母安慰她说。但同时，她又觉得奇怪了：十天以前，阿彩婶曾亲自对她说过，她还有五百元钱存在裕生木行里，家里还有一百几十元，怎的今天忽然说快要用完了呢？

过了一天，这消息又因“无线电话”传遍了陈四桥：如史伯伯接到儿子的信后，愁苦得不得了，要如史伯母跑到阿彩婶那里去借钱，但被阿彩婶拒绝了。

有一天是裕生木行老板陈云廷的第三个儿子结婚的日子，满屋都挂着灯结着彩，到的客非常多。陈四桥的男男女女都穿得红红绿绿，不是绸的便是缎的。对着外来的客，他们常露着一种骄矜的神气，仿佛说：你看，裕生老板是四近首屈一指的富翁，而我们，就是他的同族！

如史伯伯也到了。他穿着一件灰色的湖绉棉袍、玄色大花的花缎马褂。他在陈四桥的名声本是很好，而且，年纪都比别人大，除了一个七十岁的阿瑚先生。因此，平日无论走到哪里，都受族人的尊敬。但这一天不知怎的，他觉得别人对他冷淡了，尤其是当大家笑嘻嘻地议论他灰色湖绉棉袍的时候。

“呵，如史伯伯，你这件袍子变了色了，黄了！”一个三十来岁的人说。

“真是，这样旧的袍子还穿着，也太俭省了，如史伯伯！”绰号叫作小耳朵的珊贵说，接着便是一阵冷笑。

“年纪老了还要什么好看，随随便便算了，还做什么新的，知道我还能活……”如史伯伯想到今天是人家的喜期，说到“活”字便停了口。

“老年人都是这样想，但儿子总应该做几件新的给爹娘穿。”

“你听，这个人专门说些不懂世事的话，阿凌哥！”如史伯伯听见背后稍远一点的地方有人这样说，“现在的世界，只有老子养儿子，还有儿子养老子的吗？你去打听打听，他儿子出门一年多了，寄了几个钱给他！年轻的人一有了钱，不是赌就是嫖，还管什么爹娘！”接着就是一阵冷笑。

如史伯伯非常苦恼，也非常生气，这是他第一次听见人家的奚落。的确，他想，儿子出门一年多，不曾寄了多少钱回家，但他是一个勤苦的孩子，没有一刻忘记过爹娘，谁说他是喜欢赌喜欢嫖的呢？

他生着气踱到别一间房子里去了。

喜酒开始，大家嚷着“坐，坐”，便都一一地坐在桌边，没有谁提到如史伯伯，待他走到，为老年人而设、地位最尊敬，也是他常坐的第一二桌已坐满了人，次一点的第三第五桌也已坐满，只有第四桌的下位还空着一位。

“我坐到这一桌来。”如史伯伯说着，没有往凳上坐。他想，坐在上位的品生看见他来了，一定会让给他的。但是品生看见他要坐到这桌来，便假装着不注意，和别个谈话了。

“我坐到这一桌来。”他重又说了一次，看有人让位子给他没有。“我让给你。”坐在旁边、比上位卑一点地方的阿琴看见品生故意装作不注意，过意不去，站起来，坐到下位去，说。

如史伯伯只得坐下了。但这侮辱是这样让人难以忍受，他几乎要举起拳头敲碗盏了。

“品生是什么东西！”他愤怒地想，“三十几岁的木匠！他应该叫我伯伯！平常对我那样恭敬，而今天，竟敢坐在我的上位！”

他觉得隔座的人都诧异地望着他，便低下了头。

平常，大家总要谈到他，当面称赞他的儿子如何能干、如何孝顺，他的福气如何好、名誉如何好，又有田，又有钱。但今天座上的人都仿佛没有看见他似的，只是讲些别的话。

没有终席，如史伯伯便推说已经吃饱，郁郁地起身回家了。甚至没有走得几步，他还听见背后一阵冷笑，仿佛正是对他而发的。

“品生这东西！我有一天总得报复他！”回到家里，他气愤地对如史伯母说。

如史伯母听见他坐在品生的下面，几乎气得要哭了。

“他们明明是有意欺侮我们！”她哽着声说，“咳，运气不好，儿子没有钱寄给家里，人家就看不起我们，欺侮我们了！你看，这班人多么会造谣言：不知哪一天我到阿彩婶那里去了一次，竟说我是向她借钱去的，怪不得她许久不到我这里来了，见面时总是冷淡淡的。”

“伊明再不寄钱来，真是要倒霉了！你知道，家里只有十几元钱了，天天要买菜买东西，如何混得下去！”

如史伯伯说着，又忧郁起来，他知道这十几元钱用完时，是没有地方去借的。虽然陈四桥尽多有钱的人家，但他们都一样小气，你还没有开口，他们就先说他们怎样的穷了。

三天过去，第四天晚上，如史伯伯最爱的十五岁小女儿放学回来，把书包一丢，忍不住大哭了。如史伯伯和如史伯母好不伤心，看见最钟爱的女儿哭了起来，他们连忙抚慰着她，问她哭什么。过了许久，几乎如史伯母也要流泪了，她才停止啼哭，呜呜咽咽地说：

“在学校里，天天有人问我，我的哥哥写信来了没有，寄钱回来了没有。许多同学，原先都是和我很要好的，但自从听见哥哥没有钱寄来，都和我冷淡了，而且还不时地讥笑地对我说：‘你明年不能读书了，你们要倒霉了，你爹娘生了一个这样的儿子！’先生对我也不和气了，他总是天天地骂我愚蠢……我没有做错的功课，他也说我做错了……今天，他出了一个题目，叫作《冬天的乡野》，我做好交给他看，他起初称赞说，做得很好，但忽然发起气来，说我是抄的！我问他从什么地方抄来，有没有证据，他回答不出来，反而愈加气怒，不由分说，拖去打了二十下手心，还叫我面壁一点钟……”她说到这里又哭了，“他这样冤枉我……我不愿意再到那里读书去了……”

如史伯伯气得呆了，如史伯母也只会跟着哭。他们都知道那位先生的脾气：对于有钱人家的孩子一向和气，对于没有钱人家的孩子只是骂打的，无论他错了没有。

“什么东西！一个连中学也没有进过的光蛋！”如史伯伯拍着桌子说，“只认得钱，不认得人，配做先生！”

“说来说去，又是自己穷了，儿子没有寄钱来！咳，咳！”如史伯母揩着女儿的眼泪说，“明年让你到县里去读，但愿你哥哥在外面弄得好！”

一块极其沉重的石头压在如史伯伯夫妻的心上似的，他们都几乎透不过气来了。真的穷了吗？当然不穷，屋子比人家精致，田比人家多，器用什物比人家齐备，谁说穷了呢？但是，但是，这一切不能拿去当卖！四周的人都睁着眼睛看着你，如果你给他们知道，那么你真的穷了，比讨饭的还要穷了！讨饭的，人家是不敢欺侮的；但是你，一家中等人家，如果给了他们一点点，只要一点点穷的预兆，那么什么人都要欺侮你了，比对于讨饭的，对于狗，还厉害！

过去了几天忧郁的时日，如史伯伯的不幸又来了。

他们夫妻两个只生了一个儿子、二个女儿：儿子出了门，大女儿出了嫁，现在住在家里的只有三个人。如果说此外还有，那便只有那只年轻的黑狗了。来法，这是黑狗的名字。它生得这样伶俐、这样可爱；它日夜只是躺在门口，不常到外面去找情人，或去偷别人家的东西吃。遇见熟人或是面貌和善的生人，它仍躺着让他进来；但如果遇见一个坏人，无论他是生人或熟人，它远远地就号了起来；如果没有得到主人的许可，他就想进来，那么它就会跳过去咬那人的衣服或脚跟。的确奇怪，它不晓得是怎样辨别的，好人或坏人，而它的辨别，又竟和主人所知道的无异。夜里，如果有什么声响，它便站起来四处巡行，直至遇见了什么意外，它才号，否则是不作声的。如史伯伯一家人是这样爱它，与爱一个二三岁的小孩一般。

一年以前，如史伯伯做六十岁生辰那一天，来了许多客。有一家人家差了一个曾经偷过东西的人来送礼，一到门口，来法就一声不响地跳过去，在他的脚骨上咬了一口。如史伯伯觉得它这一天太凶了，在它头上打了一下，用绳子套了它的头，把它牵到花园里拴着，又连忙向那个人赔罪，拿药给他敷。来法起初号着，挣扎着，但后来就躺下了。酒席散后，有的是残鱼残肉，伊云——如史伯伯的小女儿，拿去放在来法的面前喂它吃，它一点也不吃，只是躺着。伊云知道它生气了，连忙解了它的绳子。但它仍旧躺着，不想吃。拖它起来，推它出去，它也不出去。如史伯伯知道了，非常感动，觉得这惩罚的确太重了，走过去抚摩着它，叫它出去吃一点东西，它这才摇着尾巴走了。

“它比人还可爱！”如史伯伯常常这样说。

然而不知怎的，它这次遇了害了。

约莫在上午十点钟光景，有人来告诉如史伯伯，说是来法跑到屠坊去拾肉骨吃，肚子上被屠户阿灰砍了一刀，现在躺在大门口号着。如史伯伯和如史伯母听见都吓了一跳，急急忙忙跑出去看，果然它躺在那里号，浑身发着抖，流了一地的血。看见主人去了，它掉转头来望着如史伯伯的眼睛。它的目光是这样的凄惨动人，仿佛知道自己就将永久离开主人，再也看不见主人，眼泪要涌了出来似的。如史伯伯看着心酸，如史伯母流泪了。他们检查它的肚子，割破了一尺多长的地方，肠都拖出来了。

“你回去，来法，我马上给你医好，我去买药来。”如史伯伯推着它说，但来法只是望着号着，不能起来。

如史伯伯没法，急忙跑到药店里，买了一点药回来，给它敷上，包上。隔了几分钟，他们夫妻俩出去看它一次，临了几分钟，又出去看它一次。吃中饭时，伊云从学校里回来了。她哭着抚摩着它很久很久，如同亲生的兄弟遇了害一般伤心，看见的人也都心酸。看看它哼得好一些了，她又去拿肉和饭给它吃，但它不想吃，只是望着伊云。

下午两点钟，它哼着进来了，肚上还滴着血。如史伯伯忙找了一点旧棉花、旧布和草，给它做了一个柔软的窝，推它去躺着，但它不肯躺。它一直踱进屋后，满房走了一遍，又出去了，怎样留它也留不住。如史伯母哭了。她说它明明知道自己不能活了，舍不得主人和主人的家，所以又最后来走了一次，不愿意自己肮脏地死在主人的家里，又到大门口去躺着等死了，虽然已走不动。

果然，来法是这样的，第二天早晨，他们看见它吐着舌头死在大门口了，地上还流了一地的血。

“我必须为来法报仇！叫阿灰一样的死法！”伊云哭着，诅咒说。

“咳！不要作声，伊云，他是一个恶棍，没有办法的。受他欺侮的人多着呢！说来说去，又是我们穷了，不然他怎敢做这事情！”说着，如史伯母也哭了起来。

听见“穷”字，如史伯伯脸色渐渐青白了，他的心撞得这样利害：犹如雷雨狂至时，一个过路的客人用着全力急急地敲一家不相识者的门，恨不得立时冲进门去。

在他的账簿上，已只有十二元另几角存款。而三天后，是他们远祖的死忌，必须做两桌羹饭；供过后，给亲房的人吃，这里就须花六元钱。离小年——十二月二十四，只有十几天了，在这十几天内，店铺都要来收账，每一个收账的人都将说，“中秋没有付清，年底必须完全付清的，现在……”现在，现在怎

么办呢？伊明不是来信说，年底不限定能够张罗一点钱，在二十四以前寄到家吗？他几乎也急得流泪了。

三天过去，便是做羹饭的日子了。如史伯伯一清早便提着篮子到三里外的林家塘去买菜。簿子上写着，这一天羹饭的鱼，必须是支鱼。但寻遍鱼摊，如史伯伯也看不见一条支鱼，不得已，他买了一条米鱼代替。米鱼的价格比支鱼高，味道也比支鱼好，吃的人一定满意的，他想。

晚间，羹饭供在祖堂中的时候，亲房的人都来拜了。大房这一天没有人在家，他们知道二房轮着吃的是阿安，他的叔伯兄弟阿黑今年轮不到吃，便派阿黑来代大房。

阿黑是一个驼背的泥水匠，从前曾经有过不名誉的事，被人家在屋柱上绑了半天。他平常对如史伯伯是很恭敬的。这一天不知怎样，他有点异样：拜过后，他睁着眼睛，绕着桌子看了一遍，像在那里寻找什么似的。如史伯母很注意他。随后，他拖着阿安走到屋角里，低低地说了一些什么。

酒才一巡，阿黑便先动筷箝鱼吃。尝了一尝，便大声地说：

“这是什么鱼？米鱼！簿子上明明写的是支鱼！做不起羹饭，不如不做要好些！”

如史伯伯气得跳了起来，说：

“阿黑，支鱼买不到，用米鱼代还不好吗？哪种贵？哪种便宜？哪种好吃？哪种不好吃？”

“支鱼贵！支鱼好吃！”

“米鱼便宜！米鱼不好吃！”阿安突然也站了起来说。

如史伯伯气得呆了。别的人都停了筷，愤怒地看着阿黑和阿安，显然觉得他们是无理的。但因为阿黑这个人不好惹，都只得不作声。

“人家儿子也有，却没有看见过连羹饭钱也不寄给爹娘的儿子！米鱼代支鱼！这样不好吃！”阿黑左手拍着桌子，右手却只是箝鱼吃。

“你说什么话！畜生！”如史伯母从房间里跳了出来，气得脸色青白了，“没有良心的东西！你靠了谁，才有今天？绑在屋柱上，是谁把你保释的？你今天有没有资格说话？今天轮得到你吃饭吗？”

“从前管从前，今天管今天！我是代表大房！明年轮到我当办，我用鲤鱼来代替！鸭蛋代鸡蛋！小碗代大碗！”阿黑似乎不曾生气，这话仿佛并不是由他口里出来，而是由另一个传声机里出来一般。他只是喝一口酒，箝一筷鱼，慢吞吞地吃着。如史伯母还在骂他，如史伯伯在和别人谈论他的不是，他仿佛都不曾听见。

几天之后，陈四桥的人都知道如史伯伯的确穷了：别人家忙着买过年的东西，他没有买一点，而且没有钱给收账的人，总是约他们二十三，而且连做羹饭也没有钱，反而给阿黑骂了一顿，而且有一天跑到裕生木行那里去借钱，没有借到，而且跑到女婿家里去借钱，没有借到，坐着船回来，船钱也不够，而且……而且……

的确，如史伯伯着急得没法，曾到他女婿家里去借过钱。女婿不在家里。和女儿说着说着，他哭了。女儿哭得更厉害。伊光——他的大女儿，最懂得陈四桥人的性格：你有钱了，他们都来了，对神似的恭敬你；你穷了，他们转过背去，冷笑你，诽谤你，尽力地欺侮你，没有一点人心。她小时，不晓得在陈四桥受了多少的气，看见了多少这一类的事情。现在，想不到竟转到老年的父母身上了。她越想越伤心起来。

“最好是不要住在那里，搬到别的地方去。”她哭着说，“那里的人比畜生还不如！”

“别的地方就不是这样吗？咳！”老年的如史伯伯叹着气说。

伊光答应由她具名打一个电报给弟弟，叫他赶快电汇一点钱来，同时她又叫丈夫设法，最后给了父亲三十元钱，安慰着，含着泪送她父亲到船边。

但这三十元钱有什么用呢？当天付了两家店铺就没有了。店账还欠着五十几元。过年不敬神是不行的，这里还需十几元。

在他的账簿上，只有三元另几个铜子的存款了！

收账的人天天来，他约他们二十三那一天一定付清。

十二月十六日，账簿上只有二元八角的存款……

“这样羞耻的发抖的日子，我还不曾遇到过……”如史伯伯颤动着声音说。

如史伯母含着泪，低着头坐着，不时在沉寂中发出沉重的长声的叹息。

“啊啊，多福多寿，发财发财！”忽然有人在门外叫着说。

隔着玻璃窗一望，如史伯伯看见强讨饭的阿水来了。

他不由得颤动着站了起来。“这个人来，没有好结果。”他想着走了出去。

“啊，发财发财，恭喜恭喜！财神菩萨！多化一点！”

“好，好，你等一等，我去拿来。”如史伯伯又走了进来。

他知道阿水来到是要比别的讨饭的拿得多的，于是就满满地盛了一碗米出去。

“不行，不行，老板，这是今年最末的一次！”阿水远远地就叫了起来。

“那么你拿了，我再去盛一碗来。”如史伯伯知道，如果阿水说“不行”，是真的不行的。

“差得远，差得远！像你们这样的人家，米是不要的。”

“你要什么呢？”

“我吗？现洋！”阿水睁着两只凶恶的眼睛说。

“不要说笑话，阿水，像我们这样的人家，哪里……”

“哼！你们这样的人家！你们这样的人家！我不知道吗？到这几天，过年货也还不买，藏着钱做什么！施一点给讨饭的！”阿水带着冷笑，恶狠狠地说。

“今年实在……”如史伯伯忧郁地说。

但阿水立刻把他的话打断了：

“不必多说，快去拿现洋来，不要耽搁我的工夫！”

如史伯伯没法，慢慢地进去了，从柜子里，拿了四角钱。正要出去，如史伯母急得跳了起来，叫着说：

“发疯了吗？一个讨饭的，给他这许多钱！”

“没有办法，没有办法！”如史伯伯低声地说着，又走了出去。

“四角吗？看也没有看见。我又不是小讨饭的，哼！”阿水愤然地说，偏着头，看着门外，“一千多亩田，二万元现金的人家，竟拿出这一点点来哄小孩子！谁要你的！”

“你去打听打听，阿水！我哪里有这许多……”

“不要多说！快去拿来！”阿水不耐烦地说。

如史伯伯又进去了，他又拿了两角钱。

“六角总该够了吧，阿水？我的确没有……”

“不上一元，用不着拿出来！钱，我看得多了！”阿水仍偏着头说。

这显然是没有办法的。如史伯伯又进去了。

在柜子里，只有两元另两角……

“把这角子统统给了他算了，罢，罢，罢！”如史伯伯叹着气说。

“天呀！你要我们的命吗？一个讨饭的要这许多钱！”如史伯母气得脸色青白，叫着跳了出去。

“哼！又是两角！又是两角！”阿水冷笑地说。

“好了，好了，阿水！明年多给你一点。儿子的钱的确还没有寄到，家里的钱已经用完了……”

“再要多，我同你到林家塘警察所去拼老命！看有没有这种规矩！”如史伯母暴躁地说。

“好好！去就去！哼！”

“她是女人家，阿水，原谅她。我明年多给你一点就是了。”

如史伯伯忍气吞声地说，在他的灵魂中，这是第一次充满了羞辱。

“既然这样说，我就拿着走了，到底是男人家。哼！我是一个讨饭的，要知道，一个穷光蛋，什么事情都做得出来的！”他拿了钱，喃喃地说着，走了。

走进房里，如史伯母哭了，如史伯伯也只会陪着流泪。

“阿水这东西，就是这样坏！”如史伯伯非常气愤地说，“真正有钱的人家，他是绝不敢这样的，给他多少，他就拿多少。今天，他知道我们穷了，故意来敲诈。”

忽然，他想到柜子里只有两元，只有两元了……

他点了一炷香，跑到厨房里，对着灶神跪下了……不一会儿，如史伯母也跑进去在旁边跪下了。

两个人口里喃喃地祷祝着，面上流着泪……

十二月二十二日的清晨，如史伯伯捧着账簿，失了魂似的呆呆地望着。簿子上很清楚地写着：尚存小洋八角。

“啊，这是一个好梦！”如史伯母由后房叫着说，走了出来。

她的脸上露着希望的微笑。

“又讲梦话了！日前不是做了不少的好梦吗？但是钱呢？”如史伯伯皱着眉头说。

“自然会应验的，昨夜，”如史伯母坚决地相信着，开始叙述她的梦了，“不知在什么地方，我看见地上泼着一堆饭，‘罪过，饭泼了一地’，我说着用手去拾，却不知怎的，到手就烂了，像糨糊似的，仔细一看，却是黄色的粪。‘啊，这怎么办呢，满手都是粪了。’我说着，便用衣服去揩手，哪知揩来揩去，不但揩不干净，反而愈揩愈多，满身都是粪了。‘用水去洗吧。’我正想着要走的时候，忽然伊明和几个朋友进来了。‘啊，慢一点！伊明慢一点进来！’我慌慌张张叫着说，着急了，看着自己满身都是粪，满地都是粪。‘不要紧的，妈妈，都是熟人。’他说着向我走来，我慌慌张张地往别处跑，跑着跑着，好像伊明和他的朋友追了来似的。‘怎么办呢，怎么办呢，满身都是粪！’我叫着醒来了。你说，粪不就是黄金吗？啊，这许多……”

“不见得应验。”如史伯伯说。但想到梦书上写着“梦粪染身，主得黄金”，确也有点相信了。

然而这不过是一阵清爽的微风，它过去后，苦恼重又充满了老年人的心。

来了几个收账的人，严重地声明，如果明天再不给他们的钱，他们只得对不住他，坐索了……

时日在如史伯伯夫妻这里是这样艰苦、这样沉重，他们俩都消瘦了，尤其是如史伯伯。他觉得自己仿佛是一匹拖重载的驴子，挨着饿，耐着苦，忍着叱咤的鞭子，颠蹶着在雨后泥途中行走。但前途又是这样渺茫，没有一线光明，没有一点希望。时光留住吧，不要走近年底！但它并不留住，它一天一天地向这个难关走着。迅速地跨过这难关吧！但它却有意延宕，要走不走徘徊着……

夜上来了。他们睡得很迟。他近来常常咳嗽，仿佛有什么硬在他的喉咙里一般。

时钟警告地敲了十二下。四周非常沉寂。如史伯伯也已入在睡眠里。

钟敲二下，如史伯伯又醒了。他记得柜子里只有小洋八角，他预算二十四那一天就要用完了。伊明为什么这几天连信也没有呢？伊光打去的电报没有收到吗？来不及了，来不及了，现在已是二十三，最末的一天，一切店铺里的收账人都将来坐索了！这是一种什么样的耻辱！六十年来没有遇到过！不幸！不幸！……忽然，他倾着耳朵细听了，仿佛有谁在房子里轻着脚步走动似的。

“谁呀？”

但没有谁回答，轻微的脚步出去了。

“啊！伊云的娘！伊云的娘！起来！起来！”他一面叫着，一面翻起身点灯。

如史伯母和伊云都吓了一惊，发着抖起来了。

衣橱门开着，柜子门也开着，地上放着两只箱子，外面还丢着几件衣服。

"有贼！有贼！"如史伯伯敲着板壁，叫着说。

住在隔壁的是南货店老板松生，他好像没有听见。

如史伯母抬头来看，衣橱旁少了四只箱子，两只在地上，两只不见了。

"打！打！打贼！打贼！"如史伯伯大声地喊着，但他不敢出去。如史伯母和伊云都牵着他的衣服，发着抖。

约莫过去了十五分钟，听听没有动静，大家渐渐镇静了。如史伯伯拿着灯，四处地照，从卧房里照起，直照到厨房。他看见房门上烧了一个洞，厨房的砖墙挖了一个大洞。

如史伯母检查一遍，哭着说把她冬季的衣服都偷去了。此外还有许多衣服，她一时也记不清楚。

"如果，"她哭着说，"来法在这里，是绝不会让贼进来的……仿佛他们把来法砍死了，就是为的这个……阿灰不是好人，你记得。我已经好几次听人家说他的手脚靠不住……明天，我们到林家塘警察所去报告，而且，叫他们注意阿灰。"

"没有钱，休提起警察！"如史伯伯狠狠地说，"而且，你知道，明天如果儿子没有钱寄来，不要对人家说我们来了贼，不然，就会有更不好的名声加到我们的头上，一班人一定会说这是我们的计策，假装出来了贼，可以赖钱。你想，你想……在这样的世界上，最好是不要活着！"

如史伯伯叹了一口气，躺倒在藤椅上，昏过去了。

但过了一会儿，他的青白的脸色渐渐绯红起来，微笑显露在上面了。

他看见阳光已经上升，充满着希望和欢乐的景象。阿黑拿着一个极大的信封，驼背一耸一耸地颠了进来，满面露着笑容，嘴里哼着"恭喜，恭喜"。信封上印着红色的大字，什么司令部什么处缄。红字上盖着墨笔字，是清清楚楚的"陈伊明"。如史伯伯喜欢得跳了起来。拆开信，以下这些字眼就飞进他的眼里：

"……儿已在……任秘书主任……兹先汇上大洋二千元，新正……再当亲解价值三十万元之黄金来家……"

"啊！啊！……"如史伯伯喜欢得说不出话了。

门外走进来许多人，齐声大叫："老太爷！老太太！恭喜恭喜！"

阿黑、阿灰、阿水都跪在他们的前面，磕着头……

微小的生物

初冬的一个夜间，我独坐在小楼中。

可爱的秋的创造者的音乐久已悄然不复可闻，主宰着这夜间的，已是满含着凄凉滋味的沉寂。

油灯乍明乍灭地发着暗淡的光，在忧郁中映出了若呆若笨生动的杯壶的大影在墙上。墙壁露着漏水浸黑的霉点，愁容满面地站着。屹立的书架晃摇着，不堪载重一般。

“啊，初冬的夜是这样的凄凉而且可怕呵！”

在这种景象中，我不禁竦然沉思起来，目光便不知不觉离开了书本。

我看见了一幅同样凄凉的图画：

风比以前更尖削。太阳蒙着雾一般的面网，淡淡地发着光。灰色的云的流动显得滞呆而沉重。寒冷充满在大气中。野外的草木恐怖地抖颤着，无力拖曳它们翅膀似的，时时抖下萎黄的残缺的叶儿，一天比一天裸露了。远处的山仿佛火灾后的残迹，这里焦了头，那里烂了额。一切都变了色，换上了憔悴而悲哀的容貌。

“一般微小的生物已在这时灭亡了！”我想，对着这可怕的冬的图画。

这是的确的：许多的花草已经枯萎，虫豸的鸣声已经寂然；就连身体强壮的人也披上厚而重的衣，显得特别呆笨了。

但在这样想着的时候，一种轻微的袭击忽然落到了我的面上。仿佛无意的一般，它像一片柔毛的尖端在我的面上轻轻拂了一下。

灯光渐渐明亮了。

在染着密密的黑点的书页上，我隐约地看见了一个微小的生物。它微细到这样，几乎和字间的标点难以分别，若不是它在微微地蠕动着。

它仿佛是一个蚊子。

“咦，这时还有蚊子吗？”我不禁惊讶地想，“有意似的，它想证明我的感想的谬误吧？”

我想着，不自主地伸出指头往那里一抹。

似乎，它被我抹死了。但没有一点痕迹。很干，没有血，指头很干净。在书上，黑点的中间，只留着两三颗微小的灰点。这大概就是这个微小的生物的身躯了。

“嗳，微小到这样！”

我想着，往书上嘘了一口气。于是连那灰一般的东西也不知哪里去了，白的纸上仍只见黑色的字的斑点。

“这样可怜！”我想，“没有一点声音，没有一点血或水分，当它被我抹死的时候。死了又没有一点痕迹。仿佛没有死，也没有活过，很像世界上不曾有过这小东西……”

正当我这样想着的时候，第二个蚊子似的小东西又飞来了。不，它不像是自己飞来，似乎是被什么驱落在书上一般。它的翅膀和躯体一样难以辨别。

我不自主地又伸出手指去抹了一下。

一切都和第一次相同：没有一点声音，没有一点血，也没有一点水分，只有几点微小的灰是它的痕迹，但这痕迹也不常在。

“咳咳，难道连感觉也没有吗？”我自己问自己，“它曾经感觉到剧痛，稍微挣扎了一下，颤动了一下吗，当我的手指抹下去的时候？”

灯骤然阴暗了。它似乎悲哀得不愿继续放光，抖颤着想熄了下去。墙上的影子晃摇了几下，愈加模糊起来，想凄然隐避一般。墙壁的皱纹愈加深了。书架伤心得像要倒了下来……

但这样继续了不久，灯又骤然明亮了。

“嗡……”

一种声音忽然在我的耳边叫了起来。

它落在书上，微小得和前两个一模一样，但活泼，灵敏。

它伸展着翅膀，渐渐变大了。

我很清楚地看见了它的发着闪光的眼睛、尖利的嘴、长而威凛的头颈、坚强的翅膀，粗大的腿——威严而且可怕。

“不像你所想象的那么微弱！”

它忽然对我抬起头来，大声地说起话。

“到了明年的夏天，我们又将起来，集合着伴侣，攻击你们卑劣的人们！那时，我们将要吸尽你们的血液，带给你们疾病和死亡！冬天是我们安息的时期，现在我也去睡眠了，明年再来和你相见！”

它说完，嗡的一声，飞到不知什么地方去了。

我听着，不禁竦然，毛发都竖了起来。

灯愈加明亮了。墙上的影子凶恶地睁着眼。墙壁带着黝黑的斑点，张着口，狰狞地枯笑着。书架竖着眉毛，巍然站着……

童年的悲哀

这是如何的可怕，时光过得这样的迅速！

它像清晨的流星，它像夏夜的闪电，刹那间便溜了过去，而且，不知不觉地带着我那一生中最可爱的一叶走了。

像太阳已经下了山，夜渐渐展开了它的黑色的幕似的，我感觉到无穷的恐怖。像狂风卷着乱云，暴雨掀着波涛似的，我感觉到无边的惊骇。像周围哀啼着凄凉的鬼魑，影闪着死僵的人骸似的，我心中充满了不堪形容的悲哀和绝望。

谁说青年是一生中最宝贵的时代，是黄金的时代呢？我没有看见，我没有感觉到。我只看见黑暗与沉寂，我只感觉到苦恼与悲哀。是谁在这样说着，是谁在这样羡慕着，我愿意把这时代交给他。

呵，我愿意回到我的可爱的童年时代，回到那梦幻的浮云的时代！

神呵，给我伟大的力，不能让我回到那时代去，至少也让我的回忆拍着翅膀飞到那最凄凉的一隅去，暂时让悲哀的梦来充实我吧！我愿意这样，因为即使是童年的悲哀也比青年的欢乐来得梦幻，来得甜蜜呵！

……

那是在哪一年，我不大记得了。好像是在我十一二岁的时候。

时间是在正月的初上。正是故乡锣声遍地、龙灯和马灯来往不绝的几天。

这是一年中最欢乐的几天。过了长久的生活的劳碌，乡下人都一致地暂时搁下了重担，用娱乐来洗涤他们的疲乏。街上的店铺全都关了门。祠庙和桥上这里那里地一堆堆地簇拥着打牌九的人群。平日最节俭的人在这几天里都握着满把的瓜子，不息地剥啄着。最正经最严肃的人现在都背着旗子或是敲着铜锣随着龙灯马灯出发了。他们谈笑着，歌唱着，没有一个人的脸上会发现忧愁的影子。孩子们像从笼里放出来的一般，到处跳跃着，放着鞭炮，或是在地上围坐一团，用尖石画了格子打着钱，占据了街上的角隅。

母亲对我拘束得很严。她认为打钱一类的游戏是不长进的孩子们的表征，她平日总是不许我和其他的孩子们一同玩耍，她把她的钱柜子锁得很紧密。倘若我偶然在抽屉的角落里找到了几个铜钱，偷偷地出去和别的孩子们打钱，她便会很快地找到我，赶回家去大骂一顿，有时挨了一场打，还得挨一餐饿。

但一到正月初上，母亲给予我自由了。我不必再在抽屉角落里寻找剩余的铜钱，我自己的枕头下已有了母亲给我的丰富的压岁钱。除了当着大路以外，就在母亲的面前也可以和别的孩子们打钱了。

打钱的游戏是最方便最有趣不过的。只要两个孩子碰在一起，问一声：“来不来？”回答说：“怕你吗？”同找一块不太光滑也不太凹凸的石板，就地找一块小的尖石，画出一个四方的格子，再在方格里对着角画上两根斜线，就开始了。随后自有别的孩子们来陆续加入，摆下钱来，许多人簇拥在一堆。

我虽然不常有机会打钱，没有练习得十分凶狠的铲法，但我却能很稳当的使用刨法，那就是不像铲似的把自己手中的钱往前面跌下去，却是往后落下去。用这种方法，无论能不能把别人的钱刨到格子或线外去，而自己的钱却能常常落在方格里，不会像铲似的，自己的钱总是一直冲到方格外面去，易于发生危险。

常和我打钱的多是一些年纪不相上下的孩子，而且都知道把自己的钱拿得最平稳。年纪小的不凑到我们这一伙来，年纪过大或拿钱拿得不平稳的也常被我们拒绝。

在正月初上的几天里，我们总是到处打钱，祠堂里，街上，桥上，屋檐下，画满了方格。我的心像野马似的，欢喜得忘记了家，忘记了吃饭。

但有一天，正当我们闹得兴高采烈的时候，来了一个捣乱的孩子。

他比我们这一伙人都长得大些，他已经有十四五岁了，他的名字叫作生福。他没有母亲也没有父亲。他平时帮着人家划船，赚了钱一个人花费，不是挤到牌九摊里去，就是和他的一伙打铜板。他不大喜欢和人家打铜钱，他觉得输赢太小，没有多大的趣味。他的打法是很凶的，老是把自己的铜板紧紧地斜扣在手指中，狂风暴雨似的鏨了下去。因此在方格中很平稳地躺着的钱，在别人打不出去的，常被他鏨了出去。同时，他的手又来得很快，每当将鏨之前，先伸出食指去摸一摸被打的钱，在人家不知不觉中把平稳地躺着的钱移动得有了蹊跷。这种打法，无论谁见了都要害怕。

好像因为前一天和我们一伙里的一个孩子吵了架，生福忽然走来在我们的格子里放下了一个铜板。在打铜钱的地方拿着铜板打原是未尝不可，但因为他向来打得很凶而且有点无赖，同时又看出他有故意来捣乱的声势，所以我们一致拒绝了。

于是生福发了气，伸一只脚在我们的格子里，叫着说：

“石板是你们的吗？”

我们的眉毛都竖起了。——但因为是在正月里，大家觉得吵架不应该，同时也有点怕他生得蛮横，都收了钱让开了。

“到我家的檐口去！”一个孩子叫着说。

我们便都拥到那里，画起格子来。

那是靠河的一个檐口下，和我家的大门是连接着的。那个孩子的家里本在那间屋子的楼下开着米店，因为去年的生意亏了本，年底就决计结束不再开了。这时店堂的门半开着，外面一部分已经变作了客堂，里面还堆着米店的一些杂物。屋子是孩子家里的，檐口下的石板自然也是孩子家里的了。

但正当我们将要开始继续的时候，生福又来了。他又在格子里放下了一个铜板。

“一道来！”他气愤地说。

“这是我家的石板！”那孩子叫了起来。

“石板会答应吗？你家的石板会说话吗？”

我们都站了起来，捏紧了拳头。每个人的心里都发了火。辱骂的话成堆地从我们口里涌了出来。

于是生福像暴怒的老虎一般，竖着浓黑的眉毛，睁着红的眼睛，握着拳头，向我们一群扑了过来。

但是，他的拳头正将落在那个小主人的脸上时，他的耳朵忽然被人扯住了。

“你的拳头大些吗？”一个大人的声音在生福脑后响着。

我们都惊喜地叫起来了。

那是阿成哥，是我们最喜欢的阿成哥！

“打他几个耳光，阿成哥，他欺侮我们呢！”

生福已经怔住了。他显然怕了阿成哥。阿成哥比他高了许多，气力也来得大。他是一个大人，已经上了二十岁。他能够挑很重的担子，走很远的路。他去年就是在现在已经关闭的米店里砻谷舂米。他一定要把生福痛打一顿的了，我们想。

但阿成哥并不如此，反放了生福的耳朵。

“为的什么呢？”他问我们。

我们把生福欺侮我们的情形完全告诉了他。

于是阿成哥笑了。他转过脸去，对着生福说：

“来吧，你有几个铜板呢？”他一面说，一面掏着自己衣袋里的铜板。

生福又发气了，看见阿成哥这种态度。他立刻在地上格子里放下了一个铜板。

“打铜板不会打不过你！”

阿成哥微笑着，把自己的铜板也放了下去。

我们也就围拢去望着，都给阿成哥担起心来。我们向来没有看见过阿成哥和人家打过铜板，猜想他会输给生福。

果然生福气上加气，来得愈加凶狠了。他一连赢了阿成哥五六个铜板。阿成哥的铜板一放下去，就被他打到了格子外。阿成哥连还手的机会也没有。

但阿成哥只是微笑着，任他去打。

过了一会儿，生福的铜板落在格子里了。

于是我们看见阿成哥的铜板很平稳地放在手指中，毫不用力地落了下来。

阿成哥的铜板和生福的铜板一同滚出了格子。

“打铜板应该这样打，拿得非常平稳！”他笑着说，接连又打出了几个铜板。

“把它打到这边来，好不好？”他说着，果然把生福的铜板打到他所指的地方去了。

“打到那边去吧！”

生福的铜板往那边滚了。

“随便你摆吧，我把它打过这条线！”

生福的铜板滚过了他所指的线。

生福有点呆住了。阿成哥的铜板打出了他的铜板，总是随着滚出了格子，接连着接连着，弄得生福没有还手的机会。我们都看得出了神。

“鬇是不公平的，要这样平稳地跌了下去才能叫人心服！”阿成哥说着，又打出了几个铜板。

“且让你打吧！我已赢了你五个。”

阿成哥息了下来，把铜板放在格子里。

但生福已经起了恐慌，没有把阿成哥的铜板打出去，自己的铜板却滚出了格子。

我们注意着生福的衣袋，它过了几分钟渐渐轻松了。

“还有几个好输呢？”阿成哥笑着问他说，“留几个去买酱油醋吧！”

生福完全害怕了。他收了铜板，站了起来。

“你年纪大些！”他给自己解嘲似的说。

“像你年纪大些就想欺侮年纪小的，才是坏东西！——因为是在正月里，我饶恕了你的耳光！铜板拿去吧，我不要你这可怜虫的钱！”阿成哥笑着，把赢得的铜板丢在地上，走进店堂里去了。

我们都大笑了起来，心里痛快得难以言说。

生福红着脸，逡巡了一会儿，终于拾起地上的铜板踱开了。

我们伸着舌头，直望到生福转了弯，才拥到店堂里去看阿成哥。

阿成哥已从屋内拿了一只胡琴走出来，坐在长凳上调着弦。

他是一个粗人，但他却多才而又多艺，拉得一手很好的胡琴。每当工作完毕时，他总是独自坐在河边，拉着他的胡琴，口中唱着小调。于是便有很多的人围绕着他，静静地听着。我很喜欢胡琴的声音。这一群人中常有我在内。

在故乡，音乐是不常有的。每一个大人都庄重得了不得，偶然有人嘴里呼啸着调子，就会被人看作轻佻。至于拉胡琴之类是愈加没有出息的人的玩意了。一年中，只有算命的瞎子弹着不成调的三弦来到屋檐下算命，夏夜有敲着小锣和竹鼓的瞎子唱新闻，秋收后祠堂里偶然敲着扬琴唱一台书，此外乐器声便不常听见。只有正月里玩龙灯和马灯的时候，胡琴最多，二三月间赛会时的鼓阁，乐器来得完备些。但因为玩乐器的人多半是一些不务正业或是职业卑微的人，稍微把自己看得高一点的人便含了一种蔑视的思想。然而，音乐的力量到底是很大的，乡里人一听见乐器的声音，男女老小便都围拢了去，虽然他们自己并不喜欢玩什么乐器。

阿成哥在我们村上拉胡琴是有名的。因此大人们多喜欢他。我们孩子们常缠着他要他拉胡琴。到了正月，他常拿了他的胡琴，跟着龙灯或马灯四处地跑。这几天不晓得为了什么事，他没有出去。

似乎是因为赶走了生福，他心里高兴起来，这时又拿出胡琴来拉了。

这只胡琴的构造很简单而且粗糙。蒙着筒口的不是蛇皮，是一块将要破裂的薄板。琴杆、弦栓和筒子涂着浅淡的红色。价钱大约是很便宜的。它现在已经很旧，淡红色上已经加上了一道龌龊的油腻，有些地方的油漆完全褪了色。白色的松香灰黏满了筒子的上部和薄板，又扬上了琴杆的下部。弓已弯曲得非常厉害，马尾稀疏得像要统统脱下来的样子。这在我孩子的眼里并不美丽。我曾经有几次要求阿成哥给我试拉一下，它只能发出非常难听的嘎嘎声。

但不知怎的，这只胡琴到了阿成哥手里便发出很甜美的声音，有时像有什么在那声音里笑着跳着似的，有时又像有什么在那声音里哭泣着似的。听见了他的胡琴的声音，我常常呆睁着眼睛望着，惊异得出了神。

“你们哪一个来唱一曲呢？”这一天他拉完了一个调子，忽然笑着问我们说。“拣一个最熟的，《西湖栏杆》好不好？”于是我们都红了脸叫着说：

“我不会！”

“谁相信！哪个不会唱《西湖栏杆》！先让我来唱一遍吧，没有什么可以怕羞的！”

“好呀！你唱你唱！”我们一齐叫着说。

“我唱完了，你们要唱的呢！”

“随便指定一个吧！”

于是阿成哥调了一调弦，一面拉着一面唱起来了：

> 西湖栏杆冷又冷，妹叹第一声：
> 在郎哥出门去，一路要小心！
> 路上鲜花——郎呀少去采！
> ……

阿成哥假装着女人的声音唱着，清脆得像一个真的女人，又完全和了胡琴的高低。我们都静默地听着。

他唱完又拉了一个过门，停了下来，笑着说：

“现在轮到你们了——哪一个？”

大家红着脸，一个一个都想溜开了。有几个孩子已站到门限上。

“不会！不会！”

“还是浙琴吧！”他忽然站起来，拖住了我的手。

我的心突然跳了起来，浑身像火烧一般，说不出话来，只是挣扎着，摇着头：

“不……不……”

“好呀！浙琴会唱！浙琴会唱！”孩子们又都跳了拢来，叫着说。

“不要怕羞！关了门吧！只有我们几个人听见！”阿成哥说着，松了手，走去关上了店门。

我已经完全在包围中了。孩子们都拥挤着我，叫嚷着。我不能不唱了。但我又怎能唱呢？《西湖栏杆》头一节是会唱的，但只在心里唱过，在没有人的时候唱过，至多也只在阿姊的面前唱过，向来没有对着别的人唱过。

“唱吧唱吧！已经关了门了！”阿成哥催迫着。

“不会……不会唱……”

“唱吧唱吧！浙琴！不要客气了！”孩子们又叫嚷着。

我不能不唱了。我只好红着脸，说：

“可不要笑的呢！”

“他答应了！要静静地听着的！”阿成哥对大众说。

“让我再来拉一回，随后你唱，高低要和胡琴的声音！”

于是他又拉起来了。

听着他的胡琴的声音，我的心的跳动突然改变了频率，全身都像在颤动着一般。

他的胡琴先是很轻舒活泼的，这时忽然变得沉重而且呜咽了。

它呜咽着呜咽着，抽噎似的唱出了“妹叹第一声……”

“……”

“西湖栏杆冷又冷……”

他拉完了过门，我便这样地唱了起来，于是他的胡琴也毫不停顿地拉了下去，和我的歌声混合了。

“……”

“好呀！唱得好呀！”孩子们喊了起来。

我已唱完了我所懂得的一节。胡琴也停住了。

我不知道我唱的什么，也不知道是怎样唱的。我只感觉到我的整个的心在强烈地撞击着。我像失了魂一般。

“比什么人都唱得好！最会唱的大人也没有唱得这样好！我头一次听见，淅琴！”阿成哥非常喜欢地叫着说。

我的心的跳动又突然改变了频率，像有一种大得不能负载的欢悦充塞了我的心。我默然坐下了。我感觉到我的头在燃烧着，我的灵魂像向着某处猛烈地冲了去似的……

就是从这一天起，我的灵魂向音乐飞去了。我需要音乐。我想像阿成哥握住我的手似的握住音乐。

因此我爱着了阿成哥，比爱任何人还爱他。

每当母亲对我说：“你去问问阿四叔，连品公公，阿成哥，看哪个明朝后日有工夫可以给我们来砻谷！”我总是先跑到阿成哥那里去。别个来砻谷，我懒洋洋地开着眼睛睡在床上，很迟很迟才起床，不高兴出去帮忙，尽管母亲一次又一次地骂着催着。阿成哥来了，我一清早就爬了起来，开开了栈房，把轻便的砻谷器具搬了出来，又帮着母亲备好了早饭，等待着阿成哥的到来。有时候还早，我便跑到桥头去等他。

他本来一向和气，见了人总是满面笑容。但我感觉到他对我的微笑来得格外亲热。因此我喜欢常在他身边。他砻谷时，我拿了一根竹竿，坐在他的对面赶着鸡。他筛米时，我走近去拣着未曾破裂的谷子。

《西湖栏杆》这只小调一共有十节歌，就在砻谷的时候，他把其余的九节完全教会了我。

没有事的时候，他时常带了他的胡琴到我家里来，他拉着，我唱着。

他告诉我，用蛇皮蒙着筒口的胡琴叫作皮胡，他的这只用薄板做的叫作板胡。他喜欢板胡，因为板胡的声音比皮胡来得清脆。他说胡琴比箫和笛子好，因为胡琴可以随便变调，又可以自拉自唱；他能吹箫和笛子，但因为这个，他只买了一只胡琴。

他又告诉我，外面的一根弦叫作子弦，里面的叫作二弦。他说有些人不用子弦，但用二弦和老弦是不大好听的，因为弦粗了便不大清脆。

他又告诉了我，胡琴应该怎样拿法，指头应该怎样按法，哪一枚指头按着弦是“五”字，哪一枚指头按着弦是“六”字……

关于胡琴的一切，他都告诉我了！

于是我的心愈加燃烧了起来：我饥渴地希望得到一只胡琴。但这事太困难了。母亲绝对不能允许我有一只胡琴。

最大的原因是，唱歌，拉胡琴，都是下流人的游戏。

我父亲是一个正经人，他在洋行里做经理，赚得很多的钱，今年买田，明年买屋，乡里人都特别地尊敬他和母亲。他们只有我这一个儿子，他们对我的希望特别大。他们希望我将来做一个买办，造洋房，买田地，为一切的人所尊敬，做一个人上的人。

倘若外面传了开去，说某老板的儿子会拉胡琴，或者说某买办会拉胡琴，这成什么话呢？

“你靠拉胡琴吃饭吗？”母亲问我说，每次当我稍微露出买一只胡琴的意思的时候。

是的，靠拉胡琴吃饭是不可能的，即使可能，我也不愿意。这是多么羞耻的事情，倘若我拉着胡琴去散人家的心，就像乞丐似的求饭吃。

但我喜欢胡琴，我的耳朵喜欢听见胡琴的声音，我的手指想按着胡琴的弦，我希望胡琴的声音能从我的手指下发出来。这欲望在强烈地鼓动着我，叫我无论如何须去获得一只胡琴。

于是，我终于想出了一个方法。

那是在同年的夏天里，当我家改造屋子的时候。那时木匠和瓦匠天天在我们家里做着工。家里到处堆满了木料和砖瓦。

在木匠司务吃饭去的时候，我找出了一根细小的长的木头。我决定把它当作胡琴的杆子，用木匠司务的斧头劈着。但他们所用的斧头太重了，我拿得很吃力，许久许久还劈不好。我怕人家会阻挡我拿那样重的斧头，因此我只在没有人在的时候劈；看看他们快要吃完饭，我便息了下来，把木头藏在一个地方。这样继续了几天，终于被一个木匠司务看见了。他问我做什么用，我不肯告诉他。我怕他会笑我，或者还会告诉我的母亲。

“我自有用处！”我回答他说。

他问我要劈成什么样子，我告诉他要扁的方的。他笑着想了半天，总是想不出来。

但看我劈得太吃力，又恐怕我劈伤了手，这个好木匠代我劈了。

“这样够大了吗？”

“还要小一点。”

“这样如何呢？”

“再扁一点吧。”

“好了吧？我给你刨一刨光吧！”他说着，便用刨给我刨了起来。

待木头变成了一根长的光滑的扁平的杆子时，我收回了。那杆子的下部分是应该圆的，但因为恐怕他看出来，我把这件工作留给了自己，秘密地进行着。刨比斧头轻了好几倍，我一点也不感觉到困难。

随后我又用刨和锉刀做了两个大的，一头小一头大的，圆的弦栓。

在旧罐中，我找到了一个洋铁的牛乳罐，我剪去了厚的底，留了薄的一面，又在罐背上用剪刀凿了两个适合杆子下部分粗细的洞。

只是还有一个困难的问题不容易解决。

那就是杆子上插弦栓的两个洞。

我用凿子试了一试，觉得太大，而且杆子有破裂的危险。

我想了。我想到阿成哥的胡琴杆上的洞口是露着火烧过的痕迹的。怎样烧的呢？这是最容易烧毁杆子的。

我决定用火烫出来。

于是我把家中缝衣用的烙铁在火坑里煨了一会儿，用烙铁尖去试了一下。

它只稍微焦了一点。

我又思索了。

我记起了做铜匠的定法叔家里有一个风扇炉，他常常把一块铁煨得血红去烫东西。烫下去时，会吱吱地响着，冒出烟来。我的杆子也应该这样烫才是，我想。

我到他家里去逡巡了几次，看他有没有生炉子。过了几天，炉子果然生起来了。

于是我拿了琴杆和一枚粗大的洋钉去，请求他自己用完炉子后让我一用。

定法叔立刻答应了我。在叔伯辈中，他是待我最好的一个。我有所要求，他总答应我。我要把针做成鱼钩时，他常借给我小铁钳和锉刀。母亲要我到三里路远近的大碶头买东西去时，他常叫我不要去，代我去买了来。他很忙，一面开着铜店，一面又在同一间房子里开着小店，贩卖老酒、洋油和纸烟。同时他还要代这家挑担，代那家买东西，出了力不够，还常常赔了一些点心钱和小费。母亲因为他太好了，常常不去烦劳他，但他却不时地走来问母亲，要不要做这个做那个，他实在是不能再忠厚实诚了。

这一天也和平日一般，他在忙碌中看见我用洋钉烫琴杆不易见功，他就找出了一枚大一点的铁锥，在火里煨得血红，又在琴杆上撒了一些松香，很快地代我烫好了两个圆洞。

弦是很便宜的，在大碶头一家小店里，我买来了两根弦。

从柴堆里，我又选了一根细竹，削去了竹叶；从母亲的线篮中，我剪了一束纯麻，这两样合起来，便成了我的胡琴的弓。

松香是定法叔送给我的。

我的胡琴制成了。

我非常高兴，开始试验我的新的胡琴，背着母亲拉了起来。

但它怎样也发不出声音，弓只是在弦上没有声息地滑了过去。

这使我起了极大的失望，我不知道它的毛病在哪里。我四处寻找我的胡琴和别的胡琴不同的地方，我发现了别的弓用的是马尾，我的是麻。我起初不很相信这两样有什么分别，因为它和马尾的样子差不多，它还没有制成线。随后我便假定了是弓的毛病，决计往大碶头去买了。

这时我感觉到这有三个困难的问题：第一是，铺子里的弓都套在胡琴上，似乎没有单卖弓这样一回事；第二是，如果响不响全在弓的关系，它的价钱一定很贵；第三是，这样长的一只弓从大碶头拿到家里来，路上会被人家看见，引起取笑。

但头二样是过虑的。店铺里的主人答应我可以单买一只弓，它的价值也很便宜，不到一角钱。

第三种困难也有了解决的办法。

我穿了一件竹布长衫到大碶头去。买了弓，我把它放在长衫里面，右手插进衣缝，装出插在口袋里的模样，握住了弓。我急忙地走回家来。偶一遇见熟人，我就红了脸，闪了过去，弓虽然是这样藏着，但它显然是容易被人看出的。

就在这一天，我有了一只真的胡琴。

它发出了异常洪亮的声音。

母亲和阿姊都惊异地跑了出来。

“这是哪里来的呢？”母亲的声音里没有一点责备我的神气，她微笑着，显然是惊异得快乐了。

我把一切的经过，统统告诉了她，我又告诉她，我想请阿成哥教我拉胡琴。她答应我，可以随便玩玩，但不要拿到外面去，她说在外面拉胡琴是丢脸的。我也同意了她的意思。

当天晚上，我就请了阿成哥来。他也非常惊异，他说我比什么人都聪明。他试了一试我的胡琴说，声音很洪亮，和他的那一只绝对不同，只是洪亮中带着一种哭丧的声音，那大约是我的一支用的是洋铁罐的原因。

我特别喜欢这种哭丧的声音。我觉得它能格外感动人。它像一个哑了喉咙的男子在哭诉一般。阿成哥也说，这种声音是很特别的，许多胡琴只能发出清脆的女人的声音，就是皮胡的里弦发出的最低的声音也不大像男子的声音，而哭丧的声音则来得更特别，这在别的胡琴上，只能用左手指头颤动着颤动着发出来，但还没有这样的自然。

“可是，”阿成哥对我说，“这只胡琴也有一种缺点，那就是，怎样也拉不出快乐的调子。因为它生成是这样的。”

我完全满意了。我觉得这样更好：让别个去拉快乐的调子，我来拉不快乐的调子。

阿成哥很快教会了我几个调子。他不会写字，只晓得念谱子。他常常到我家里来，一面拉着胡琴，一面念着谱子，叫我在纸头上写出。谱子写出了以后，我就不必要他常在我身边，自己可以渐渐拉熟了。

第二年春间，我由私塾转到了小学校。那里每礼拜上一次唱歌课，我抄了不少的歌谱，回家时带了来，用胡琴拉着。我已住在学校里，很想把我的胡琴带到学校里去，但因为怕先生说，我只好每礼拜回家时拉几次，在学校里便学着弹风琴。

阿成哥已在大碶头一家米店里做活，他不常回家，我也不常回家，不大容易碰着。偶然碰着了，他就拿了他自己的胡琴到我家里来，两个人一起拉着。有时，他的胡琴放在米店里，没有带来时，我们便一个人拉着，一个人唱着。

阿成哥家里有一只船。他很小时就帮着他父亲划船度日。他除了父亲和母亲之外，还有一个哥哥和一个弟弟。因为他比他的兄弟能干，所以他做了米司务。他很能游泳，虽然他现在已经不常和水接近了。

有一次，夏天的下午，他坐在桥上和人家谈天，不知怎的，忽然和一个人打起赌来了。他说，他能够背着一只稻桶游过河。这个没有谁会相信，因为稻桶又大又重，农人们背着在路上走都还觉得吃力。如果说，把这只稻桶浮在水面上，游着推了过去或是拖了过去，倒还可能，如果背在肩上，人就会动弹不得，而且因了它的重量，头就会沉到水里，不能露在水面了。但阿成哥固执地说他能够，还和人家赌下了一个西瓜。

稻桶上大下小，四方形，像一个极大的升子。我平时曾经和同伴们躲在里面游戏过，那里可以蹲下四五个孩子，而且看不见形迹。阿成哥竟背了这样的东西，拣了一段最阔的河道游过去了。我站在岸上望着，捏了一把汗，怕他的头沉到水里去。这样，输了西瓜倒不要紧，他还须吃几口水。

阿成哥从这一边游到了那一边。我的忧虑是多余的。他的脚好像踏着水底一般，只微微看见他的一只手在水里拨动着，背着稻桶，头露在水面上，走了过去。岸上的看众都拍着手，大声地叫着。

阿成哥看见岸上的人这样喝彩，特别高兴。他像立着似的空手游回来时，整个的胸部露出在水面上，有时连肚脐也露出来了。这使岸上看众的拍掌声和喝彩声愈加大了起来。这样的会游泳，不但我们年纪小的没有看见过，就连年纪大的也罕见。

阿成哥就在人声嘈杂中上了岸，走进埠头边一只船里，换了衣服，笑嘻嘻地走到桥上来。桥上一个大的西瓜已经切开在那里。他看见我也在那里，立刻拣了一块送给我吃。

“吃了西瓜，到你家里去！”他非常高兴对我说。

他的眼睛里充满了快乐，他的面上满是和蔼的笑容。我说不出地幸福。我觉得世上没有比他更可爱的人了。

这一天下午，他在我家里差不多坐了两个钟头。我的胡琴在他手里发出了一种和平常特别不同的声音，异常地快乐，那显然是他心里非常快乐的缘故。

但这样快乐的夏天，阿成哥从此不复有了。从第二年的春天起，他要在屋子里受苦，直到第二个夏天。

那是发生在三月里的一天下午，正当菜花满野盛放的时候。

他太快乐了。再过一天，他家里就将给他举行发送的盛会。这是订婚后第二次，也就是最后一次的礼节。同年十月，他将和一个女子结婚了。他家里的人都在忙着给他办礼物，他自己也忙碌得异常。

这一天，他在前面，他的哥哥提着一篮礼物跟在他后面向家里走来。走了一半多路，过了一个凉亭，再转过一个屋弄，就将望见他们自己屋子的地方，他遇见了一只狗。

它拦着路躺着，看见阿成哥走来，没有让开。

阿成哥已经在狗的身边走了过去。不知怎的，他心里忽然不高兴起来。他回转身来，瞥了狗一眼，一脚踢了过去。

“畜生！躺在当路上！”

狗突然跳起身，睁着火一般的眼睛，非常迅速地，连叫也没有叫，就在阿成哥脚骨上咬了一口，随后像并没有什么事似的，它垂着尾巴走进了菜花丛里。

阿成哥叫了一声，倒在地下了。他的脚骨已连裤子被狗咬破了一大块，鲜血奔流了出来。这一天他走得特别快，他的哥哥已经被他遗落在后方，直待哥哥赶到时，阿成哥已痛得发了昏。他再也站不起来了。

他的哥哥把他背回家里，他发了几天的烧。全家的人本是很快乐的，这时都起了异常的惊骇。据说，菜花一黄，蛇都从洞里钻了出来，狗吃了毒蛇，便花了眼，发了疯，被它咬着的人，过了一百二十天是要死亡的。神农尝百草一直到现在还没有发现医治疯狗咬的药。

为什么要在这一天呢？大家都绝望地想着。这是一个非常不吉利的预兆。没有谁相信阿成哥能跳出这个灾难。

他的父亲像在哄骗自己似的，终于东奔西跑，给他找到了一个卖草头药的郎中，给他吃了一点药，又敷上了一些草药。郎中告诉他，须给阿成哥一间最清静的房子，把窗户统统关闭起来，第一是忌色，第二是忌烟酒肉食，第三是忌声音，这样的在屋子里躲过一百二十天，他才有救。

然而阿成哥不久就复原了。他的创口已经收了口，没有什么疼痛，他的精神也已和先前一样。他不相信郎中和别人的话，他怎样也不能这样地度过一百二十天。他总是闹着要出来。但因为他家里劝慰他的人多，他也终于闹了一下，又安静了。

我那时正在学校里，回家后，听见母亲这样说，我才知道了一切。我想去看他，但母亲说，这是不可能的，吵闹了他，他的病会发作起来。母亲告诉我的话太可怕了。她说，被疯狗咬过的人是绝对没有希望的。她说，毒从创口里进了去，在肚子里会生长小狗起来，创口好像是好了，但在那里会生长狗毛，满了一百二十天，好了则已，不好的话，人的眼睛会像疯狗似的变得又花又红，不认得什么人，乱叫乱咬，谁被他咬着，谁也便会变成疯狗死去。她不许我去看他，我也不敢去看他，虽然我只是记挂着他。我只每礼拜六回家时打听着他的消息。他的灾难使我太绝望了，我总是觉得他没有救星了似的。许久许久，我没有心思去动一动我的胡琴。母亲知道我记挂着阿成哥，因此她时常去打听阿成哥的消息，待我回家时，就首先报告给我听。

到了暑假，我回家后，母亲告诉我，大约阿成哥不要紧了。她说，疯狗咬也有一百天发作的，他现在已经过了一百天，他精神和身体一点没有什么变化。他已悄悄地走到街上来了。有一次母亲还遇见过他，他问我的学校哪一天放暑假。只是母亲仍不许我去看他，她说她听见人家讲，阿成哥有几个相好的女人，只怕他犯了色，还有危险，因为还没有过一百二十天。

但有一天的晚间，我终于遇见他了。

他和平时没有什么分别，只微微清瘦了一点。他的体格还依然显露着强健的样子，脸色也还是和以前一样的红棕色，只微微淡了一点，大概是在屋子里住得久了。他拿着一根钓鲤鱼的竿子，在河边逡巡着观望鲤鱼的水泡。我几乎忘记了他的病，奔过去叫了起来。

他的眼睛里露出了欣喜和安慰的光，他显然是渴念着我的。他立刻收了鱼竿，同我一起到我的家里来。母亲听见他来了，立刻泡了一杯茶，关切地问他的病状。他说他一点也没有病，别人的忧虑是多余的。他不相信被疯狗咬有那样的危险。他把他的右脚骨伸出来，揭开了膏药给我们看，那里没有血也没有脓，创口已经完全收了口。他以为连这个膏药也不必要，但因为别人固执地要他贴着，他也就随便贴了一个。他有点埋怨他家里的人，他说他们太大惊小怪了。他说一个这样强壮的人，咬破了一个小洞有什么要紧。他说话的时候态度很自然。他很快乐，又见到了我。他对于自己被疯狗咬的事几乎一点也不关心。

我把我的胡琴拿出来提给他，他接在手里，看了一会儿，说：

“灰很重，你也许久没有拉了吧？”

我点了点头。

于是母亲告诉他，我怎样记挂着他，怎样一回家就想去看他，因为怕扰乱他的清静，所以没有去。

阿成哥很感动地说，他也常在记念着我，他几次想出来都被他家里人阻住了。他也已经许久没有拉胡琴了，他觉得一个人独唱独拉是很少兴趣的。

随后他便兴奋地拉起胡琴来，我感动得睁着眼睛望着他和胡琴。我觉得他的调忽然改变了。原是和平常所拉的一个调子，今天竟在他手里充满了忧郁的情绪，哭丧声来得特别多也拖长了。不知怎的，我心中觉得异常凄凉，我本是很快乐的，今天能够见着他，而且重又同他坐在一起玩弄胡琴，但在这快乐中我又有了异样的感觉，那是沉重而且凄凉的一种预感。我只默然倾听着，但我的精神似乎并没有集中在那里，我的眼前现出了可怕的幻影：一只红眼睛垂尾巴的疯狗在追逐阿成哥，在他的脚骨上咬了一口，于是阿成哥倒下地了，满地流着鲜红的血，阿成哥站起来时，眼睛也变得红了，圆睁着，张着大的嘴，露着獠牙，追逐着周围的人，刺刺地咬着石头和树木，咬得满口都是血，随后从他的肚子里吐出来几只小的疯狗，跳跃着，追逐着一切的人……于是阿成哥自己又倒在地上，在血泊中死去了……有许多人号哭着……

“淅琴！”母亲突然叫醒了我，“做什么这样地呆坐着呢？今天遇见了阿成哥了，应该快活了吧？跟着唱一曲不好吗？”

我觉得我的脸发烧了。我怎么唱得出呢？这已经是最后一次了，我从此不能再见到阿成哥，阿成哥也不能再见到我了。命运安排好了一切，叫他离开了我，离开了这世界。而且迅速地，非常迅速地，就在第三天的下午。

天气为什么要变得和我的心一般的凄凉呢？没有谁能够知道。它刮着大风，雪盖满了天空，和我的心一般的恐怖与悲伤。

街上有几个人聚在一起，恐怖地低声地谈着话。这显然是出了意外的事了。我走近去听，正是关于阿成哥的事。

“……绳子几乎被他挣断了……房里的东西都被他撞翻在地上……磨着牙齿要咬他的哥哥和父亲……他骂他的父亲，说前生和他有仇恨……门被他撞了个窟窿，他想冲出来，终于被他的哥哥和父亲绑住了……咬碎了一只茶杯，吐了许多血……正是一百二十天，一点没有救星……”

像冷水倾泼在我的头上一般，我恐怖得发起抖来。在街上乱奔了一阵，我在阿成哥屋门口的一块田里踉跄地走着。

屋内有女人的哭声，此外一切都沉寂着。没有看见谁在屋内外走动。风在屋前呼啸着，凄凉而且悲伤。

我瞥见在我的脚旁，稻田中，有一堆夹杂着柴灰的鲜血……我惊骇地跳了起来，狂奔着回到了家里……

我不知道我的心是在怎样地击撞着，我的头是在怎样地燃烧着，我一倒在床上便昏了过去。

当阿成哥活着的时候，世上没有比他更可爱的人。当阿成哥死去时，也没有比他更可怕了。

我出世以来，附近死过许多人，但我没有一次感觉到这样的恐怖过。

当天晚间，风又送了一阵悲伤的哭声和凄凉的钉棺盖声……

从此我失去了阿成哥，也失去了一切……

……

命运为什么要在我的稚弱的心上砍下一个这样深的创伤呢！我不能够知道。它给了我欢乐，又给了我悲哀。而这悲哀是无底的、无边的。

一切都跟着时光飞也似的溜过去了，只有这悲哀还存留在我的心的深处。每当音乐的声音一触着我的耳膜，悲哀便侵袭到我的心上来，使我记起了阿成哥。

阿成哥的命运是太苦了，他死后还遭了什么样的蹂躏，我不忍说出来……

我呢，我从此也被幸福摈弃了。

就在他死后第二年，我离开了故乡，一直到现在，还是在外面漂流着。

前两年当我回家时，母亲拿出了我自制的胡琴，对我说："看哪，你小时做的胡琴还代你好好地保留着呢！"

但我已不能再和我的胡琴接触了。我曾经做过甜蜜的音乐的梦，而它现在已经消失了。甚至连这样也不可能：就靠着拉胡琴吃饭，如母亲所说的，卑劣地度过这一生吧！

最近，我和幸福愈加隔离得远了。我的胡琴，和胡琴同时建造起来的故乡的屋子，已一起被火烧成了灰烬。这仿佛在预告着，我将有一个更可怕的未来。

青年时代是黄金的时代，或许在别人是这样的吧？但至少在我这里是无从证明了。我过得艰苦和烦恼的日子太多了，我看不见幸福的一线微光。

这样的生活下去是太苦了……

我愿意……

小小的心

赖友人的帮助，我有了一间比较舒适而清洁的住室。淡薄的夕阳的光在屋顶上徘徊的时候，我和一个挑着沉重行李的挑夫穿过了几条热闹的街道，到了一个清静的小巷。我数了几家门牌，不久便听见我的朋友的叫声。

“在这里！”他说，一手指着白色围墙中间的大门。

呈现在我眼前的是一座半旧的三层洋楼：映在夕阳中的枯黄的屋顶露着衰疲的神情；白的墙壁现在已经变成了灰色，颇带几分忧郁；第三层的楼窗全关着，好几个百叶窗的格子斜支着；二层楼的走廊上，晾晒着几件白色的衣服。

我带着几分莫名的怅惘，跟着我的朋友走进了大门。这里有很清新的空气，小小的院子中栽着几株花木。楼下的房子比较新，似乎曾经加过粉饰的功夫。厅堂中满挂着字画，一个穿西装的中年男子在那里和我的朋友招呼。经过他的身边，我们走上了一条楼梯。楼上有几个妇人和孩子在楼梯口观望着我们。楼上的厅堂中供着神主的牌位，正中的墙壁上挂着一副面貌和善的老人的坐像，从香炉中盘绕出几缕残烟，带着沉幽的气息。供桌外面摆着两张方桌，最外面的一张桌上放着几双碗筷，预备晚餐了。我的新的住室就在厅堂东边第一间，两个门：一个通厅堂，一个朝南通走廊的两扇玻璃门。从朝东的窗子望出去，可以看见邻家园子里的极大的榕树。床铺和桌椅已由我的朋友代我布置好，我打发挑夫走了，便开始整理我的行李。

妇人和孩子们走到我的房里来了，眼中露着好奇的光。

“请坐，请坐。”我招待她们说。

她们嘻嘻笑着，点了点头，似乎会了意。

“这是二房东孙先生的夫人。”我的朋友指着一位面色黝黑的三十余岁的妇人，对我介绍说。

“这位老太太是住在厅堂那边，李先生的母亲。”他又指着一个和善的白头发的老妇人说。

“这两位女人是他们的亲戚……”

“啊！啊，请她们坐吧。”我说。

她们仍嘻嘻地笑着，好奇的眼光不停地在我的身上和我的行李上流动。

最后我的朋友操着流利的本地话和她们说了什么。他是在介绍我，说我姓王，在某一个学校当教员，现在放了假，到某一家报馆来做编辑了。

“上海郎[1]？”那位老太太这样地问。

“上海郎。”我的朋友回答说。

我不觉笑了。这样的话我已经听见不少的次数，只要是说普通话，或者是说类似普通话的人，在这里是常被本地人看作上海人的。“上海”，这两个字在许多本地人的脑中好像是福建以外的一个版图很大的国名，它包含着：辽宁、吉林、黑龙江、河北、河南、山东、江苏、浙江、山西、陕西、甘肃、四川、湖北、湖南、江西……一句话，这就等于中国的别名了。我的朋友并非不知道我不是上海人，只因这地方的习惯，他就顺口地承认了。

“上海郎！红啊[2]！”忽然一个孩子在我的身边低声地试叫起来。

黄昏已在房内撒下了朦胧的网，我不能够十分辨别出这孩子的相貌。他有四五岁年纪，很瘦小，一身肮脏的灰色衣服，左眼角下有一个很长的深的疤痕，好像被谁挖了一条沟。

“顽皮的孩子！”我想，心里颇有几分不高兴。虽然是孩子，但我觉得他第一次这样叫我是有点轻视的意味的。

“阿品！”果然那老太太有点生气了，她很严厉地对这孩子说了一些本地话，“——红先生！”

“红先生……”孩子很小心地学着叫了一句，声音比前更低了。

“红先生！”另外在那里呆望着的三个小孩也跟着叫了起来。

[1] 厦门音，“人”读为“郎”。

[2] 厦门音，“王”读为“红”。

我立刻走过去，牵住了他的小手，蹲在他的面前。我看见他的眼睛有点润湿了。我抚摩着他的脸，转过头来向着老太太说："好孩子哪！"

"好孩子？——Peh[1]！"她笑着说。

"里姓西米[2]？"我操着不纯粹的本地话问这孩子说。

"姓……谭！"他沉着眼睛，好像想了一想，说。

"他姓陈，"我的朋友立刻插入说，"在这里，陈字是念作谭字的。"

我点了一点头。

"他是这位老太太的外孙——喔，时候不早了，我们出去吃饭吧！"我的朋友对我说。

我站起来，又望了望孩子，跟着我的朋友走了。

阿品，这瘦小的孩子，他有一对使人感动的眼睛。他的微黄的眼珠，好像蒙着一层薄的雾，透过这薄雾，闪闪地发着光。两个圆的孔仿佛生得太大了，显得眼皮不易合拢的模样，不常看见它的眨动，它好像永久是睁开着的。眼珠往上泛着，下面露出了一大块鲜洁的眼白，像在沉思什么，像被什么感动。在他的眼睛里，我看见了忧郁、悲哀。

"住在外婆家里，应该是极得老人家的抚爱的——他的父母可在这里？"在路上，我这样地问我的朋友。

"没有，他的父亲是工程师，全家住在泉州。"

"那么，为什么愿意孩子离开他们呢？"我好像一个侦探似的，极想知道他的一切，"大概是因为外婆太寂寞了吧？"

"不，外婆这里有三个孙子，不会寂寞的。听说是因为那边孩子太多了，才把他送到这里来的哩！"

"喔——"

我沉默了，孩子的两个忧郁的眼睛立刻又显露在我的眼前，像在沉思，像在凝视着我。在他的眼光里，我听见了微弱的忧郁的失了母爱的诉苦，看见了一颗小小的悲哀的心……

第二天早晨，阿品独自到了我的房里。"红先生！"他显出高兴的样子叫着，同时睁着他的沉思的眼睛凝望着我。我叫着他的名字，走过去牵住了他的

[1]"坏"读为 Peh。

[2]"你"读为"里"；"什么"读为"西米"。

小手。这房子，在他好像是一个神奇的所在，他凝视着桌子、床铺，又抬起头凝望着壁上的相片。他的眼光的流动是这样的迟缓，每见着一样东西，就好像触动了他的幻想，呆住了许久。

“红先生！”他忽然指着壁上的一张相片，笑着叫了起来。

我也笑了，他并不是叫那站在他的身边的王先生，他是在和那站在亭子边、挟着一包东西的王先生招呼，我把这相片取下来，放在椅子上。他凝视了许久，随后伸出一只小指头，指着那一包东西说了起来。我不懂得他说些什么，只猜想他是在问我，拿着什么东西。“几本书。”我说。他抬起头来望着我，口里咕叽着。“书！”我更简单地说，希望他能够听出来。但他依然凝视着我，显然他不懂得。我便从桌上拿起一本书，指着说：“这个，这个。”他明白了，指着那包东西，叫着：“兹！兹！”“读兹？”我问他说。“读兹，里读兹！”他笑着回答。“这个叫西米？”我指着茶壶。“队阁。”“这叫西米？”我指着茶杯。“队杯。”“队阁，队杯！队阁，队杯！”我重复地念着，想立刻记住本地音。“队阁，队杯！队阁，队杯！”他笑着，缓慢地张着小嘴，眨着沉思的眼睛，故意反学我了。薄的红嫩的两唇，配着黄黑残缺的牙齿，张开来时很像一个破烂了的小石榴。

从这一天起，我有了一个很好的教师了，他不懂得我的话，我也不懂得他的话，但大家叽里咕噜地说着，经过了一番推测、做姿势以后，我们都能够了解几分了。就在这种情形中，我从他那里学会了几句本地话。清晨，我还没有起床的时候，他已经轻轻地敲我的门。得到了我的允许，他进来了。爬上凳子，他常常抽开屉子找东西玩耍。一张纸，一支铅笔，在他都是好玩的东西。他乱涂了一番，把纸搓成团，随后又展开来，又搓成了团。我曾经买了一些玩具给他，但他所最爱的却是晚上的蜡烛。一到我房里点起蜡烛，他就跑进来凝视着蜡烛的溶化，随后挖着凝结在烛旁的余滴，用一只洋铁盒子装了起来。我把它在火上烧熔了，等到将要凝结时，取出来捻成了鱼或鸭。他喜欢这蜡做的东西，但过了几分钟，他便故意把它们打碎，要我重做。于是我把蜡烛捻成了麻雀、猴子，随后又把破烂的麻雀捻成了碗，把猴子捻成了筷子和汤匙，最后这些东西又变成了人、兔子、牛、羊……他笑着叫着，外婆家里一个十二三岁的丫头几次叫他去吃晚饭，他只是不理她。“吃了饭再来玩吧。”我推着他去，也不肯走。最后外婆亲自来了，她严厉地说了几句，好像在说：如果不回去，今晚就关上门，不准他回去睡觉，他才走了，走时还把蜡烛带了去。吃完饭，他又来继续玩耍，有几次疲倦了就躺在我身上，问他睡在这里吧，他并不固执地要回去，但随后外婆来时，也便去了。

阿品有一种很好的习惯，就是拿动了什么东西必定把它归还原处。有一天，他在我抽屉里发现了一只空的美丽的信封盒子。他显然很喜欢这东西，从家里搬来了一些旧的玩具，装进盒子里。摇着，反复着，来回走了几次，到晚上又把玩具取出来搬回了家，把空的盒子放在我的抽屉里。盒子上面本来堆集着几本书，他照样地放好了。日子久了，我们愈加要好起来，像一家人一样，但他拿动了我的房子里的东西，还是要把它放在原处。此外，他要进来时，必定先在门外敲门或喊我，进了门或出了门就竖着脚尖，握着门的把手，把门关上。

阿品的舅舅是一个画家，他有许多很好看的画片，但阿品绝不去拿动他什么，也不跟他玩耍。他的舅舅是一个严肃寡言的人，不大理睬他，阿品也只远远地凝望着他。他有三个孩子都穿得很漂亮，阿品也不常和他们在一块玩耍。他只跟着他的公正慈和的外婆。自从我搬到那里，他才有了一个老大的伴侣。虽然我们都听不懂彼此的语言，但我们总是叽里咕噜地说着，也互相了解着，好像我完全懂得本地话，他也完全懂得普通话一样。有时，他高兴起来，也跟我学普通话，代替了游戏。

“茶壶！”我指着桌上的茶壶说。

“茶涡！”他学着说。

“茶杯！”

“茶杯！”

“茶瓶！”

“茶饼！”

“这个叫西米？”我指着茶壶，问他。

“茶饼！”他睁着眼睛，想了一会儿，说。

“不，茶壶！”

“茶涡！”

“这个？”我指着茶杯。

“茶杯！”

“这个？”我指着茶壶。

“茶涡！”他笑着回答。

待他完全学会了，我倒了两杯茶，说：“请，请！喝茶，喝茶！”

于是他大笑起来，学着说：“请，请，喝茶！喝茶！里夹，里夹[1]！”

“你喝，你喝！”我改正了他的话。

他立刻知道自己说错了，又哈哈大笑起来。随后却又故意说：“你喝，你喝！里夹，里夹。”

“夹里，夹里！”我紧紧地抱住了他，吻着他的面颊。

他把头贴着我的头，静默地睁着眼睛，像有所感动似的。我也静默了，一样地有所感动。他，这可爱的阿品，这样幼小的时候，就离开了他的父母，失掉了慈爱的亲热的抚慰，寂寞伶仃地寄居在外婆家里，该是有着莫名的怅惘吧？外婆虽然是够慈和了，但她还有三个孙子、一个儿子，又没有儿媳妇，须独自管理家务，显然是没有多大的闲空可以尽量地抚养外孙，把整个的心安排在阿品身上的。阿品是不是懂得这个，有所感动呢？我不知道。但至少我是这样感动了。一样地，我也离开了我的老年的父母，伶仃地寂寞地在这异乡。虽说是也有着不少的朋友，但世间有什么样的爱情能和生身父母的爱相比呢？……他愿意占有我吗？是的，我愿意占有他，永不离开他……让他做我的孩子，让我们永久在一起，让胶把我们粘在一起……

“但是，你是谁的孩子呢？你姓什么呢？”我含着眼泪这样地问他。

他用惊异的眼光望着我。

“里姓西米？”

“姓谭！”

“不，”我摇着头，“里姓王！”

“里姓红，瓦姓谭！[2]”

“我姓王，里也姓王！”

“瓦也姓红，里也姓红！”他笑了，在他，这是很有趣味的。

于是我再重复地问了他几句，他都答应姓王了。

外婆从外面走了进来，听见了我们的问答，对他说：“姓谭！”但是他摇了一摇头，说：“红。”外婆笑着走了。外婆的这种态度，在他好像一种准许，从此

[1] 厦门音，“王”读为“红”。

[2] 厦门音，“我”读为“瓦”。

无论谁问他，他都说姓王了，有些人对他取笑说：“你就叫王先生做爸爸吧。”他就笑着叫我一声爸爸。

这原是徒然的事，不会使我们满足，不会把我们中间的缺陷消除，不会改变我们的命运。但阿品喜欢我，爱我，却是足够使我暂时自慰了。

一次，我们附近做起马戏来了。我们可以在楼顶上望见那搭在空地上的极大的帐篷，帐篷上满缀着红绿的电灯，晚上照耀得异常光明，军乐声日夜奏个不休。满街贴着极大的广告，列着一些惊人的节目：狮子，熊，西班牙女人，法国儿童，非洲男子……登场奏技，说是五国人合办的，叫作世界马戏团。承朋友相邀，我去看了一次，觉得儿童的走索、打秋千，女人的跳舞，矮子的翻跟斗，阿品一定喜欢看，特选了和这节目相同，而没有狮子、熊奏技的一天，得到了他的外婆的同意，带他到马戏场去。场内三等的座位已经满了，只有头二等的票子，二等每人二元，儿童半价，我只带了两块钱。我要回家取钱，阿品却不肯，拉着我的手定要走进去，他听不懂我的话，以为我不看了，急得眼泪都快流出来。直到我在那里遇见了一位朋友，阿品才高兴地跳跃着跑了进去。

几分钟后，幕开了。一个美国人出来说了几句恭敬的英语，接着就是矮子的滑稽的跟斗。阿品很高兴地叫着，摇着手，像表示他也会翻跟斗似的。随后一个十二三岁的女孩子出来了。她攀着一根索子一直爬到帐篷顶下，在那里，她纵身一跳，攀住了一个秋千，即刻踏住木板，摇荡几下翻了几个转身，又突然一翻身，落下来，两脚钩住了木板。这个秋千架搭得非常高，底下又无遮拦，倘使技术不娴熟，落到地上，粉身碎骨是无疑的。在悠扬的军乐声中，四面的观众都齐声鼓起掌来，惊羡这小小女孩子的绝技。我转过脸去看阿品，他睁着眼睛，惊讶地望着，不作一声。他的额角上流着许多汗。这时正是暑天的午后，阳光照在篷布上，场内坐满了人，外婆又给阿品罩上了一件干净的蓝衣，他一定太热了，我便给他脱了外面的罩衣，又给他抹去头上的汗。但是他一手牵着我的手，一手指着地，站了起来。我不懂得他的意思，猜他想买东西吃，便从衣袋里摸出一包糖来，递给了他，扯他再坐下来。他接了糖没有吃，望了一望秋千架上的女孩子，重又站起来要走。这样地扯住他几次，我看见他的眼中包满了眼泪。我想，他该是要小便了，所以这样急，便领他出了马戏场。牵着他的手，我把他带到一个僻静的角落里，但他只是东张西望，却不肯小便。我知道他平常是什么事情都不肯随便的，又把他带到一处更僻静、看不见一个人的所在。但他仍不肯小便。许是要大便了，我想，从袋里拿出一张纸来，扯扯他的裤子，叫他蹲下。他依然不肯。他只叽里咕噜地说着，扯着我的手要走。难道是要吃什么吗？我想。带他在许多摊旁走过去，指着各种食品问他，但他摇着头，一样也不要，扯他再进马戏场又不肯。这样，他着急，我也着急了。十几分钟之后，我只好把他送回了家，我想，大概是什么地方不舒服吧？倒对他担心起来。一见着外婆，他就跑了过去，流着眼泪，指手画脚地说了许多话。

“有什么事吗？”我问他的舅舅说，“为什么就要离开马戏场呢？”

“真是蠢东西，说是翻秋千的女孩子从这样高的地方掉下来怎么办呢？所以不要看了哩！”他的舅舅埋怨着他，这样地告诉我。

咳，我才是蠢东西呢！我一点也没有想到这上面来，我完全忘记了阿品是一个孩子，是一个有着洁白的纸一样心的孩子，是一个富于同情心的孩子！我完全忘记了这个，我把他当作大人，当作一个有着蛮心的大人看待，当作和我一样残忍的人看待了……

从这一天起，我不敢再带阿品到外面去玩耍了。我只很小心地和他在屋子里玩耍。没有必要的事，我便不大出门。附近有海，对面有岛，在沙滩上够我闲步散闷，但我宁愿守在房里等待着阿品，和阿品做伴。阿品也并不怎样喜欢到外面去，他的兴趣完全和大人的不同。房内的日常的用具，如桌子、椅子、床铺、火柴、手巾、面盆、报纸、书籍，甚至于一粒沙、一根草，在他都可以发生兴味出来。

一天，他在地上拾东西，忽然发现了我的床铺底下放着一双已经破烂了的旧皮鞋。他爬进去拿了出来，不管它罩满了多少的灰尘，便两脚踏了进去。他的脚是这样的小，旧皮鞋好像成了一只大的船。他摇摆着，拐着，走了起来，发着沉重的声音。走到桌边，把我的帽子放在头上，帽子一直罩住了眼皮，然后向我走来，口里叫着：“红先生来了，红先生来了！”

“王先生！”我对他叫着说，“请坐！请坐！喝茶，喝茶！”

“喔！多谢，多谢！”他便大笑起来，倒在我的身边。他喜欢音乐，我买了一只小小的口琴给他，时常来往吹着。他说他会跳舞，喊着“一、二、三”，突然坐倒在地下，翻转身，打起滚来，又爬着，站起来，冲撞了几步——跳舞就完了。

两个月后，阿品的父亲带着全家的人来了。两个八九岁的女孩，一个才会跑路的男孩，阿品母亲的肚子里还怀着一个六七个月的孩子。他的父亲是一个颇有才干的人，普通话说得很流利，善于应酬。阿品的母亲正和她的兄弟一样，有着一副严肃的面孔，不大露出笑容来，也不大和别人讲话。女孩的面貌像她的父亲，有两颗很大的眼睛；男孩像母亲，显得很沉默，日夜要一个丫头背着。从外形看来，几乎使人疑心到阿品和他的姊弟是异母生的，因为他们都比阿品长得丰满，穿得美丽。

“阿品现在姓王了！”我笑着对他的父亲说。

“你姓西米，阿品？”

“姓红！”阿品回答说。

他的父亲哈哈笑了，他说，就送给王先生吧！阿品的母亲不作声，只是低着头。

全家的人都来了，我倒很高兴，我想，阿品一定会快乐起来。但阿品却对他们很冷淡，尤其是对他的母亲，生疏得几乎和他的舅舅一样。他只比较欢喜他的父亲，但暗中带着几分畏惧。阿品对我并不因他们的来到而稍为冷淡，我仍是他的唯一的伴侣，他宁愿静坐在我的房里。这情形使我非常苦恼，我宁愿阿品至少有一个亲爱的父亲或母亲，我宁愿因为他们的来到，阿品对我比较冷淡一些。为着什么，他的父母竟是这样冷淡，这样歧视阿品，而阿品为什么也是这样的疏远他们呢？呵，正需要阳光一般热烈的小小的心……

从我的故乡来了一位同学，他从小就和我在一起，后来也时常和我一同在外面。为了生活的压迫，他现在也来厦门了。我很快乐，日夜和他用宁波话谈说着关于故乡的情形。我对于故乡，历来有深的厌恶，但同时却也十分关心，详细地询问着一切。阿品露着很惊讶的眼光倾听着，他好像在竭力地听出我们说的什么，总是呆睁着眼睛像沉思着什么。

但三四天后，他的眼睛忽然活泼了。他对于我们所说的宁波话，好像有所领会，眼睛不时转动着，不复先前那般地呆着，凝视着，同时他像在寻找什么，要唤回他的某一种幻影。我们很奇怪，我们的宁波话会引起他如此特别的兴趣和注意。

“报纸阿旁滑姆末送来。”我的朋友要看报纸，我回答他说，报纸大约还没有送来，送报的人近来特别忙碌，因为政局有点变动，订阅报纸的人突然增加了许多……

阿品这时正在翻抽屉，他忽然转过头来望着我，嘴唇翕动了几下，像要说话而一时说不出来的样子。随后他摇着头，用手指着楼板。我们不懂得他的意思，问他要什么，他又把嘴唇翕动了几下，仍没有发出声音来。他呆了一会儿，不久就跑下楼去了。回来时，他手中拿着一份报纸。

"好聪明的孩子，听了几天宁波话就懂得了吗？"我惊异地说。

"怕是无意的吧。"我的朋友这样说。

一样地，我也不相信，但好奇心驱使着我，我要试验阿品的听觉了。

"阿品，口琴起驼来吹吹好勿[1]？"

他呆住了，仿佛没有听懂。

"口琴起驼来！"

"口琴起驼来！"我的朋友也重复地说。

他先睁着沉思的眼睛，随后眼珠又活泼起来，翕动了几下嘴唇，出去了。

拿进来的正是一个口琴！

"滑有一只 Angwa！"我怕本地话的报纸、口琴和宁波话有点大同小异，特地想出了宁波小孩叫牛的别名。

但这一次，他的眼睛立刻发光了，他高兴得叫着："Angwa！ Angwa！"立刻出去把一匹泥涂的小牛拿来了。

我和我的朋友都呆住了。为着什么缘故，他懂得宁波话呢？怎样懂得的呢？难道他曾经跟着他的父亲到过宁波吗？不然，怎能学得这样快？怎能领会得出呢？绝不是猜想出来的，猜想是不可能的。他曾经懂得宁波话，是一定的。他嘴唇的翕动、要说而说不出来的表情，很可以证明他曾经知道宁波话，现在是因为在别一个环境中，隔了若干时日生疏了，忘却了。

充满着好奇心，我和我的朋友走到阿品父亲那里。我们很想知道他们和宁波有过什么样的关系。

"你先生，曾经到过宁波吗？"我很和气地问他，觉得我将得到一个与我故乡相熟的朋友了。

"莫！莫！我没有到过！"他很惊讶地望着我，用夹杂着本地话的普通话回答说。

"阿品不是懂得宁波话吗？"

[1] 意为"口琴去拿来吹吹好不好"。

他突然呆住了，惊愕地沉默了一会儿，便郑重地否认说："不，他不会懂得！"

我们便把刚才的事情告诉了他，并且说，我们确信他懂得宁波话。

"两位先生是宁波人吗？"他惊愕地问。

"是的。"我们点了点头。

"那么一定是两位先生误会了，他不会懂得，他是在厦门生长的！"他仍郑重地说。

我们不能再固执地追问了。不知道其中还有什么关系，阿品的父亲颇像失了常态。

第二天早晨，我在房里等待着阿品，但八九点过去了，他没有来敲门，我也不听见外面厅堂里他的声音。

"跟他母亲到姨妈家里去了。"我四处寻找不着阿品，便去询问他的父亲，他就这样淡淡地回答了一句。

天渐渐昏暗了，阿品没有回来。一天没有看见他，我像失去了什么似的，只是不安地等待着。我真寂寞，我的朋友又离开厦门了。

好长的日子！两天三天过去了，阿品依然没有回来！自然，和他母亲在一起，阿品是不会有什么意外的，但我却不自主地忧虑着：生病了吗？跌伤了吗？……

在焦急和苦闷的包围中，我一连等待了一个星期。第八天下午，阿品终于回来了。他消瘦了许多，眼睛的周围起了青的色圈，好像哭过一般。

"阿品！"我叫着跑了过去。

他没有回答，畏缩地倒退了一步，呆睁着沉思的眼睛。我抱住他，吻着他的面颊，心里充满了喜悦。我所失去的，现在又回来了。他很感动，眼睛里满是喜悦与悲伤的眼泪。但几分钟后，他若有所惊惧似的，突然溜出我的手臂，跑到他母亲那里去了。

这一天下午，他只到过我房里一次。没有走近我，只远远地站着，睁着沉思的眼睛凝望着我，我走过去牵他时，他立刻走出去了。

几天不见，就忘记了吗？我苦恼起来。显然地，他对我生疏了。他像有意在躲避着我。我们中间有了什么隔膜吗？

但一两天后，阿品到我房子里的次数又渐渐加多了。虽然比不上从前那般的亲热，虽然他现在来了不久就要出去，可是我相信他对我的感情并未冷淡下来。他现在不很作声了，他只是凝望着我，或者默然靠在我的身边。

有一种事实，不久被我看出了。每当阿品走进我的房里，我的门外就现出一个人影。几分钟后，就有人来叫他出去。外婆，舅舅，父亲，母亲，两个丫头，一共六个人，好像在轮流监视他，不许他和我接近。从前，阿品有点叛逆，常常不听他外婆和丫头的话，现在却不同了，无论哪一个丫头，只要一叫他的名字，他就立刻走了。他现在已不复姓王，他坚决地说他姓谭了。

为着什么，他一家人要把我们隔离，我猜想不出来。我曾经对他家里的人有过什么恶感吗？没有。曾经有什么事情有害于阿品吗？没有……这原因，只有阿品知道吧。但他的话，我不懂；即使懂得，阿品怕也不会说出来，他显然是有所恐惧的。

几天以后，家人对于阿品的监视愈严了。每当阿品踱到我的门前，就有人来把他扯回去。他只哼着，不敢抵抗。但一遇到机会，他又来了，轻轻地竖着脚尖，一进门，就把门关上。一听见门外有人叫阿品，他就从另一个门走出去，做出并未到过我房里的模样。有一次，他竟这样地绕了三个圈子：丫头从朝南的门走进来时，他已从朝西的门走了出去；丫头从朝西的门出去时，他又从朝南的门走了进来。过了不久，我听见他在母亲房里号叫着，夹杂着好几种严厉的詈声，似有人在虐待他的皮肤。这对待显然是很可怕的，但是无论怎样，阿品还是要来。进了我的房子，他不敢和我接近，只是躲在屋隅里，默然望着我，好像心里就满足，就安慰了。偶然和我说起话来，也只是低低的，不敢大声。

可怜的孩子！我不能够知道他的被压迫的心有着什么样的痛楚！两颗凝滞的眼珠，像在望着，像没有望着，该是他的忧郁、痛苦与悲哀的表示吧……

到底为着什么呢？我反复地问着自己。阿品爱我，我爱阿品，为什么做父母的不愿意，定要使我们离开呢？

我不幸，阿品不幸！命运注定着，我们还须受到更严酷的处分：我必须离开厦门，与阿品分别了。我们的报纸停了版，为着生活，我得到泉州的一家学校去教书了。我不愿意阿品知道这消息。头一天下午，我紧张地抱着他，流着眼泪，热烈地吻他的面颊，吻他的额角。他惊骇地凝视着我，也感动得眼眶里包满了眼泪。但他不知道我的痛苦的原因。随后我锁上了房门，不许任何人进来，开始收拾我的行李。第二天，东方微明，我就凄凉地离开了那所忧郁的屋子。

呵，枯黄的屋顶，灰色的墙壁……

到泉州不久，我终于打听出了阿品的不幸的消息。这里正是阿品的父亲先前工作的城市，不少知道他的人。阿品是我的同乡。他是在十个月以前，被人家骗来卖给这个工程师的……这是这里最流行的事：用一二百元钱买一个小女孩做丫头，或一个男孩做儿子，从小当奴隶使用着……这就是人家不许阿品和我接近的原因了。可怜的阿品！

几个月后，直到我再回厦门，阿品已跟着他的父亲往南洋去。

我不能再见到阿品了……

胡　髭

嗳。又长了！昨天才剃得光光的。那胡须！

他的食指在尖利的上唇边摸了一下，锁着眉头，转身摘下壁上的挂镜。

墨一样。刺一样。从上唇绕到下巴。下巴上，下唇下，也竖着几根。那胡须！

妈的！

他愤怒地扯出屉子。

“Wordonia”：蓝底白字的、长方形的盒子。“Wordonia”：银色的、镂着细纹的圆柄。

“Wotdonia”：黑色的，长的，两头圆的，中间一个大的窟窿，两边两个小的，那底板。“Wordonia”：雪亮的，薄的，一个鼻孔，两只眼孔锋利的刀片。那仍然是“Wordonia”的，虽然不再写着，那圆凸的、发光的、三只脚的盖板。

Lux。刷子。温水。

杀杀杀，杀杀杀：刀不留情！

现在可全完了。那胡须！

光光的，摸不到一根。

白的，嫩的，姑娘的下巴那样。镜子里的那下半截面孔。

不，就连那眼睛也异样了。闪闪地射着青春的光。

多少年纪了？

看吧：二十岁，十八岁，十六岁。最年轻哩！

他快乐地笑了起来。

法国公园里的姑娘们，盯着眼睛望他，可不是为的他没有胡须？

鸟儿为什么叽叽喳喳地叫着？树枝为什么摆着头？

要是昏庸老朽，谁理他！

这一切，他全懂得。

他必须抓住那青春。

然而胡须！那胡须！

他咬紧了牙齿。

昨天才剃得光光的，今天又得剃了！

汗毛似的东西，居然越长越黑，越长越硬，越长越多！

而且不长在隐藏的地方，偏偏要在最触目的嘴边。

嘴边，那是多么宝贵的地方。一生的幸福全是从这里开始的。然而，那胡须，在他的幸福还没开始的时候，就准备着破坏。

老了，老了！它说着，虽然没有声音，然而明明在当着别人面前，这样说着。

嗳。年轻的姑娘们，全被它吓跑了。

刺似的，哪个不怕？

然而，也全非没办法。

他可有“Wordonia”。

杀杀杀，杀杀杀。不消五分钟，便都完了。那胡须！

它不服。那胡须！它越长越快了。

以前是一月一剃，一月两剃……现在，有一天不剃，是不行的。

它说：

你会剃，我会长！你越剃，我越长！

他听见这话。他愣住了。

然而，他还有“Gillet”。它装在一只小小的盒子里。盒子里还有一面小小的镜子。

现在随便什么时候，随便什么地方都可以剃了。它原来就是为他制的。放在衣袋里，日夜带着走。

服不服？不服吗？茅厕里也可以掏出“Gillet”来！

他得意地恫吓着。

它笑了一笑。那胡须！

看着吧!

它说。

它愈加长得快，愈加长得多，愈加长得黑，愈加长得硬了。那胡须!

它在嘴唇边挖了一孔又一孔。

这还不够。

它在一个孔里，长出两根三根刺来。那胡须!

而且，它沿着下巴，侵袭到头颈上，沿着口角，侵袭到两颊了。

一路和两鬓连起来。一路和后颈的头发连起来。

它说。那胡须!

他皱了一会儿眉头。

然而他还有铁做的钳子。

连根拔掉！妈的!

他说。苦笑着!

嚓！嚓！嚓!

皮也跳了起来。

他红着脸。

皮是你的。你也痛!

它说，那胡须!

你可死了!

他说。

然而它仍不服。任他怎样扯得光光的，不到一天，它又伸出尖利的刺来，那胡须!

还有更好的办法。妈的!

他想。

他有两只手全长着尖利的、硬的钢甲。

这是上帝为了胡须，特别创造给他的。

“Wordonia”，“Gillet”，是外国货。

钳子，也须出钱去买。

两只手却就生在他自己的身上。

不花一个钱。不必装在衣袋里。

也没人注意到，当他的手摸着胡须的时候，便在那里嚓，嚓，嚓！

而且最容易习惯。那自己的手！

坐着。躺着。走着。讲着。不必命令。不必想到。就有两只带钢甲的手指钳住了它。那胡须！

嚓！嚓！嚓！

连根都拔起来了！

现在可该服了。那胡须！

他的食指在嘴边绕了一个圈子。

软了。稀疏了。

哈，哈，哈！也有今日！

他得意地说。

可不是！镜子照一照吧。还有更好笑的哩！

它说。那胡须！

他寻出许久没用过的镜子来。

黄松毛一样。稀稀的。这儿几根长，那儿几根短。

妈的！更丑了！

他厌恶地说。

哈，哈，哈！还有那额角，那面颊！

它说。讥刺似的。那胡须！

他举起眼睛。

嗳！嗳！额上的皱纹！一条一条。沟似的！

那面颊！也全皱了！

现在可真的老了！哈哈！

它说。那胡须！

他跳了起来。

嗳！幸福！嗳！青春！

怎么老的，他全不知道！

妈的！就让它生长吧！留着上边的一排，抢着嘴角的几根，可也像一个中年的东洋人！

他想。他竭力禁止着那成了习惯的手指。

然而它不愿再长了。那胡须!

它只是这里一根，那里一根，枯黄地插着。

越剃越长，越剃越多，越剃越黑!

他可记得从前的事情。

他苦笑着，寻出了生锈的“Wordonia”和“Gillet”。

然而它仍然那样稀疏。只有那枯黄的，渐渐白了起来。

完了！嗳！嗳!

就让它像姜太公那样的吧!

他想。

然而它不再长了。只是短短的。短短的。

妈的！不要你长，偏要长！要你长，偏不长！和我结下什么怨仇?

他狠狠地骂着。

自己想想吧！你和我有什么怨仇!

给你美丽地长着，你偏要剃光、拔光！现在又要我长了！怎么怪得我!

它说。那胡须!

现在我衰老了，你自己也就衰老了哩!

它说。那胡须!

妈的！你到现在还不服吗？再把你拔光，看你还长得出来不能!

嚓！嚓！嚓!

他的钢甲的手指又动作了。恶狠地。

好呀！好呀!

至少要等你的肉腐烂了，我才死哩！哈哈哈!

它说。那胡须!

因为我和你，共着一个灵魂!

它说。那胡须!

屋顶下。

本德婆婆的脸上突然掠过一阵阴影。她的心像被石头压着似的，沉了下去。

“你没问过我！”

这话又冲上了她的喉头，但又照例地无声地翕动一下嘴唇，缩回去了。

她转过身，走出了厨房。

“好贵的黄鱼！”被按捺下去的话在她的肚子里咕噜着。

“八月才上头，桂花黄鱼，老虎厕！两角大洋一斤，不会头东洋鱼！一条吃上半个月！不做忌日，不请客！前天猪肉，昨天鸭蛋，今天黄鱼！豆油不用，用生油，生油不用，用猪油，怎么吃不穷！哼！你丈夫赚得多少钱？二十五元一个月，了不起！比起老头以前的工钱来，自然天差地别！可是以前，一个铜板买得十块豆腐。现在呢？一个铜板买一块！哪一样不贵死人……我当媳妇，一碗咸菜，一碟盐，养大儿子，赎回屋子，哼，不从牙齿缝里漏下来，怎有今天！今天，你却要败家了！……一年两年，孩子多了起来，看你怎样过日！”

本德婆婆想着，走进房里，叹了一口气。在她的瘦削的额上，皱纹簇成了结。她的下唇紧紧地盖过了干瘪的上唇，窒息地忍着从心中冲出来的怒气。深陷的两眼上，罩上了一层模糊的云。她的头顶上竖着几根稀疏的白发，后脑缀着一个假发髻。她的背已经往前弯了。她的两只小脚走动起来，有点踉跄。她的年纪，好像有了六七十岁，但实际上她才只活了五十四年。别的女人生产太多，所以老得快，她却是因为工作的劳苦。四十五岁以前的二十几年中，她很少休息，她虽然小脚，可她做着和男子一样的事情。她给人家挑担，砻谷，舂米，磨粉，种菜。倘若三年前不害一场大病，也许她现在还是一个很强健的女工。但现在是全都完了。一切都出乎意料地突然衰弱下来，眼睛、手脚、体力，都十分不行了。而且因为缺乏好的调养，还在继续地衰弱着。照阿芝叔的意思，他母亲的身体是容易健康起来的，只要多看几次医生，多吃一些药。但本德婆婆却舍不得用钱。“自己会好的。”她固执地这样说，当她开始害病的时候。直至病得愈加厉害，她知道医得迟了，愈加不肯请医生。她说已经医不好了，不必白费钱。“年纪本来也到了把啦，瓜熟自落。”她要把她历年积聚下来的钱，留作别的更大的用处，于是这病一直拖延下来，有时仿佛完全好了，有时又像变了痨病，受不得冷，当不得热，咳嗽，头晕，背痛，腰酸，发汗，无力。“补药吃得好。”许多人都这样说。但是她摇着头说：“那还了得，像我们这样的人家吃补药！”她以前并不是没有害过病，可都是自己好的，没有吃过药，更不曾吃过补药。她一面发热，一面还要砻谷，舂米。“像现在，既不必做苦工，又不必风吹晒太阳，病不好，是天数，一千剂一万剂补药都是徒然的。”她说。

“不会长久了。”她很明白，而且确信。她于是急切地需要一个继承她的事业的人。阿芝叔已经二十五岁了，近几年来在轮船上做茶房，也颇刻苦俭约，晓得争气，但没有结婚，可不能算已成家立业，她的责任还未全尽，而她辛苦一生的目的也还没有达到。虽然她明白瓜熟自落、人老终死，没有什么舍不得，但要是真得一场大病死了，她会死不瞑目，永久要在地下抱憾的。儿子没有成家，她的一切过去的努力便落了空。因此，她虽然病着，但她还是急忙给阿芝叔讨了一个媳妇来。

“我的担子放下了。”她很满意地说。身体能够健康起来，是她的福，倘若能够抱到孙子，更是她无边的福了。至于后来挑担子的人怎样，也只好随他们去。她现在已经缴了印，一切里外的事情交给儿子和媳妇去主张。她的身体坏到这个样子，在家一天，做一天客人。

“有什么错处，不妨骂她。”阿芝叔临行时这么对她说。

这话够有道理了。自己的儿子总是好的。年轻的人自然应该听长辈的教训。但她可决不愿意骂媳妇。虽然媳妇不是自己生的，但她可是自己儿子的亲人。

“晓得我还活得多少日子，有现成饭吃，就够心满意足了。”

“自然你不必再操心了，不过她到底才当家，又初进门，年纪轻。”

“安心去好啦，她生得很忠厚，又不笨，不会三长两短的！”本德婆婆望着媳妇在旁边低下发红的脸，惆怅的别情忽然找着了安慰，不觉微笑起来。

然而阿芝叔的话的确是有道理的，阿芝婶年纪轻，初进门，才当家，本德婆婆虽然老了而且有病，但不能不时时指点她。当家有如把舵，要精明，要懂得人情世故，要刻苦，要做得体面。一个不小心，触到暗礁，便会闯下大祸，弄得家破人亡的。现在本德婆婆已经将舵交给了阿芝婶了，但她还得给她瞭望，给她探测水的深浅、风雨的来去，给她最好的最有经验的意见，有时甚至还得帮她握着舵。本德婆婆明白这些。她希望由她辛苦地创造了几十年的家庭一天比一天好起来。于是她的撒手的念头又渐渐消灭了。她有病，她需要多多休养，但她仍勉强地行动着，注意着，指点着。凡她胜任的事情，她都和阿芝婶分着做。

天还没有亮，本德婆婆已像往日似的坐起在床上，默然思忖着各种事情。待第一线黯淡的晨光透过窗隙，她咳嗽着，打开了窗和门。“可以起来了，”她一面喊着阿芝婶，一面去拿扫帚，“我会扫的，婆婆，你多困一会儿吧，大清早哩。”

“起早惯了，睡不熟，没有事做也过不得。你去煮饭吧，我会扫的……一天的事情，全在早上。”

扫完地，本德婆婆便走到厨房，整理着碗筷，该洗的洗，该覆着的覆着，该拿出来的拿出来，帮着阿芝婶。吃过饭，她又去整理箱里的衣服鞋袜，指点着阿芝婶，把旧的剪开，拼起来，补缀着。

一天到晚，都有事做。做完这样，本德婆婆又想到了那样。她的瘦小的腿子总是踉跄地拖动着小脚来往地走着。她说现在阿芝婶当家了，但实际上却和她自己当家没有分别。

这使阿芝婶非常地为难。婆婆虽然比不得自己的母亲，但她可是自己丈夫的母亲，她现在身体这样坏，怎能再辛苦，倘若有了三长两短，又如何对得住自己的丈夫！既然是自己当家了，就应该给婆婆吃现成饭。“啊呀，身体这样坏，还在这里做事！媳妇不在家吗？”邻居已经说了好几次了，这话几乎比当面骂她还难受。可不是，摆着一个年轻力壮的媳妇，让可怜的婆婆辛苦着，别人一定会猜测她偷懒，或者和婆婆讲不来话。她也曾竭力依照婆婆的话日夜忙碌着，她想，一切都一次做完了，应该再没有什么事了，哪晓得本德婆婆像一个发明家似的，尽有许多事情找出来。补完冬衣，她又拿出夏衣来；上完一双鞋底，她又在那里调糨糊剪鞋面。揩过窗子，她提着水桶要抹地板了。她家里只有这两个人，但她好像在那里预备十几个人的家庭一样。阿芝婶还没有怀孕，本德婆婆已经拿出了许多零布和旧衣，拿着剪刀在剪小孩的衣服，教她怎样拼，怎样缝，这一岁穿，这三岁穿，这可以留到十二岁，随后又可以留给第二个孩子、第三个孩子。她常常叹着气说，她不会长久，但她的计划却像至少还要活几十年的样子。阿芝婶没有办法，最后想在精神方面给她一点安慰。“婆婆，今天吃点什么菜呢？”这几乎是天天要问的。

“你自己做主意好了，我好坏都吃得下。”每次是一样的回答。

阿芝婶想，这麻烦应该免掉了。婆婆的口味，她已经懂得。应该吃什么菜，阿芝叔也关照过：“身体不好，要多买一点新鲜菜。她舍不得吃，要逼她吃。”于是她便慢慢自己做起主意来，不再问婆婆了。

然而本德婆婆却有点感到冷淡了，这冷淡，在她觉得仿佛还含有轻视的意思。而且每次阿芝婶要带一点好的贵的菜回来，更使她心痛。她自己是熬惯了嘴的，倘不是从牙齿缝里省下来，哪有今日！媳妇是一个年轻的人，自然不能和她并论。她也认为多少要吃得好一点。不过也须有个限制。例如，一个月中吃一两次好菜，就尽够了。若说天天这样，不但穷人，就连家财百万也没有几年好吃的。因为媳妇才起头管家，本德婆婆心里虽然不快活，可是一向缄默着，甚至连面色也不肯露出来。起初她还陪着吃一点，后来只拨动一下筷子就完了。她不这样，阿芝婶是不吃的。倘若阿芝婶也不吃，她可更难过，让煮得好好的菜坏了去。

然而今天，本德婆婆实在不能忍耐了。

“你没有问过我！”这话虽然又被她按捺住了，样子却做不出来了。她的脸上满露着不能掩饰的不快活的神色，紧紧地闭着嘴，很像无法遏抑心里的怒气似的，她从厨房走出来，心像箭刺似的，躺在床上叹着气，想了半天。

吃饭的时候，金色的、鲜洁的、美味的黄鱼摆在本德婆婆的面前，本德婆婆的筷子只是在素菜碗里上下翻动。

“婆婆，趁新鲜吧。煮得不好呢。”阿芝婶催过两次了。

“哦！”这声音很沉重，满含着怒气。她的眼光只射到素菜碗里，怕看面前的黄鱼似的。

吃晚饭的时候，鱼又原样地摆在本德婆婆的面前。但是本德婆婆的怒气仍未息。

“婆婆，过夜会变味呢。”

“你吃吧。”声音又有点沉重。

第二天早晨，本德婆婆只对黄鱼瞟了一眼。

阿芝婶想，婆婆胃口不好了。这两天颜色很难看，说话也懒洋洋的，不要病又发了，清早还听见她咳嗽了好几声，药不肯吃，只有多吃几碗饭。荤菜似乎吃厌了，不如买一碗新鲜的素菜。

于是午饭的桌上，芋艿代替了黄鱼。

本德婆婆狠狠地瞟了一眼。

这又是才上市的！还只有荸荠那样大小。八月初三才给灶君菩萨尝过口味，今天又买了！

她气愤地把芋艿碗向媳妇面前推去，换来一碗咸菜。

阿芝婶吃了一惊，停住了筷。

“初三那天，婆婆不是说芋艿好吃吗？”

“自然！你自已吃吧！”本德婆婆咬着牙齿说。

阿芝婶的心突突地跳动起来，满脸发着烧，低下头来。婆婆发气了。为的什么呢？她想不到。也许芋艿不该这样煮？然而那正是婆婆喜欢吃的，照着初三那天婆婆的话：先在饭镬里蒸熟，再摆在菜镬里，加一点油盐和水，轻轻翻动几次，然后撒下葱蒜，略盖一会儿盖子，便铲进碗里——这叫作落镬芋艿。或者是咸淡没调得好？然而婆婆并没有动过筷子。

“一定是病又发作了，所以爱发气，”阿芝婶想，“好的菜都不想吃。”

怎么办呢？阿芝婶心里着急得很。药又不肯吃……不错，她想到了，这才是开胃健脾的。晚上煨在火缸里，明天早晨给她吃。

她决定下来，下午又出街了。

本德婆婆看着她走出去，愈加生了气。“抢白她一句，一定向别人诉苦去了！丢着家里的事情！”她叹了一口气，也走了出去，立住在大门口。她模糊地看见阿芝婶已经走到桥边。从桥的那边来了一个女人，那是最喜欢讲论人家长短、东西挑拨、绰号叫作“风扇”的阿七嫂。走到桥上，两个人对了面，停住脚，讲了许久话。阿七嫂一面说着什么，一面还举起右手做着手势，仿佛在骂什么人。随后阿芝婶东西望了一下，看见前面又来了一个人，便一直向街里走去。

“同这种人一起，还有什么好话！”本德婆婆的心像刀割似的痛，踉跄地走进房里，倒在一张靠背椅上，伤心起来。她想到养大儿子的一番苦心，却不料今日讨了一个这样不争气的媳妇，不由得润湿了干枯的老眼。她也曾经生过两个儿子、三个女儿，现在却只剩了一个男的、一个女的，而女的又出了嫁。倘若大儿子没有死，她现在可还有一个媳妇、几个孩子。倘若那两个女儿也活着，她还有说话的人，还有消气的方法。而现在，却剩了自己一个人，孤孤单单地过着日子。希望讨一个好媳妇，把家里弄得更好一点，总不辜负自己辛苦一生，哪晓得……

阿芝婶回来了。本德婆婆看见她从房门口走过，一直到厨房去，手里提着一包东西。

又买吃的东西！钱当水用了！水，也得节省，防天旱！穷人家哪能这样浪费！

本德婆婆气得动不得了。她像失了心似的，在椅子上一直呆坐了半天。

她不想吃晚饭，也吃不下，但想知道又添了一碗什么菜，她终于沉着脸，勉强地坐到桌子边去。

没有添什么菜。芋艿还原样地摆在桌上。黄鱼不见了。吃中饭的时候，它还没有动过。现在可被倒给狗吃了。

本德婆婆站起来，气愤地往厨房走去。

“婆婆要什么东西，我去拿来。”

“自己会拿的！”

她掀开食罩，没有看见黄鱼。开开羹橱，也没有。碗盏桶里一只腥气的空碗，那正是盛黄鱼的！

她怒气冲天地正想走出厨房，突然嗅到一阵香气。她又走回去，揭开煨在火缸里的瓦罐。

红枣！

现在本德婆婆可绝对不能再忍耐了！再放任下去，会弄得连糠也没有吃！年纪轻轻，饭有三碗好吃，居然吃起补品来了！她拔起脚步，像吃了人参一般，毫不踉跄，走回房里。

“我牙齿缝里省下来！你要一天败光它！”她咬着牙齿，声音尖锐得和刺刀一样。“你丈夫赚得多少钱？你有多少嫁妆？这样好吃懒做！”她说着，痉挛地倒在椅子上，眼睛火一般红，一脸苍白。

阿芝婶的头上仿佛落下了一声霹雳，完全骇住了。脸色一阵红，一阵青。浑身战栗着。为了什么，婆婆这样生气，没有机会给她细想，也不能够问婆婆。

“我错了，婆婆，”她的声音颤动着，“你不要气坏了身体，我晓得听你的话……”她说着，眼泪流了下来。

“今天黄鱼明天肉！你在娘家吃什么！哼！还要补！”

阿芝婶现在明白了：一场好意变成了恶意，原来婆婆以为是她贪嘴了。天晓得！她几时为的自己！婆婆爱吃什么，该吃什么，全是丈夫再三叮嘱过来的。不信，可以去问他！

“婆婆！”阿芝婶打算说个明白，但一想到婆婆正在发气，解释不清反招疑心，话又缩回去了。

“公婆比不得爹娘，”她记起了母亲常常说的话，“没有错，也要认错的。”现在只有委屈一下，认错了，她想。

“婆婆，我错了，以后不敢了……”她抑住一肚子苦恼，含着伤心的眼泪，又说了一遍。

“你买东西可问过我！”

“我错了！婆婆。”

本德婆婆的气似乎平了一些，挺直了背，望着阿芝婶，眼眶里也微湿起来。

“嗨，”她叹着气，说，“无非都是为的你们，你们的日子正长着。我还有多少日子，样子早已摆出了的。”

“为的你们？”阿芝婶听着眼泪涌了出来。她自己本也是为的婆婆，也正因为她样子早已摆出了的……

“你可知道，我怎样把你丈夫养大？”本德婆婆的语气渐渐和婉了，“不讲不知道……”

她开始叙述她的故事。从她进门起，讲到一个一个生下孩子，丈夫的死亡，抚养儿女的困难、工作的劳苦，一直到儿子结婚。她又夹杂些人家的故事，谁怎样起家，谁怎样败家，谁是好人，谁是坏人。她有时含着眼泪，有时含着微笑。

阿芝婶低着头，坐在旁边倾听着。虽然进门不久，但关于婆婆的事，丈夫早已详细地讲给她听过了。阿芝婶自己的娘家，也并不曾比较好。她也是从小就吃过苦的。阿芝叔在家的时候，她曾要求过几次，让她出去给人家做娘姨，但是阿芝叔不肯答应。一则爱她，怕她受苦；二则母亲衰老，非她侍候不可。她很明白，后者的责任重大而且艰难，然而又不得不担当。今天这一番意外的风波，虽然平息了，但日子可正长着。吃人家饭，随时可以卷起铺盖；进了婆家，却没有办法。媳妇难做，谁都这样说。可是每一个女人都得做媳妇，受尽不少磨难。阿芝婶也只得忍受下去。

本德婆婆也在心里想着：好的媳妇原也不大有，不是好吃懒做，便是搬嘴吵架，或者走人家败门风。媳妇比不得自己亲生的女儿，打过骂过便无事，大不了，早点把她送出门；媳妇一进来，却不能退回去，气闷烦恼，从此鸡犬不宁。但是后代不能不要，每个儿子都须给他讨一个媳妇。做婆婆的，好在来日不多，譬如早闭上眼睛。本德婆婆也渐渐想明白了。

“人在家吗？”门口忽然有人问了起来，接着便是脚步声。

“乾生叔吗？”本德婆婆回答着，早就听出了是谁的声音。

阿芝婶慌忙拿了一面镜子，走到厨房去。

“夜饭用过了吗？”

“吃过了。你们想必更早吧。”本德婆婆站了起来。

“坐下，坐下……正在吃饭，挂号信到了。阿芝真争气，中秋还没有到，钱又寄来了。”

“怕不见得呢，信在哪里？就烦乾生叔拆开来，看一看吧。阿芝老婆！倒茶来！点起灯！”

“不必，不必，天还亮。”乾生叔说着，从衣袋里取出信和眼镜，凑近窗边。

“公公吃茶！”阿芝婶托着茶盘，从里面走出来，端了一杯给乾生叔。

“手脚真快，还没坐定，茶就来了。”

“便茶。”随后她又端了一杯给本德婆婆，“婆婆，吃茶。”

“啊，又是四十元！”乾生叔取出汇票，望了一下，微笑着说，一只手摸着棕色的胡髭。“生意想必很得意。——年纪到底老了，要不点灯，戴着眼镜看信，还有点模糊。——真是一个孝子，不负你辛苦一生！要老婆好好侍候你，常常买好的菜给你吃，身体这样坏，要快点吃补药，要你切不可做事情，多困困，钱，不要愁，娘的身上不可省。不肯吃，逼你吃。从前三番四次叮嘱过她，有没有照办？倘有错处，要你骂骂她。近来船上客人多，外快不少，不久可再寄钱来。问你近来身体可好了一点。——唔，你现在总该心足了，阿嫂，一对这样的儿媳！”

“哪里的话，乾生叔，倘能再帮他们几年忙就好了。谁晓得现在病得这样不中用！”本德婆婆说着，叹了一口气。

但是本德婆婆的心里却非常轻松了。儿子实在是有着十足孝心的。就是媳妇——她转过头去望了一望，媳妇正在用手巾抹着眼睛，仿佛在那里伤心。明明是刚才的事情，她受了委屈了。儿子的信一句句说得很清楚，无意中替她解释得明明白白，媳妇原是好的。可是，这样花钱，绝对错了。

“两夫妻都是傻子哩，乾生叔，”本德婆婆继续说了，“那个会这样说，这个真会这样做，鱼呀肉呀买了来给我吃！全不想到积谷防饥，浪用钱！”

“不是我阿叔批评你，阿嫂。”乾生叔摘下眼镜，说，“你只知其一，不知其二。积谷防饥，底下是一句养儿防老，你现在这样，正是养老的时候了。他们很对。否则，要他们做什么！”

“咳，还有什么老好养，病得这样！有福享，要让他们去享了！我只要他们争气，就心满意足了。”

真没办法，阿芝婶想，劝不来，只好由她去，从此就照着她办吧，也免得疑心我自己贪嘴巴。说是没问过她，这也容易改，以后就样样去问她，不管大小里外的事——官样文章！自己又乐得少背一点干系，譬如没当家。婆婆本来比不得亲生的娘。

媳妇到底比不得亲生的女儿，本德婆婆想。自从那次事情以后，她看出阿芝婶变了态度了。话说得很少，使她感到冷淡。什么事情都来问她，又使她厌烦。明明第一次告诉过她，第二次又来问了，仿佛教不会一样。其实她并不蠢，是在那里作假，本德婆婆很知道。这情形，使本德婆婆敏锐地感到，她是在报复从前自己给她的责备：你怪我没问你，现在便样样问你我不负责！这样下去，又是不得了。例如十五那天，就给她丢尽了脸了。

那天早晨，本德婆婆吃完饭，走到乾生叔店里去的时候，凑巧家里来了一个收账的人。那是贳器店老板阿爰。他和李阿宝是两亲家。李阿宝和阿芝叔在一只轮船上做茶房，多过嘴。这次阿芝叔结婚，本不想到阿爰那里去贳碗盏，不料总管阿芳叔没问他，就叫人去通知了阿爰，送了一张订单去。待阿芝叔知道，东西已经送到，只好用了他的。照老规矩，中秋节的账，有钱付六成，没钱付三四成。今天已经是节前最末一日，没有叫人家空手出门的。却不料阿芝婶竟回答他要等婆婆回来。大忙的日子，人家天还没亮便要跑出门，这家收账，那家收账，怎能在这里坐着等，谁晓得你婆婆几时回来？不近人情。阿爰猜测起来，不是故意刁难他，便是家里没有钱。再把钱送去，还要被他猜是借来的。传到李阿宝耳朵里，又有背地里给他讲坏话的资料了："有钱讨老婆，没钱付账！"

"钱箱钥匙是你管的！"本德婆婆不能不埋怨了。

"没有问过婆婆……怎么付给他！"

本德婆婆生气了，这句话仿佛是在塞她的嘴。

"你说什么话！要你不必问，就全不问！要你问，就全来问！故意装聋作哑，拨一拨，动一动！"

阿芝婶红着脸，低下头，缄默着。她心里可也生了气：不问你，要挨骂！问你，又要挨骂！我也是爹娘养的！

看看阿芝婶不作声，本德婆婆也就把怒气忍耐住了。虽然郁积在心里更难受，但明天正是中秋节，闹起来，六神不安，这半年要走坏运的。没有办法，只有走开了事。

然而这在阿芝婶虽然知道，可没有方法了。她藏着一肚皮冤枉气，实在吐不出来。夜里在床上，她暗暗偷流着眼泪，东思西想着，半夜睡不熟。

第二天，阿芝婶清早爬起床，略略修饰一下，就特别忙碌起来：日常家务之外，还要跑街买许多菜，买来了要洗，要煮，要做羹饭，要请亲房来吃。这些都须在上午弄好。本德婆婆尽管帮着忙，但依然忙个不停。她年轻，本来爱困，昨夜没有睡得足，今天精神恍恍惚惚的，好不容易支撑着。

客散后，一只久候着的黑狗连连摇着尾巴，缠着阿芝婶要东西吃。她正在收拾桌上的碗盏，便用手里的筷子把桌上一堆肉骨和虾头往地上划去。

“乓！”一只夹在里面的羹匙跟着跌碎了。

阿芝婶吃了一惊，通红着脸。这可闯下大祸了，今天是中秋节！

本德婆婆正站在门口，苍白了脸，瞪着眼。她呆了半晌，气得说不出话来。

“狗养的！偏偏要在今天打碎东西！你想败我一家吗？瞎了眼睛！贱骨头！它是你的娘，还是你的爹，待它这样好？啊！你得过它什么好处？天天喂它！今天鱼，明天肉！连那天没有动过的黄鱼也孝敬了它！”本德婆婆一口气连着骂下去。

阿芝婶现在不能再忍耐了！骂得这样的恶毒，连爹娘也拖了出来！从来不曾被人家这样骂过！一只羹匙到底是一只羹匙！中秋节到底是中秋节！上梁不正，下梁错！怎能给她这样骂下去！

“哎呀妈呀！”阿芝婶蹬着脚，哭着叫了起来，“我犯了什么罪，今天这样吃苦！我也是坐着花轿，吹吹打打来的！不是童养媳，不是丫头使女！几时得过你好处！几时亏待过你！”

“我几时得过你好处！我几时亏待过你！”本德婆婆拍着桌子，“你这畜生！你瞎了眼珠！你故意趁着过节寻祸！你有什么嫁妆？你有什么漂亮？啊！几只皮箱？几件衣裳？你这臭货！你这贱货！你娘家有几幢屋？几亩田？啊！不要脸！还说什么吹吹打打！你吃过什么苦来？打过你几次？骂过你几次？啊！你吃谁的饭？你赚得多少钱？我家里的钱是偷的还是盗的，你这样看不起，没动过筷的黄鱼也倒给狗吃！”

“天晓得，我几时把黄鱼喂狗吃！给你吃，骂我！不给你吃，又骂我！我去拿来给你看！”阿芝婶哭号着走进厨房，把羹橱下的第三只甑捧出来，顺手提了一把菜刀。“我开给你看！我跪在这里，对天发誓，”她说着，扑倒在阶上，“要不是那一条黄鱼，我把自己的头砍掉给你看！”

她举起菜刀，对着甑上的封泥……

“灵魂哪里去了！灵魂？阿芝婶！”一个女人突然抱住了她的手臂。

“咳，真没话说了，中秋节！”又一个女人叹息着。

“本德婆婆，原谅她吧，她到底年纪轻，不懂事！”又一个女人说。

“是呀，大家要原谅呢，”别一个女人的话，“阿芝嫂，她到底是你的婆婆，年纪又这样老了！”

邻居们全来了，大的小的，男的女的。有些人摇着头，有些人呆望着，有些人劝劝本德婆婆，又跑过去劝劝阿芝婶。

阿芝婶被拖倒在一把椅上，满脸流着泪，颜色苍白得可怕。长生伯母拿着手巾给她抹眼泪，劝慰着她。

本德婆婆被大家拥到别一间房子里。她的眼睛愈加深陷，颊骨愈加突出了。仿佛为了这事情，在瞬息间便老了许多。她滴着眼泪，不时艰难地嗳着抑阻在胸膈的气，口里还喃喃地骂着。几个女人不时用手巾扪着她的嘴。过了一会儿，待邻居们散了一些，只有三四个要好的女人在旁边的时候，她才开始诉说她和媳妇不睦的原因，一直从她进门说起。“总是一家人，原谅她点吧。年纪轻，都这样，不晓得老年人全是为的他们。将来会懊悔的。”老年的女人们劝说着。

阿芝婶也在房间里诉着苦，一样地从头说起。她告诉人家，她并没有把那一次的黄鱼倒给狗吃。她把它放了许多盐，装在甑里，还预备等婆婆想吃的时候拿出来。

“总是一家人，原谅她点吧。年纪老了，自然有点悖，能有多少日子！将来会明白的。”

过了许久，大家劝阿芝婶端了一杯茶给本德婆婆吃，并且认一个错，让她消气了事。

“大事化小事，小事化无事，媳妇总要吃一些亏的！”

“倒茶可以，认错做不到！”阿芝婶固执地说，“我本来没有错！”

“管它错不错，一家人，日子长着，总得有一个人让步，难道她到你这里来认错？”

于是你一句，我一句，终于说得她不作声了。人家给她煮好开水，泡了茶，连茶盘交给了她。

阿芝婶只得去了，走得很慢，低着头。

“婆婆，总是我错的。”她说着把茶杯放在本德婆婆的面前，便急速地退出来。

本德婆婆咬着牙齿，瞪了她一眼。她的气本来已经消了一些，现在又给闷住了。“总是我错的！”什么样的语气！这就是说：在你面前，你错了也总是我错的！她说这话，哪里是来认错！人家的媳妇，骂骂会听话，她可越骂越不像样了。一番好意全是为的她将来，哪晓得这样下场！

“不管了，由她去！”本德婆婆坚决地想，“我空手撑起一个家，应该在她手里败掉，是天数。将来她没饭吃，该讨饭，也是命里注定好了的。”于是她决计不再过问了。摆在眼前看不惯，她只好让开她。她还有一个亲生的女儿，那里有两个外孙，乐得到那里去快活一向。

第二天清晨，本德婆婆检点了几件衣服，提着一个包袱，顺路在街上买了一串大饼，搭着航船走了。

“去了也好，”阿芝婶想，“乐得清静自在。这样的家，你看我弄不好吗？年纪虽轻，却也晓得当家，并且还要比你弄得好些。”

只是气还没有地方出，邻居们比不得自己家里的人，阿芝婶想回娘家了，那里有娘有弟妹，且去讲一个痛快。看起来，婆婆会在姑妈那里住上一两个月，横直丈夫的信才来过，没什么别的事，且把门锁上一两天。打算定，收拾好东西，过了一夜，阿芝婶也提着包袱走了。

娘家到底是快活的。才到门口，弟妹们就欢喜地叫了起来，一个叫着娘跑进去，一个奔上来抢包袱。

“哎哟！”露着笑容迎出来的娘一瞥见阿芝婶，突然叫着说，“怎么颜色这样难看呀！彩凤！又瘦又白！”

阿芝婶低着头，眼泪涌了出来，只叫一声“妈”，便扑在娘的身上，抽咽着。这才是自己的娘，自己从来没注意到自己的憔悴，她却一眼就看出来了。

“养得这样大了，还是离不开我，”阿芝婶的娘说，仿佛故意宽慰她的声音，“坐下来，吃一杯茶吧。”

但是阿芝婶只是哭着。

“受了什么委屈了吧？慢慢好讲的。早不是叮嘱过你，公婆不比自己的爹

娘，要忍耐一点吗？”

“也看什么事情！”阿芝婶说了。

“有什么了不得，她能有多少日子？”

“我也是爹娘养的！”

“不要说了，媳妇都是难做的，不挨骂的能有几个！”

“难道自己的爹娘也该给她骂！”

阿芝婶的娘缄默了。她的心里在冒火。

“骂我畜生还不够，还骂我的爹娘是……狗！”

“放她娘的屁！”阿芝婶的娘咬着牙齿。

她现在不再埋怨女儿了。这是谁都难受的。昏头昏脑的婆婆是有的，昏得这样可少见，她咬着牙齿，说，倘若就在眼前，她一定伸出手去了。上梁不正，下梁错，就是做媳妇的动手，也不算无理。

这一夜，阿芝婶的娘几乎大半夜没有合眼。她一面听阿芝婶的三番四次的诉说，一面查问着，一面骂着。

第二天中午，她们家里忽然来了一个女客。那是阿芝叔的姊姊。她艰难地拐着一对小脚，通红着脸，气呼呼地走进门来。

阿芝婶的娘正在院子里。

“亲家母，弟媳妇在家吗？”

阿芝婶的娘瞪了她一眼。好没道理，她想，空着手不带一点礼物，也不问一句你好吗，眼睛就往里面望，好像人会逃走一样！女儿可没犯过什么罪！不客气，就大家不客气！

“什么事呢？”她慢吞吞地问。

“门锁着，我送妈回家，我不见弟媳妇。”姑妈说。

“晓得了，等一等，我叫她回去就是。”

“叫她同我一道回去吧。”

“没那样容易。要梳头换衣，还得叫人去买礼物，空手怎好意思进门！昨天走来，今天得给她雇一只划船。你先走吧。”姑妈想：这话好尖，既不请我进去吃杯茶，也不请我坐一下，又不让我带她一道去，还暗暗骂我没送礼物，却全不管我妈在门外等着，吵架吵到我身上来了。

“亲家母，妈和弟媳妇吵了架，气着到我那里去，我平时总留她住上一月半月，这次情形不同，劝了她一番，今天特陪她回家，想叫弟媳妇再和她好好地过日子……”

“那么你讲吧，谁错？”

“自然妈年纪老，免不了悖，弟媳妇也总该让她一些……”

“我呢？哼！没理由骂我做狗做猪，我也该让她！”

“你一定误会了，亲家母，还是叫弟媳妇跟我回去，和妈和好吧。”

“等一等我送她去就是，你先去吧。”

“那么，钥匙总该给我带去，难道叫我和妈在门外站下去！”

姑妈发气了，语气有点硬。

“好，就在这里等着吧，我进去拿来！”阿芝婶的娘指着院子中她所站着的地方，命令似的，轻蔑地说。

倘不为妈在那里等着，姑妈早就拔步跑了。有什么了不得，她们的房子里？她会拿她们一根草还是一根毛？

接到钥匙，她立刻转过背，气怒地走了。没有一句话，也不屑望一望。

“自己不识相，怪哪个！”阿芝婶的娘自语着，脸上露出一阵胜利的狡笑。她的心里宽舒了不少，仿佛一肚子的冤气已经排出了一大半似的。

吃过中饭，她陪着阿芝婶去了。那是阿芝婶的夫家，也就是阿芝婶自己的永久的家，阿芝婶可不能从此就不回去。吵架是免不了的。趁婆婆不在，回娘家来，又不跟那个姑妈回去，不用说，一进门又得大吵一次的，何况姑妈又受了一顿奚落。可是这也不必担心，有娘在这里。

“做什么来！去了还做什么来！”本德婆婆果然看见阿芝婶就骂了，“有这样好的娘家，满屋是金，满屋是银！还愁没吃没用吗，你这臭货！”

“臭什么？臭什么？”阿芝婶的娘一走进门限，便回答了，“偷过谁，说出来！瘟老太婆！我的女儿偷过谁？你儿子几时戴过绿帽子？拿出证据来！你这狗婆娘！亏你这样昏！臭什么？臭什么？”她骂着，逼了近去。

“还不臭？还不臭？”本德婆婆站了起来，拍着桌子，“就是你这狗东西养出来，就是你这狗东西教出来，就是你这臭东西带出来！还不臭？还不臭？”

“臭什么？证据拿出来！证据拿出来！证据！证据！证据！瘟老太婆！证据！”她用手指着本德婆婆，又逼了近去。

姑妈拦过来了，她看着亲家母的来势凶，怕她动手打自己的母亲。

“亲家母，你得稳重一点，要知道这里是什么地方！你女儿要在这里吃饭的！”

“你管不着！我女儿家里！没吃你的饭！你管不着！我不怕你们人多！你是泼出了的水！”

“这算什么话！这样不讲理！”姑妈睁起了眼睛。

“赶她出去！臭东西不准进我的门！”本德婆婆骂着，也逼了近来，“你敢上门来骂人？你敢上门来骂人？啊！你吃屙的狗老太婆！滚出去！滚出去！滚出去！”

“骂你又怎样？骂你？你是什么东西？瘟老太婆！”亲家母又抢上一步，“偏在这里！看你怎样！”

“赶你出去！”本德婆婆转身拖了一根门闩，踉跄地冲了过来。

“你打吗？给你打！给你打！给你打！”亲家母同时也扑了过去。

但别人把她们拦住了。

邻居们早已走了过来，把亲家母拥到门外，劝解着。她仍拍着手，骂着。随后又被人家拥到别一家的檐下，逼坐在椅子上。阿芝婶一直跟在娘的背后哭号着。

本德婆婆被邻居们拖住以后，忽然说不出话来了。她的气拥住在胸口，透不出喉咙，咬着牙齿，满脸失了色，眼珠向上翻了起来。

“妈！妈！”姑妈惊骇地叫着，用力摩着她的胸口。邻居们也慌了，立刻抱住本德婆婆，大声叫着。有人挖开她的牙齿，灌了一口水进去。

“喔……”过了一会儿，本德婆婆才透出一口气来，接着又骂了，拍着桌子。

亲家母已被几个邻居半送半逼地拥出大门，一直哄到半路上，才让她独自拍着手，骂着回去。

现在留下的是阿芝婶的问题了，许多人代她向本德婆婆求情，让她来倒茶说好话了事，但是本德婆婆怎样也不肯答应。她已坚决地打定主意：同媳妇分开吃饭，当作两个人家。她要自己煮饭，自己洗衣服。

“呃，这哪里做得到，在一个屋子里！”有人这样说。

“她管她，我管我，有什么不可以！”

“呃，一个厨房，一头灶呢？”

“她先煮也好，我先煮也好。再不然，我用火油炉。”

“呃，你到底老了，还有病，怎样做得来！”

“我自会做的，再不然，有女儿，有外孙女，可以来来去去的。”

“那么，钱怎样办呢？你管还是她管？”

“一个月只要五块钱，我又不会多用她的，怕阿芝不寄给我，要我饿死？”

“到底太苦了！”

“舒服得多！自由自在！从前一个人，还要把儿女养大，空手撑起一份家产来，现在还怕过不得日子！”本德婆婆说着，勇气百倍，她觉得她仿佛还很年轻而且强健一样。

别人的劝解终于不能挽回本德婆婆固执的意见，她立刻就实行了。姑妈懂得本德婆婆的脾气，知道没办法，只好由她去，自己也就暂时留下来帮着她。

“也好，”阿芝婶想，“乐得清静一些。这是她自己要这样，儿子可不能怪我！”

于是这样的事情开始了。在同一屋顶下，在同一厨房里，她们两人分做了两个家庭。她们时刻见到面，虽然都竭力避免着相见，或者低下头来。她们都不讲一句话。有时甚至在和别人说话的时候，走过这个或那个，也就停止了话，像怕被人听见，泄漏了自己的秘密似的。

这样过了不久，阿芝叔很焦急地写信来了。他已经得到了这消息。他责备阿芝婶，劝慰本德婆婆，仍叫她们和好，至少饭要一起煮。但是他一封一封信来，所得到的回信，只是埋怨、诉苦和眼泪。

“锅子给她故意烧破了。”本德婆婆回信说。

“扫帚给她藏过了。”阿芝婶回信说。

“她故意在门口泼一些水，要把我跌死。”本德婆婆的另一封信里这样写着。

“她又在骂我，要赶我出去。”阿芝婶的另一信里写着。

“……”

“……”

现在吵架的机会愈加多了。她们的仇是前生结下的，正如她们自己所说。

阿芝叔不能不回来了。写信没有用。他知道，母亲年老了，本有点悖，又加上固执的脾气。但是她的心，却没一样不为他。他知道，他不能怪母亲。妻子呢，年纪轻，没受过苦，也不能怪她。怎样办呢？他已经想了很久了。他不能不劝慰母亲，也不能不劝慰妻子。但是，怎样说呢？要劝慰母亲，就得先骂妻子；要劝慰妻子，须批评母亲的错处。这又怎样行呢？

“还是让她受一点冤枉吧，在母亲的面前。暗中再安慰她。”

他终于决定了一个不得已的办法。

于是一进门，只叫了一声妈，不待本德婆婆的诉苦，他便一直跑到妻子的房里大声骂了：

“塞了廿几年饭，还不晓得做人！我亏待你什么，你这样薄待我的妈！从前怎样三番四次叮嘱你！”

他骂着，但他心里却非常痛苦。他原来不能怪阿芝婶。然而，在妈面前，不这样，又有什么办法呢？

阿芝婶哭着，没回答什么话。

本德婆婆在外面听得清清楚楚，那东西在唏唏嘘嘘地哭。她心里非常痛快。儿子到底是自己养的，她想。

随后阿芝叔便回到本德婆婆的房里，躺到床上，一面叹着气，一面愤怒地骂着阿芝婶。

“阿弟，妈已经气得身体愈加坏了，你应该自己保重些，妈全靠你一个人呢！”他的姊姊含着泪劝慰说。

“将她退回去！我宁可没有老婆！”阿芝叔仍像认真似的说。

“不要这样说，阿弟！千万不能这样想！我们哪里有这许多钱，退一个，讨一个！”

“咳，悔不当初！”本德婆婆叹着气，说，“现在木已成舟，还有什么办法！总怪我早没给你拣得好些！”

“不退她，妈就跟我出去，让她在这里守活寡！”

“哪里的话，不叫她生儿子，却白养她一生！虽说家里没什么，可也有一份薄薄的产业。要我让她，全归她管，我可不能！那都是我一手撑起来的，倒让她一个人去享福，让她去败光！这个，你想错了，阿芝，我可死也不肯放手。”

“咳，怎么办才好呢？妈，你看能够和好吗，倘若我日夜教训她？”

“除非我死了！”本德婆婆咬着牙齿说。

“阿姊，有什么法子呢？妈不肯去，又不让我和她离！”

“我看一时总无法和好了。弟媳妇年纪轻，没受过苦，所以不会做人。”

“真是贱货，进门的时候，还说要帮我忙，宁愿出去给人家做工，不怕苦。

我一则想叫她侍候妈，二则一番好意，怕她受苦，没答应。哪晓得在家里太快活了，弄出祸事来！”

“什么，像她这样的人想给人家做工吗？做梦！叫她去做吧！这样最好，就叫她去！给她吃一些苦再说！告诉她，不要早上进门，晚上就被人家辞退！她有这决心，就叫她去！我没死，不要回来！我不愿意再见到她！”

“妈一个人在家怎么好呢？”阿芝叔说，他心里可不愿。

“好得多了！清静自在！她在这里，简直要活活气死我！”

“病得这样，怎么放心得下！”

“要死老早死了！样子不对，我自会写快信给你。你记得：我可不要她来送终！”

阿芝叔呆住了。他想不到母亲就会真的要她出去，而且还这样的硬心肠，连送终也不要她。

“让我问一问她看吧。”过了一会儿，他说。

“问她什么！你还要养着她来逼死我吗？不去，也要叫她去！”

阿芝叔不敢作声了。他的心口像有什么在咬一样。他怎能要她出去做工呢？母亲这样的老了。而她又是这样的年轻，从来没受过苦。他并非不能养活她。

“怎么办才好呢？”他晚上低低地问阿芝婶，皱着眉头。

“全都知道了，你们的意思！”阿芝婶一面流着眼泪，一面发着气，说，“你还想把我留在家里，专门侍候她，不管我死活吗？我早就对你说过，让我出去做工，你不答应，害得我今天半死半活！用不着她赶我，我自己也早已决定主意了。一样有手有脚，人家会做，偏有我不会做！”

“又不是没饭吃！”

“不吃你的饭！生下儿子，我来养！说什么她空手起家，我也做给你们看看！”

“你就跟我出去，另外租一间房子住下吧。”阿芝叔很苦恼地说，他想不出一点好的办法了。

“你的钱，统统寄给她去！我管我的！带我出去，给我找一份人家做工，全随你良心。不肯这样做，我自己也会出去，也会去找事做的！一年两年以后，我租了房子，接你来！十年廿年后，我对着这大门，造一所大屋给你们看！”

阿芝叔知道对她也没法劝解了。两个人的心都是一样硬。他想不到他的凭

良心的打算和忧虑都成了空。

“也好，随你们去吧，各人管自己！”他叹息着说，“我总算尽了我的心了。以后可不要悔。”

“自然，一样是人，都应该管管自己！悔什么！”阿芝婶坚决地说。

过了几天，阿芝叔终于痛苦地陪着阿芝婶出去了。他一路走着，不时回转头来望着苦恼而阴暗的屋顶，思念着孤独的老母，又看着面前孤傲地急速地行走着的妻子，不觉流下眼泪来。

本德婆婆看着儿媳妇走了，觉得悲伤，同时又很快活。她拔去了一颗眼中钉。她的两眼仿佛又亮了。她的病也仿佛好了。“这种媳妇，还是没有好！”她嘘着气，说。

阿芝婶可也并不要这种婆婆。她的年纪也不小了，她得自己创一份家业。她现在已经走上了这条路，她正在想着怎样刻苦勤俭，怎样粗衣淡饭地支撑起来，造一所更大的屋子，又怎样把儿子一个一个的养大成人，给他们都讨一个好媳妇。她觉得这时间并不远，眨一眨眼就到了。

病

你又要我讲故事啦！你太喜欢这一套，也太相信我啦！所谓故事，你该晓得，很多是假的。这只是酒余饭后消遣消遣，哪能认真！从前有人说过，做人譬如做戏，一切都是笑话。故事即使是真的，不是假造的，也就是笑话的笑话，有什么意思！你老是缠着我，只要我一个又一个地讲故事给你听。别人愿意讲给你听的，你偏不要。你说我讲得好，没有什么人赶得上我？你错啦。我并不是专门讲故事的。我没有美国或英国的故事博士头衔，也没有进过什么故事的专门学校。我所讲的故事，并没有用过数学的方式，X 加 Y 等于什么，什么减什么等于什么，一个女的和一个男的在一起一定恋爱，两个男的和一个女的就成三角恋爱……我不喜欢这些。我所讲的故事，只是信口开河，胡凑胡凑。你说我讲得最好，实在是你迷信。你绝不会想到，我从前是弄什么的！老实告诉你：两年以前，我是给人家按脉开方的哩！

喔喔，今天就讲我做医生时候所亲眼看见过的一个故事吧！这倒是千真万确，绝对不是杜撰的。

你静静地听着吧……

两年以前，我刚才已经说过，我是一个医生。我这个医生，并非祖传，也没有拜过什么老师。我的医生的执照，现在说说不妨，是用钱去买来的。我的医病的本领，正和现在讲故事的本领一样，只是胡凑胡凑。要是照明令颁布的章程，严格考试起来，恐怕只能得到 zero 的分数吧。

然而你不要看轻我，我却是首屈一指的医生哩！你不信，可以随便问那一个。谁不知道我！我挂招牌的五里镇上，人口好多，医生也不止我一个，可是人家都相信我，大小毛病，全上我的门来，有钱的人家，都用轿子把我接了去。我真是应接不暇，常常没有工夫吃饭，没有工夫睡觉。怎么会有这样好的生意，连我自己也不晓得……

你说我这样好的生意，现在为什么不做医生了？那自有别的原因……我刚才已经说过，我的本领原来不高……倘有什么意外……早就料得到的……不过现在可以不必讲啦。总之，我是一个有名的好医生，赚过许多钱，买了地皮，造了屋子的……自然，我虽然赚了一些钱，但真正讲起来，还是不算多，绑票这事情还轮不到我……

喔喔，闲话说得太多啦，我应该开始讲那个故事。你不觉得厌倦吗？倘使你不高兴听，还是早一点去睡吧。故事到底是故事，比不得眼前的事情。要睡还是去睡的好，身体更要紧哩。身体好，我们才不会生病，才能做许多事情。我是一个医生，我最懂得病人的痛苦……

喔喔，这个也不必讲啦，你既然愿意听，就开始讲那个故事吧……

那故事……发生在……慢一点，让我想想看，怎样才使你听着有趣吧……不，我是想叫你听得有头有脑，并不想故意造一点笑话出来，那个故事是千真万确，绝对不是杜撰的。

你静静地听着……

两年以前，我是一个医生，在五里镇上挂牌，谁都知道我是一个最好的医生，无论什么病，人家都请我按脉开方……这些刚才已经说过啦。

有一天，那里一家南货店老板的父亲生病啦。生的什么病，没有谁知道，只是发着很高的烧。这个老板便连夜带了一顶轿子亲自来接我。

他是一个有名的口吃的人，绰号叫作割舌头阿大，因为他排行第一。一句话到他嘴里，老是半天说不清楚，通红着脸，逼得头颈上的筋络一根一根粗绽了起来。要懂得他的意思，真不容易，我们只好看他做手势，猜想他说的什么。

他父亲病得很厉害，他着了急，亲自来啦。

时候是在夜间十一点多，差不多十二点啦。正是十二月里，天气非常冷，说不出的冷。我蒙着头睡在丝棉被窝里还觉得冷。这割舌头阿大竟赶着一顶轿子来啦。

咚咚咚！咚咚咚！敲门敲得真急！我给他吓醒来啦。不要是绑票的，我一面想，一面静静地听着门外的声音。

“葛葛葛葛，开开门……叶叶叶叶叶医生！”

我知道那是割舌头阿大，立刻叫人把门开啦。他一直冲进我的房里来，脸上滴着汗。我刚才已经说过，那时是在十二月里，天气冷得可怕。我发着抖，下半身还躲在被窝里。这样冷的时候，半夜里来敲医生的门，一定是病人病得非常厉害啦。他居然还淌着汗，走得急，更可想而知。一想到自己的本领，要去对付一个十分危急的病人，我心里也不免恐慌了起来。天气本来冷，给这一慌，觉得愈加冷，愈加发抖得厉害啦。

“有什么要紧事情吗，大老板？”我问他说，假作不知道。其实还有什么事情，这半夜三更？不过他没有说出“病”字来，我们做医生的不能先出口，因为生病这事情，在医生固然是有益的，在人家可是怕听的。医生最希望生病的人多起来，病人越多，医生的收入越好。一年四季，医生最喜欢的是在夏季，其次是早春和初秋，因为夏天多霍乱，早春多感冒，初秋多痢疾。这些病最容易传染，常常一两个人生了病，很多的人就跟着来。有时我们随便按一下脉，用不着细细盘问，把老方子千篇一律地抄给人家就是。医得好，是医生的本领高；医死了人，这病本厉害，你不看见大家都生病啦？这是天灾，没有办法的！我们做医生的最怕是冬天。冬天里，生意少，有了生意多半是难医的病。并且天气冷，半夜三更没法推辞，为了一点钱，先得自己吃苦。实在非常不上算……

喔喔，我的话说开去啦。我刚才已经说过，我是这样问他的：“有什么要紧事吗，大老板？”

于是他回答啦。不，我可以说，他并没有回答。他是在我的房里待着。他通红着脸，歪着嘴，翕动着嘴唇，许久许久发不出一点声音来，只看见他的一脸的筋粗绽了起来。那情形，正和我们在梦里遇到了可怕的事情，一面要拼命地逃，一面要拼命地喊，却动不得脚，开不得嘴一模一样。

“什么事呀？”我仍装作不知道，大声地问他，声音里还带点不耐烦的样子，心里却暗暗地说着可怜哪，可怜哪。

“葛葛葛葛，葛葛葛葛……”他半开着嘴，皱着一边眉头，偏着头用力点着，依然说不出话来，又用手做着手势，要我起来，要我出去。

这买卖，我实在不欢迎。我刚才已经说过，我早已懂得是什么事情。但我还是故意装作不知道。

“说呀！快点说呀！大老板！外面有什么事吗？”

“葛葛葛葛，”他摇了一摇头。过了一会儿，他终于说出一个字来啦。“葛葛葛葛，病……病啦！”

“谁病啦？什么病？要紧吗？”我故意盘问着他，我的意思是不想去的。

“是是是……”他用手做着胡须状，表示生病的是他父亲，“要……要紧！”

“什么病呢？快点说吧！”我责备他的样子。

“不不不不……”他摇着头，睁大着一双眼睛，非常着急。

“不不不不晓……得！”

“不晓得？总有一种病相的！发冷还是发热呢？头痛还是泻肚子呢？这些总晓得吧？”

“发……发热！”

“没有泻肚子吗？”

他摇着头。

“没有肚痛吗？”

他仍摇着头。

“那不要紧！”我说。“明天一早，给你去看吧！现在大冷天，半夜三更着什么急！”

其实我刚才已经说过，这买卖并不欢迎。冬天里发烧，很难捉摸得的是什么病。尤其是一个老人家，断定了是什么病，也不容易医得好。你看他发烧得太厉害啦，给他一剂凉药退退火，他会挡不住，弄得冰冷气出。你看他发冷得太厉害啦，给他一剂热药，他也挡不住，心火直冒，烧成焦头烂额。你要给他发发汗，他会伤尽元气，上气不接下气。这种人，一点办法也没有，给他医了医不好，人家总说是医生的本领低，却不晓得这种人原来是不生病也会死的。做医生的平常最怕的就是老人家，因为老人家的病常常非常古怪。我们最喜欢的是女人和小孩。女人的病，百分之九十九是从月经不调来的。小孩子总是积食生蛔虫的居多，再不然就是受过惊。

喔喔，话又说开去啦。我刚才不是说，回答他不要紧，明天一早再去吗？他怎么样呢，那个割舌头阿大？他可真着急啦！他着急得一个字也说不出来，只是蹬着脚，皱着愁眉，拼命做手势，要我去。我看着这样子，也不觉可怜他起来，我想，与其口吃，倒不如全哑啦，平心静气地学做手势，人家也不会逼他说话啦。这样半哑的人，可比生什么大病还难受。看着他这样可怜，我的心不觉软啦。

“半夜三更，哪里去叫轿子？”我说。

“有有有有！”他高兴地叫了出来，指着门外。

于是我不得不去啦。我随便洗了一个脸，吃了一杯酒防防寒气，口里还含上一支香烟，披着皮袍皮马褂，戴着帽子，坐进轿里，还用虎毯紧紧地包住了身子，关上轿门，动身啦。天气真是冷，我裹得这样厚，还觉得发颤。地上已经结了冰，一路吱吱地响着。阿大跟在背后，和轿夫们气喘吁吁地走着。想起了他是南货店的老板，也是一个有钱有地位的人，现在做了我的跟班，觉得他真可怜。一种行业有一种行业的好处，不吃这碗饭的，无论怎样，就得低下头来。我要是没有钱用，不要说半夜三更去敲他的门，就是对他磕破了头皮，也未见得会借钱给我。那天晚上，他要是不自己来，即使派了珠轿来接，我也不会去的。

喔，我说，我坐着轿子去啦。我很快就到了他的家里。一屋子的人全没有睡，都肿着眼睛在侍候病人。参汤啦，桂圆汤啦，莲子稀饭啦，这样那样地在勉强病人，但是病人吃不进去。热度非常高，火烧一般。脉搏跳得可怕的急。说起大便已经四天不通，小便血似的。问他们受了热吗，说是没有。问他们受了冷吗，也说没有。我说一定是吃坏了东西，大家也不承认，只说生病的头一天，还吃过半碗红烧肉。有咳嗽吐痰没有呢，说是向来就有一点，但不多。

“什么病呢，医生？”他们问我说。

什么病？天晓得！我哪里能够决定！既没有受冷，也没有受热，又没有吃坏东西，怎样知道他生的什么病！我想了一会儿，又按了一次脉，肚子里打着算盘。过了一会儿，我只得背书似的说着写啦：

左脉主阴，右脉主阳，阴属肺，阳属胃，阴阳不和而成火，火者热也。金木水火土，年老气衰，缺火缺水。今左脉特旺，肺火上冲，而无水以济之，故滞塞不通，致罹危象。法宜活痰清肺，以水济火，火祛热退，病自勿药。

接着，我便凑上了十三种药，不外乎桔梗、党参、白菊花、滑石之类。我刚才已经说过，我原是胡凑的，并没有真正的本领。然而人家却非常相信我，都把我当作了一个神医。

“医生，这病不要紧的吧？”他们问我说。

“不要紧！”我回答说。这是我们的口头语，即使病人快要断气啦，我们也得这样说。而人家呢，即使病人死啦，也并不怪我们。他们知道我们的话是安慰他们而说的。倘使病好啦，我们以后就得意地说：“可不是？我早就说过这病不要紧的！”于是他们就非常佩服地说：“我早就晓得医生的手段高！”

“发烧到现在，多少时候啦？”

“两天。”

“为什么不早点来请我看呢？”我们就这样地埋怨着人家。说这句话，叫作伸后腿，仿佛有什么事情就可一溜而跑的一样。病人要是死啦，我们已经说过，你们不早一点来请我。责任是你们的，不关我的事。病好啦，我们医生的本领更高。我们将说：“你们的运气总算好，再迟一点请我来，就没有办法啦。”我们不必说这是我们医生的功劳，他们自然会更感谢地说：“幸亏医生本领高！”

就是这样，我把话交代过，坐着原轿回家啦。不用说，诊费是加倍的。阿大还亲自送我出来，走了许多路，才作揖打躬地回去。对着这个人，我真替他担忧。人是不能再好啦。像他的父亲，已经上了年纪，留在世上实在可以说并没有什么用处。我看过许多老人的病，做儿子的都没有像他那样着急。甚至有些青年还暗中在祷祝做父亲的快点死的。哪一个做儿子的比得上阿大！可是他口吃得那么厉害，事情越急他就越说不出话来啦。不，不，不晓得，天，天下的，的人——喔！我一想到他，不觉自己也口吃起来啦！我是说，不晓得天下的人，为什么好的常是短命，或者带一点毛病，坏人总是生得口齿伶俐、身强力壮呢？你倘若不相信我这话，我可以举出许多人来做例子。如果觉得这样太离开故事啦，我就举这个故事中的另外一个人。这是千真万确，绝不是杜撰的。你说是谁？一个什么样的人？

你静静地听着吧，我立刻要讲到他啦。你暂时不要问我，那是什么人。

话说阿大的父亲当夜吃了我一剂药，依然没有减轻，反而像更加厉害啦。第二天早晨十点钟，又请我去看了一次，下午五点钟又来请啦。真见鬼，我想。天下哪里有这样的药，要想吃了立刻见效！何况我已经说过，我的方子是胡凑的，我实在不想再去啦。但是经不住阿大几次三番的恳求，只得又去跑了一趟。

这次可把我吓了一大跳！阿大的门口停着两顶轿子，有两个人刚刚走进去。我一眼看见那轿子，两顶中有一顶是医院里的，用白布遮着，画着红的十字。

不得了！我想，他们请西医来看了！不相信我了！这倒还不要紧，倘若我说是肺火，他说是胃火，怎么办呢？这倒还不要紧，胃与肺原来在一个地方的，怕只怕他说是肾火，肠火、那就相差得远啦！

怎么办呢？我想着想着，自己的轿子已经停下来啦。

“不是请了西医来了吗？我还是回去，大老板！”我回头对着阿大说，坐着不肯下来。同时，觉得自己面孔快要红啦。亏得年纪大了一点，碰到各种各样的事情多，立刻又把心镇定起来。

“不不不不管他，我不不不不相信西医！这这这混账！”他红着脸，气愤地蹬着脚。

我本想再问他几句话，但他那样的口吃，半天弄不清，大门口进出的人多，给别人看见了反起疑心，也就只得硬着头皮进去啦。现在这世界，做人第一要头皮硬，不硬的人休想活着，我告诉你。

啊呀！天晓得！你说怎么样？我只得硬着头皮进去啦，我刚才已经说过。一进得门来，我首先就注意那个穿白衣服的西医。他正坐在病人的床边，一手拿着一只手表，一手按着脉。他听见我的脚步声，忽然回过头来。天晓得！真是天晓得！这个西医就是老张！什么样的老张呢？让我告诉你：

他比我小两岁，是我的同乡同学。我们都只读过小学校的书。在学校里，我们坐在一把椅子上，睡在一个房子里，一张床上，在一个桌子上吃饭。他从来不喜欢读书，只喜欢玩。功课比我差。ABCD一生弄不清楚。小学出来后，我们已经二十多岁，生了儿子，都没有升学，在家里闲着，有时帮人家写写信，有时管管闲事。后来我们的父亲都过世啦，家里渐渐快吃光啦，于是两个人才恐慌起来，想学一点本事糊口。可是已经迟啦，我们都已是三十岁左右的人，脑筋钝啦，心也散啦，还能够学得成什么？没有办法，便想出了一种骗钱的方法，我做中医，他做西医，我们都筹了笔款，说是到京里去学医，同时离开了家乡，在京城里住上了一年，这一年来过的什么生活，现在不讲啦，讲起来愈加太笑话啦。总之，那是天晓得地晓得的生活！一年住满，我们回家啦。算是毕了业。他挂起牌子来，我也挂起牌子来。他的牌子上还写着金色的大字：“医学博士。”我呢，是中医，没有这些好头衔，只好写着“留京神医”四个大字。我们的房子里挂满了大大小小的匾额，某人送的，某人送的，都是经我们医好了病的人。其实这些东西全是自己花了钱做的。那上面的名字，有些并无此人，有些连本人也不曾知道，也永不会知道。可是乡下人却信以为真，立刻一传十、十传百地传了开去，我们的生意特别好了起来。这样混了三四年，我因为别种缘故，到别的地方挂牌去啦，再过两年，我又因为某一种缘故，到了那五里镇上。

我和老张虽然要好，像是亲兄弟似的，但因为各人忙着应付眼前的事情，自从我离开家乡后，就从来没有通过消息。我和老张都是一样的脾气，不爱写信。倘使有空闲的时间，那么打麻雀比写信还要紧些。所以我刚才说过，一看老张就吓了一跳，因为我并不晓得，也永不会想到他也会在那里。

喔喔，关于这些，我不再多说啦。我得讲我们碰到了以后的事，请你静静地听着……

我吓了一跳，我刚才已经说过。老张也吓了一跳的，我看出他的发光的眼睛来。他站了起来，和我打了一个招呼。但那是平常的招呼，和对不认识的人一样。这是我们两个人以前定好的。我们两个人倘若碰在一道，我们都要装作不认识或者有仇恨的样子。我们只是心里明白。所以要这样做，为的使人家不会起疑心，倘若我们两个人的诊断是一样的，或者并没有什么争执。在可能范围之内，像那一次老张还没有下诊以前，他就先这样说了：

“这病，西医叫作拉斯泰尼亚卡斯妥，拉丁字母拼起来是 msdlaezyxgp。请问先生，你诊断他是什么病？”他这样说，好像在考我，看我不起一样。

“我诊断是肺火。”

“对啦，对啦，一点也不错。拉斯泰尼亚卡斯妥这个名字，给我们西医翻译出来，叫作肺炎，炎就是火，火就是炎。这病，看起来必须清火退热。”

“我昨夜开的方子正是这样！”

“那么，让我来加一点外工吧！你来清里面的火，我来退外面的热！”

于是我们两人的买卖都成全啦。

“好！既然这样，就请西医打针！”

房子里忽然有人大声叫了起来，又把我吓了一跳。我连忙定睛一看，原来是一个穿西装的少年。我刚刚已经说过，和老张一道进门来的，还有一个人。我一进房里，就注意着老张，却把他忘记啦。

这个人，我刚才已经说过，就是我要举例的人了。

他的眼睛近视得非常厉害，戴着很厚很厚的镜子。看过去，他的眼睛只像一条线，并没有睁开来的模样。他的背是驼的。他的身子很矮，又很瘦。

天晓得！我暗暗给他叹息说。天下怎样会有这么难看的——这简直不像人啦！一个人生了这样的毛病，永不会出头啦。别的病有法子医；驼背近视眼，扁鹊再世也没有办法！有了这样的病，倒不如不活！但是，世上的人全不和我一样的想法。你看他生得这样难看，却偏要学时髦，穿着一套簇新的西装。头颈上还打着一个很大的黑结，头发梳得非常光滑，涂着香膏，身上还像喷了香水。他大约以为这样打扮，会减少他一点难看吧。哈哈，我看他如果老老实实地穿着一套本地人的短衣裤，像叫花子似的打扮着，也许人家不会觉得这么难看哩。

这个人是谁呢？原来就是阿二，这就是阿大的亲兄弟啦。难兄难弟，真是一点也不错！你听，阿大马上发气啦，蹬着脚骂啦。

“你你……你这混……混账！你要要害害害死我我的爹吗？”

“你的爹就是我的爹！你要他病好，我也要他病好！你敢瞎说！”

“病病得这样，你你这混混账，还还还要打打针！你不是是催催他早死？”

“只有打针，才来得及！你问医生就知道！药吃下去要一天，针打下去只要半点钟！是吗，张医生？”

老张点了一点头。

“不不不不准！”阿大咬着牙齿说。

“偏要打针！我要救爹的命！”阿二昂着头，向阿大逼了近去。

“不不不准！你你要害害死爹！”

“你要害死爹！你要害死爹！爹病得这样厉害，你只是请中医看，到现在还不肯听我的话！你打电报给我，要我火速回来，难道是要我来送终吗？”

“放屁！放放屁！你你懂得什什什什么！”

“我比你懂得多！我比你有知识！你是一个乡下老！你没有进过学校！你没有跑过码头！你懂得什么！现在外面都是请西医，外国人没有一个吃中国药！”

“你你这这混账！我我和爹赚赚的钱，送送送你进进进学学学校，你你今天天倒倒倒来骂骂骂我！我我我们的祖祖祖宗都吃中中国药！没没没有吃吃吃过外外国药！”阿大几乎要打阿二啦。他气得真凶。

“阿弥陀佛！”他们的母亲急得流眼泪说，“为了你们的爹，不要在这里闹吧！让他静静地躺着！他快要被你们闹死啦！病得这样，还吃什么药！打什么针！你们还是依从我，让我到观音寺里去求仙水来。不要只是不相信，老是围着我，不让我走。观音菩萨大慈大悲，没有不救你们的爹的。像你们的爹，一生没有作过一点恶，你们又都是很有孝心的儿子，再加上我平时吃素念经，一定有求必应。无论是西医，是中医，都赶不上观音菩萨灵！听我的话！都不要闹！我只相信观音菩萨！现在就让我去！哪个阻我的，就是不孝！”

她说着，眼泪纷纷流了下来。她现在一定要走啦。阿大和阿二到底是孝子，心里虽然不赞成，却不敢说出半个“不”字来，只是两个人着急地眼对眼地呆望着。

但是另外却又有一个人说话啦。那是阿大的姊姊。她比她的两个兄弟聪明得多啦。她不说她不赞成她母亲的办法，她的话说得很有道理。她说：

“妈！这里到观音寺有十五里路，求神又坐不得轿，你一个女人家，来去要费多少时候，爹的病已经这样厉害，求得仙水来，晓得还赶得上赶不上！还是依我刚才的办法，快点灌一点参汤进去吧！两位医生，你们说对不对？”她回头来问我们说。

“人参是什么东西！”阿二说，“树根罢了，当得什么用！张医生，你说是吗？”

老张没有作声，只是呆呆地望着我，像不很快乐的样子。我给她这样一问，倒被她突然提醒啦，原来我是医生！我刚才简直忘记这个啦。我好像是在那里听故事一样，只呆听着他们的争论，觉得每一个人都有道理，正在想这个故事不知道将如何了结哩。

“照我看来，”我回答啦，“大家都对。这里的人没有谁不希望他的病好起来。即使像我们两个医生，虽然和病人没有多大关系，也没有不想用尽心血把他医好的。不过，现在既然大家争执得厉害，还是问问病人自己吧，看他愿意怎样！”

这话一说出去，大家都赞成啦。他们仿佛把我当作了审判官一样。他们不再争执啦。

不但他们，就连躺在床上的病人也点起头来啦。他本烧着很高的烧，什么都不懂得了的。这时不晓得怎样，说也奇怪，忽然清醒啦。他在摇着手，叫大家走近去。于是我们便依着他的意思，走到了他的床边。

他说话啦。喉咙有点生硬，一个比一个字慢，很吃力的样子。

“你们的话，我都听见。不要着急。死活有数。听天由命好啦！”

他像还想再讲几句话，但是他疲乏啦，他又闭上了眼睛，不作声啦。

“老是听天由命！”阿大的母亲走了开来，又急又恨地说，“我照我的意思做！主意拿定啦！”她说着就走到自己的房里去换衣服，急急忙忙地拿着一串香珠走啦。没有谁再敢阻挡她。阿大的姊姊从柜子里拿了一支人参，到厨房去煎啦。

我看着这情形，便也退了出来。我想，早点回去吧，在这里没有多大好处。这病人眼见得就要死啦。给他送终，倒太犯不着。但是一走到门口，阿大却把我拉住啦。他一面在我的手里塞下一包钞票，一面恳求我说：“一定开开开一个方方方方子！医生，救救我我的爹！”

你说我有什么方法拒绝他？我终于被他拖到别一间房子里，马马虎虎地开了一个方子。随后便坐着原轿回家啦。阿大还作揖打躬地送我到大门外十几步远的地方。

这时病人的房子里，只剩了老张和阿二啦。你说他们在那里做什么？老张被阿二逼着给他父亲打了两针哩！我怎么知道吗？我刚才已经说过，老张是我要好的朋友，他后来这样告诉我的。

这以后，你说怎么样？天晓得！真是天晓得！一个人有了病，已经够啦，还加上是老头子，自己本来要死的。自己要死也就够啦，又碰到了我这样的医生！我这个医生够啦，又来了老张这么个西医！老张也够啦，还要加上观音菩萨的仙水！仙水仙水，谁知道还有人参人参！天哪！这样弄起来，可不是前后夹攻，左右包围，上下袭击，铜筋铁骨的人也要死的吗？

阿大的父亲自然立刻完啦！

完啦以后，又怎么样呢？幸亏没有弄到我和老张的身上来。阿二只怪阿大，因为他迷信中医，硬要他的父亲吃中药。阿大只怪阿二，说是他迷信西医，硬要他父亲打针。阿大的姊姊怪的是她母亲。她母亲怪的就是她。

阿大的父亲是被人害死的！大家都这样说。听说他们后来还打过架，闹得很凶。幸亏没有闹到我和老张的身上来。

你不要笑，以为这些人全是傻子。他们实在都是最好的人，最忠厚的人，心地最清白的人。这种人，世上是很不容易、很不容易找到的。然而我这样说，可并不鼓励你去学做那样的人。这是你的事，和我的故事无关。反过来，我这样说，也并不反对你去学做那样的人。这也是你的事，也和我的故事无关。我只讲我的故事。

你也不要笑，以为我曾经是一个怎么样坏的医生，今天还当着你的面一五一十地讲了出来。我所讲的，原来是故事。故事不一定是真的。但是我这样说，你也不必以为故事就是假的。

我只有一句话可以肯定地告诉你：无论是真的假的，假的真的，全是笑话。因为从古到今，从今到古，不是笑话的人生，还不曾出现过。而故事，是笑话的笑话！

你相信我的话也由你，不相信我的话也由你。这些都不关我的事。我只讲我的故事。

我的故事现在就此完结啦。

再会，再会！

安　舍[1]

南国的炎夏的午后，空气特别重浊，雾似的迷漫地凝集在眼前。安舍的屋子高大宽敞，前面一个院子里栽着颀长的芭蕉和相思树，后面又对着满是枇杷和龙眼树的花园，浓厚的空气在这里便比较稀淡了些。安舍生成一副冰肌玉骨，四十五年来，不大流过汗。尤其是她的内心的冷漠和屋子周围的静寂打成了一片，使她更感觉清凉。

和平日一样，她这时仍盘着脚坐在床上，合了眼，微翕着嘴唇，顺手数着念珠。虽然现在的情形改变了，她的凄凉的生活已经告了一个段落，但她还是习惯地，在寂寞的时候，将自己的思念凝集在观音菩萨的塑像上。倘不是这样，自从二十岁过门守寡的时节起，也许她的生命早已毁灭了。这冗长的二十五年的时光，可真不易度过。四十岁以前，她不但没有出过院子，就连前面的厅堂，也很少到过。这一间房子，或者甚至可以说，现在坐着的这一个床，就是她的整个的世界。德是六岁才买来的，也只看见她这五年来的生活。再以前，曾经陪伴着她度过一部分日子的两个丫头，现在也早已不在了。谁是她的永久的唯一的伴侣呢？谁在她孤独和凄凉的时候，时时安慰着她呢？怕只有这一刻不离手的念珠了。它使她抛弃了一切的思念，告诉她把自己的精神完全集中在佛的身上，一切人间的苦痛便会全消灭。她依从着这个最好的伴侣的劝告，果真把失去了的心重复收了回来，使暴风雨中的汹涌的思潮，归于静止；直到今日，还保留着像二十岁姑娘那样的健康。——而且，她现在也有了儿子，她终于做

[1] 闽南人称年老的女人为“舍”，即“婆婆”之意。

了母亲了……

“毕清……”

安舍突然被这喊声惊醒过来，一时辨别不出是谁的声音，只觉得这声音尖锐而且拖长，尾音在空气里颤扬着，周围的静寂全被它搅动了。她惧怯地轻轻推醒了伏在床沿打盹的德，低声地说：

“谁来了，德，去看一看，不要作声。”

德勉强地睁着一对红眼，呆了一会儿，不快活地蹑着脚走到前面的厅堂。

厅堂的门虚掩着。德从门隙里窥视出去。

院子里，在相思树下，站着一个年轻的学生。他左手挟着一包书，右手急促地挥动着洁白的草帽，一脸通红，淌着汗，朝着厅堂望着，但没有注意到露在门隙里的德的眼睛。

“毕清……毕清在家吗？”

他等了一会儿，焦急地皱着眉头，格外提高着喉咙，又喊了。

但是德不作声，蹑着脚走了。她认识这一个学生。他是常来看毕清的。

“妈，姓陈的学生。”德低声地回复安舍说，噘着嘴。

“快把门拴上，说我也不在。”安舍弯下头来，低声地说。她的心又如往常似的跳了起来，脸也红了。她怕年轻的客人。

德很高兴，又蹑着脚走到厅堂。她和安舍一样，也最怕年轻的客人，尤其是这一个学生。刚才她才将睡熟，这不识相的客人把她噪醒了，她可没有忘记。

“没有凳子给你坐！不许你进来！”德得意地想着，点了几次头，噘着嘴。

随后她走到门边，先故意咳嗽了两声，在门隙里望着。她看见那学生正蹲在树下，把书本放在膝上，用铅笔写着字。他似乎听见了德的咳嗽声，抬起头来，望着，不自信地又问了一声：

“里面有人吗？”

“看谁呀？”德的声音细而且响。

“看毕清！”那学生说着站了起来。

“出去了！”

“什么时候回来？”

“谁晓得！”

“你妈呢？”那学生向着厅堂走近来了。他显然想进来休息一会儿。

“也不在！”德的语气转硬了。她用力推着门，砰的一声响了起来，随后便把它拴上。

学生立刻停住在檐下，惊讶地呆了一会儿，起了不快的感觉。

“明天来！”德的声音里含着嫌恶，眼睛仍在门隙里注视着檐下的学生，仿佛怕他会冲开门，走进来。

“妈的！这小鬼！”客人生了气，在低低地骂着。他知道这丫头是在故意奚落他。他可记得，屡次他来的时候，毕清叫她倒茶，她总是懒洋洋站着不动，还背着毕清恶狠狠地瞪他一眼。现在没有一个主人在家，她愈加凶了。他本想留一张字条给毕清，给她这一气，便顺手撕成粉碎，嘘着气走了。

德仍在门隙里张望，猫儿似的屏息地倾听着，像怕那学生再走回来。许久许久，她才放了心，笑着走到后房。

“妈！学生走了，门不关得快，他一定闯进来了！”德得意地说，“真讨厌！还咕叽咕叽骂我呢！”

“你说话像骂人，他一定生了气！对你说过多少次，老是不改！”安舍闭着眼，埋怨说。但她的上唇和两颊上却露出了安静的微笑的神色。她的惧怯已经消失了。

“妈！你又怪我了！这种人，不对他凶，怎么办？来了老是不走！香烟一支一支抽不完，茶喝了又喝！吃了点心还要吃饭！人家要睡了，他还坐着！毕清不见得喜欢他！妈！你可也讨厌！”

“他可是毕清的同学，不能不招待。我倒并不讨厌。”

“妈叫我关的门！还说不讨厌！”

“你还只九岁，到了十七八岁才会懂得！去吧，后园里的鸡该喂一点东西了。”安舍打发德走了，重又合上两眼，静坐着。她的嘴唇，在微微地翕动，两手数着念珠。她的脸上发着安静的、凝集着的光辉。她的精神又集中在佛的身上了。

但是过了不久，院子里又起了脚步声。有人在故意地咳嗽。那是一种洪亮的、带痰的、老人的声音。

安舍突然睁开眼睛，急促地站了起来。她已认识咳嗽的声音。

“有人吗？”门外缓慢地询问。

“康伯吗？——来了。——德！德！康伯来了！快开门！”

她一面叫着，一面走到镜架边，用手帕揩着眼角和两颊。她的两颊很红润，额上也还没有皱纹。虽然已经有了四十五岁，可仍像年轻的女人。她用梳整理着本来已经很光滑的黑发，像怕一走动，便会松散下来似的。随后又非常注意地整理着自己的衣服；加了一条裙，把纤嫩洁白的手，又用肥皂水洗了又洗，才走到厅堂去。

“康伯长久不来了。”她说着，面上起了红晕，“德，泡茶来！”

“这一晌很忙呢。”康伯含着烟管摇着蒲扇，回答说。他已在厅堂坐了一会儿了。

“府上可好？”

“托福托福。”康伯说着，在满是皱纹的两颊和稀疏的胡须里露出笑容来。

“毕清近来可听话？肯用功吗？”康伯又缓慢地问，眼光注视着她。

她感到这个，脸上又起了一阵红晕，连忙低下头来，扯着自己的衣角，像怕风把它掀起来似的。随后她想了一想，回答说：

“都还可以。”

“这孩子，”康伯抽了一口烟，说，“从小顽皮惯了。虽然上了二十四岁，脾气还没有改哩。有什么不是，打打他骂骂他，要多多教训呢。”

“谢谢康伯。我很满意哩。”

“哪里的话。你承继了我这个儿子，我和他的娘应该谢谢你。我们每天受气的真够了。——这时还没有回来吗？”

“大概还在上课。”

“三点多了，早该下了课！一定又到哪里去玩了！第二个实在比他好得多，可惜年纪太大了。你苦了一生，应该有一个比这个更好的过继儿子！老实说，天下有几个守节的女人，像你这样过门守寡，愈加不用说了！”康伯说着，仰着头，喷着烟，摇着扇，非常得意的神情。

安舍听着这赞扬，虽然高兴，但过去的苦恼却被康伯无意中提醒了。她凄怆地低头回忆起来。

过去是一团黑。她几乎不曾见到太阳。四十一岁那一年，她已开始爬上老年的阶段，算是结束了禁居的生活，可以自由地进出了。那时候，当她第一次走到前面的院子里，二十年来第一次见到明亮的天空和光明的太阳的时候，她那习惯了黑暗的眼睛刺痛得睁不开，头晕眩得像没落在波涛中的小舟，两腿战栗着，仿佛地要塌下去，翻转来的一般。那是一种什么样的生活！

她这样想着的时候，突然觉察出自己的眼睛里已经充满了泪水，并且正是坐在康伯的对面，又不觉红了脸，急忙用手帕去拭眼睛。康伯虽然是自己的没见过面地丈夫的亲兄弟，她在四十岁以前可并不曾和他在一个房子里坐谈过一次。像现在这样对面地坐着，也只这半年来，自从他把毕清过继给她以后，才有了这样的勇气。可是康伯到底是男人，她依然时刻怀着惧怯。就在当她伸手拭着眼睛的时候，她又立刻觉察出自己的嫩白的手腕在袖口露出太多了，又羞涩地立刻缩了回来，去扯裙子和衣角，像怕风会把它们掀起来似的。

康伯抽着烟，喝着茶，也许久没有说话。他虽然喜欢谈话，但在安舍的面前，却也开不开话盒子来。他知道安舍向来不喜欢和人谈话，而且在她的面前也不容易说话，一点不留心，便会触动她的感伤。于是他坐了一会儿，随便寒暄了几句，算是来看过她，便不久辞去了。

安舍像完成了一件最大最艰难的工作似的，叫德把厅堂门掩上，重又回到自己的房里，仔细地照着镜子，整理着头发和衣服，随后又在床上盘着脚，默坐起来。

现在她的思念不自主地集中在毕清的身上了。

康伯刚才说过，已经有了三点多，现在应该过了四点。学校三点下课，毕清早该回来了。然而还一点没有声息。做什么去了呢？倘有事情，也该先回来一趟，把书本放在家里。学校离家并不远。康伯说他虽然有了二十四岁，仍像小的时候一样顽皮，是不错的。他常常在后园里爬树，从很高的地方跳下来。安舍好几次给他吓得透不出气。在外面，又有谁晓得他怎样的顽皮！这时不回家，难保不闯下了什么祸。

安舍这样想着，禁不住心跳起来，眼睛也润湿了。她只有这一个儿子。虽然是别人生的，但她的生命可全在他的身上。艰苦的二十五年，已经度过了。她现在才开始做人，才享受到一点人间的生趣。没有毕清的时候，虽然已经过了禁居的时期，可她仍不愿走出大门外去。现在她可有了勇气了。在万目注视的人丛间，毕清可以保护着她。因为他是她的儿子。在喊娘喊儿的人家门口，她敢于昂然走过去。因为她也有一个儿子。这一切，还只是一个开始。在最近的将来，她还想带着毕清，一道到遥远的普陀去进香，经过热闹的上海、杭州，观光几天。随后造一所大屋，和毕清一道，舒适地住在那里。最后她还需要一个像自己亲生似的小孩，从出胎起，一直抚养到像现在的毕清那么大。不用说，

才生出的小孩，拉屎拉尿，可怕得厉害，但毕清生的，也就怕不了这许多。

她想到这里，又不禁微笑起来。她现在是这个世上最幸福最光荣的主人了……

她突然从床上走下来了。她已经听到大门外的脚步声和嘘嘘的口哨声。这便是毕清的声音，丝毫不错的。她不再推醒伏在床沿打盹的德，急忙跑到厅堂里。

"清呀！"还没有看见毕清，她便高兴得叫了起来。

"啊呀！天气真热！"毕清推开门，跳进了门限。

他的被日光晒炙得棕色的面上，流着大颗的汗，柔薄的富绸衬衫，前后全湿透了，黏贴在身上。他把手中的书本丢在桌上，便往睡榻上倒了下去。

"走路老是那么快。"安舍埋怨似的柔和地说。她本想责备他几句回得那么迟，但一见他流着一身的汗，疲乏得可怜，便说了这一句话。

"德！倒洗脸水来！毕清回来了！德！"她现在不能不把德喊醒了。

德在后房里含糊地答应着，慢慢地走到厨房去。

安舍一面端了一杯茶给毕清，一面用扇子扇着他，她想和他说话，但他像没有一点气力似的，闭上了眼睛。扇了一会儿，安舍走到毕清的房里，给他取来一套换洗的衣服。德已经捧了一盆水来。安舍在睡榻边坐下，给他脱去了球鞋和袜子，又用手轻轻敲着，抚摩着他的腿子。她相信他的腿子已经走得很疲乏。

"起来呀，清，换衣服，洗脸呢！"

"我要睡了。"

"一定饿了——德！你去把锅里的饭煮起来吧。可是，清呀，先换衣服吧！一身的汗，会生病的呢！"她说着，便去扯他的手。

但是毕清仍然懒洋洋地躺着，不肯起来，安舍有点急了。她摸摸他的头，又摸摸他的手心，怕他真的生了病。随后又像对一个几岁小孩似的，绞了一把面巾，给他揩去脸上和颈上的汗。她又动手去解他的衬衣的扣子。但是毕清立刻翻身起来了，红着面孔。

"我自己来。"他说着，紧紧地捻住了自己的衣襟。

"你没有气力，就让我给你换吧！"

毕清摇一摇头，脸色愈加红了，转过背来。安舍知道他的意思，微笑着，说：

"怕什么，男子汉！我可是你的母亲！"

毕清又摇了一摇头，转过脸来，故意顽皮地说：

“你是我的婶母！”

安舍立刻缩回手来，脸色沉下了。

但是毕清早已用手攀住了她的红嫩的头颈，亲密地叫着说：

“妈！你是我最好的妈！”他又把他的脸贴着她的脸。

安舍感觉到全身发了热，怒气和不快全消失了。

“你真顽皮！”她埋怨似的说，便重又伸出手去，给他脱下衬衣，轻缓地用面巾在他的上身抹去汗，给他穿上一件洁白的衬衣。

“老是不早点回来！全不管我在这里想念着。”这回可真的埋怨了。

“开会去了。”

“难道姓陈的学生今天没有到学校里去？他三点多就来看过你。”

“陈洪范吗？”

“就是他。还有你的爹。”

“为什么不叫陈洪范等我回来呢？我有话和他说。”

“叫我女人家怎样招待男客！”

“和我一样年纪，也要怕！难道又把门关上了不成？”

“自然。”

毕清从床上跳了起来。他有点生气了。

“大热天，也不叫人家歇一歇，喝一杯茶！我的朋友都给你赶走了！”

安舍又沉下脸，起了不快的感觉。但看见毕清生了气，也就掩饰住了自己的情感。她勉强地微笑着说：

“你的朋友真多，老是来了不走，怎怪得我！我是一个女人。”

“这样下去，我也不必出门了！没有一个朋友！”毕清说着，气闷地走到隔壁自己的房里，倒在床上。

安舍只得跟了去，坐在他的床边，说：

“好了，好了，就算我错了，别生气吧，身体要紧！”

但是毕清索性滚到床的里面去了，背朝着外面，一声也不响。

安舍盘着脚，坐到床的中央去，扯着他。过了一会儿，毕清仍不理她，她也生气了。

“你叫我对你下跪吗？”她咬着牙齿说，狠狠地伸出手打去，但将落到他的大腿上，她的手立刻松了，只发出轻轻的拍声。

“你要打就打吧！”毕清转过脸来，挑拨着说。

“打你不来吗？你的爹刚才还叫我打你的！”

“打吧，打吧！”

“你敢强扯开你的嘴巴！”她仍咬着牙齿，狠狠地说。

“扯呀！嘴巴就在这里！”

“扯就扯！”安舍的两手同时抢住了他的两颊。但她的力只停止在臂上，没有通到腕上。她的手轻轻地捻着，如同抚摩着一样，虽然她紧咬着牙齿，摇着头，像用尽了气力一样。

“并不痛！再狠些！”毕清又挑拨了。

“咬下你这块肉！”

“咬吧！”

“就咬！”她凶狠地张开嘴，当真咬住了他的左颊，还狠狠地摇着头。然而也并没有用牙齿，只是用嘴唇夹住了面颊的肉，像是一个热烈的吻。

“好了，好了！妈！”毕清攀住她的头颈，低声叫着说。安舍突然从他的手弯里缩了出来，走下床。她的面色显得非常苍白，眼眶里全润湿了。

“我是你的妈！”她的声音颤动着。像站不稳脚似的，她踉跄地走回自己的房里。

毕清也下了床，摸不着头脑一样的待了一会儿，跟了去。

安舍已经在自己的床上盘着脚默坐着。从她的合着的两眼里流出来两行伤心的泪。

“妈！我错了！以后听你的话！”毕清吃了一惊，扯着她的手。

“我没有生你的气，你去安心地休息吧。不要扰我，让我静坐一会儿。”她仍闭着眼，推开了毕清的手。

毕清又摸不着头脑地走了出去，独自在院子里站了许久。他觉得他的这位继母的心，真奇异得不可思议。她怕一切的男人，只不怕他。她对他比自己的亲娘还亲热。然而当他也用亲热回报她的时候，她却哭着把他推开了。刚才的一场顽皮，他可并没有使她真正生气的必要。他也知道，她的确没有生气。可是又为的什么哭呢？他猜测不出，愈想愈模糊。院子里的光线也愈加暗淡了。摸出时表一看，原来已经六点半了。他觉得肚子饥饿起来，便再转到安舍的房里去。

安舍没有在房里。他找到她在厨房里煮菜。

“你饿了吧，立刻有好吃的了。”她并不像刚才有过什么不快活的样子。

她正在锅上煎一条鱼。煮菜的方法，她在近五年来才学会。

以前她并不走到厨房里来。她的饭菜是由一个女工煮好了送到她的房里去的。但是这荤菜，尤其是煮鱼的方法，她也只在毕清来了以后才学会。她不但不吃这种荤菜，她甚至远远地一闻到它的气息，就要作呕。现在为了毕清，她却把自己的嗅觉也勉强改过来了。她每餐总要给毕清煮一碗肉或者一碗鱼的。因为毕清很喜欢吃荤菜。

但当他们刚在餐桌边坐下，还没有动筷的时候，外面又有客人来了。

“毕清！”是一种短促的女人的声音，“你怎么忘记了我们的聚餐会呀！”

毕清立刻站了起来。进来的是一个十八九岁的清秀的女学生，打扮得很雅致。她对安舍行了一个恭敬的礼，把眼光投射到毕清的脸上，微笑着。

安舍的心里立刻起了很不快的感觉。她认得这个女学生，知道她和毕清很要好，时常叫他一道出去玩。这且不管她，但现在这里正坐下要吃饭，怎么又要把他引走呢？

“这里的饭菜都已经摆在桌上了。”安舍很冷淡地说。

“那里也立刻可吃了。”

“他已经很饿。”

“还有好几个人在那里等他呢。”

“不要紧，不要紧，”毕清对着安舍说，“坐着车子去，立刻就到的。”

“先在这里吃了一点再走吧——德！添一副碗筷来，请林小姐也在这里先吃一点便饭。”

但是站在门边的德，只懒洋洋地睁着眼望着，并没有动。她知道这是徒然的。这个可厌的女学生便常常突如其来地把人家的计划打破。她还记得，有一天毕清答应带她出去看戏，已经换好了衣服，正要动身的时候，这个女学生便忽然来到，把毕清引去了。

“不必，不必！我没有饿，那里等的人多呢！”

“就去，就去！那里人多菜多，有趣得多！”毕清高兴地叫着，披上外衣，扯着女学生的手，跨上门限，跳着走了。

安舍的脸色和黄昏的光一样阴暗。她默然望着毕清的后影，站了起来，感觉得一切都被那个可憎的女子带走了。她的心里起了强烈的痛楚。她的眼前黑了下去，她不能再支持，急忙走到自己的房里，躲进她的床上。她还想使自己镇定起来，但眼前已经全黑了。天和地在旋转着。她没有一点力气，不得不倒了下去。

过了许久，在黑暗与静寂的包围中，她哼出一声悲凉的、绝望的、充满着爱与憎的沉重的叹息。

桥　上

轧、轧、轧、轧……

轧米船又在远处响起来了。

伊新叔的左手刚握住秤锤的索子，便松软下来。他的眼前起了无数的黑圈，漫山遍野地滚着滚着，朝着他这边。

“嗨！”这声音从他的心底冲了出来，但立刻被他的喉咙哽住了，只从他的两鼻低微地迸了出去。

“四十九！”他定了一定神，大声地喊着。

“平一点吧，老板！还没有抬起哩！”卖柴的山里人抬着柴，叫着说，面上露着笑容。

“瞎说！称柴比不得称金子！五十一！五十五！五十四！六十……这一头夹了许多硬柴！叫女人家怎样烧？她家里又没有几十个人吃饭！一百四十八！”

“可以打开看的！没看见底下的一把格外大吗？”

“谁有闲工夫！不要就不要！五十二！一把软柴，总在三十斤以内！一头两把，哪里会有六十几斤！五十三！五十！”

“不好捆得大一点吗？”

“你们的手是什么手！天天捆惯了的！我这碗饭吃了十几年啦！五十一！哄得过我吗？五十！”

轧、轧、轧、轧……

伊新叔觉得自己的两腿在战栗了。轧米船明明又到了河南桥这边，薛家村的村头。他虽然站在河北桥桥上，到村头还有半里路，他的眼前却已经有无数的黑圈滚来，他的鼻子闻到了窒息的煤油气，他看见了那只在黑圈弥漫中的大船。它在跳跃着，拍着水。埠头上站着许多男女，一箩一箩地把谷子倒进黑圈中的口一样的斗里，让它轧轧地咬着，啃着，吞了下去……

伊新叔呆木地在桥上坐下了，只把秤倚靠在自己的胸怀里。

他自己也是一个做米生意的人……不，他是昌祥南货店的老板，他的店就开在这桥下，街头第一家。他这南货店已经开了二十三年了。他十五岁在北碶市学徒弟，二十岁结亲，二十四岁上半年生大女儿，下半年就自己在这里挂起招牌来。隔了一年，大儿子出世了，正所谓“先开花后结果”，生意便一天比一天好了。起初是专卖南货，带卖一点纸笔，随后生意越做越大，便带卖酱油火油老酒，又随后带卖香烟，换铜板，最后才雇了两个长工砻谷舂米，带做米生意。但还不够，他又做起“称手”来。起初是逢五逢十，薛家村市日，给店门口的贩子拿拿秤，后来就和山里人包了白菜、萝菔、毛笋、梅子、杏子、桃子、西瓜、脆瓜、冬瓜……他们一船一船地载来，全请他过秤，卖给贩子和顾客。日子久了，山里人的柴也请他兜主顾，请他过秤了。

他忙碌得几乎没有片刻休息。他的生意虽然好，却全是他一个人做的。他的店里没有经理，没有账房，也没有伙计和徒弟。他的唯一的帮手，只有伊新婶一个人。但她不识字，也不会算账，记性又不好。她只能帮他包包几个铜板的白糖黄糖，代他看看店。而且她还不能久坐在店里，因为她要洗衣煮饭，要带孩子。而他自己呢，没有人帮他做生意，却还要去帮别人的忙，无论谁托他，他没有一次推辞的。譬如薛家村里有人家办喜酒，做丧事，买菜，总是请他去的，因为他买得最好最便宜。又如薛家村里的来信，多半都由昌祥南货店转交。谁家来了信，他总是偷空送了去，有时念给人家听了，还给他们写好回信，带到店里，谁到北碶市去，走过店外，便转托他带到邮局去。

他吃的是咸菜，穿的是布衣，不爱赌也不吸烟，酒量是有限的，喝上半斤就红了脸。他这样辛苦，年轻的时候是为的祖宗，好让人家说说，某人有一个好的儿孙；年纪大了，是为的自己的儿孙，好让他们将来过一些舒服的日子。他是最爱体面的人，不肯让人家说半句批评。当他第二个儿子才出世的时候，他已经做了一桩大事，把他父母的坟墓全造好了。“钱用完了，可以再积起来的。”他常常这样想。果然不到几年，他把自己的寿穴也造了起来，而且把早年死了的阿哥的坟也做在一道。以后他便热热闹闹地把十六岁的大女儿嫁了出去，给十岁的儿子讨了媳妇。到大儿子在上海做满三年学徒，赚得三元钱一月，他又在薛家村尽头架起一幢三间两衡的七架屋了。

然而他并不就此告老休息，他仍和往日一样地辛苦着，甚至比从前还辛苦起来。逢五逢十，是薛家村的市日，不必说。二四七九是横石桥市日，他也站在河北桥桥上，拦住了一两只往横石桥去的柴船。

“卖得掉吗？”山里人问他说。

“自然！卸起来吧！包你们有办法的！”

怎么卖得掉呢，又不是逢五逢十，来往的人多？但是伊新叔自有办法。薛家村里无论哪一家还有多少柴，他全知道。他早已得着空和人家说定了。

“买一船去！阿根嫂！”他看见阿根嫂走到桥上，便站了起来，让笑容露在脸上。

“买半船吧！”

“这柴不错，阿根嫂，难得碰着，就买一船吧！五元二角算，今天格外便宜，总是要烧的，多买一点不要紧！——喂！来抬柴，长生！”他说着，提起了秤杆。

“五十一！四十九！五十三！”

轧、轧、轧、轧……

轧米船在薛家村的河湾那里响了。

伊新叔的耳朵仿佛塞了什么东西，连自己口里喊出来的数目，也听不清楚了。黑圈掩住了手边的细小的秤花，罩住了柴担和山里人，连站在旁边的阿根嫂也模糊了起来。

“生意真好！”有人在他的耳边大声说着，走了过去。

伊新叔定了一定神，原来是辛生公。

“请坐，请坐！”他像在自己的店里一样和辛生公打着招呼。

但是辛生公头也不回地，却一迳走了。

伊新叔觉得辛生公对他的态度也和别人似的异样了。辛生公本是好人，一见面就惯说这种吉利话的。可是现在仿佛含了讥笑的神情，看他不起了。

轧、轧、轧、轧……

轧米船又响了。

它是正在他造屋子的时候来的。房子还没有动工的时候，他已经听到了北碶市永泰米行老板林吉康要办轧米船的消息。他知道轧米船一来，他的米生意就要清淡下来，少了一笔收入。但是他的造屋子的消息也早已传了开去，不能打消了。倘若立刻打消，他的面子从此就会失掉，而且会影响到生意的信用上来。

“机器米，吃了不要紧吗？”他那时就听到了一些人对他试探口气的话。

“各有各的好处！”他回答说，装出极有把握的样子，而且索性提早动工造屋了。

他知道轧米船一来，他的米生意会受影响，但他不相信会一点没有生意。他知道薛家村里有许多人怕吃了机器米生脚气病，同时薛家村里的人几乎每一家都和他相当有交情。万一米生意不好，他也尽有退路。他原来是开南货店兼做杂货的。这样生意做不得，还有那样。他全不怕。

但是林吉康仿佛知道了他提早动工的意思，说要办轧米船，立刻就办起来了。正当他竖柱上梁的那一天好日子，轧米船就驶到了薛家村。

轧、轧、轧、轧……

这声音惊动了全村的男女老少，全到河边来看望这新奇的怪物了。伊新叔只管放着大爆仗和鞭爆，却很少人走拢来。船正靠在他的邻近的埠头边，仿佛故意对他来示威一样。那是头一天，并没有人抬出谷子来给它轧。它轧的谷子是自己带来的。

轧、轧、轧、轧……

这样的一直响到中午，轧米船忽然传出话来，说是今天下午六点钟以前，每家抬出一百斤谷来轧的，不要一个铜板。于是这话立刻传了开去，薛家村里像造反一样，谷子一担一担地挑出来抬出来了。不到一点钟，谷袋谷箩便从埠头上一直摆到桥边，挤得走不通路。

轧、轧、轧、轧……

这声音没有一刻休息。黑圈呼呼地飞绕着，一直弥漫到伊新叔的屋子边。伊新叔本来是最快乐的一天，觉得他的一生大事，到今天可以说都已做完了，给轧米船一来，却弄得落入了地狱里一样，眼前一团漆黑，这轧、轧、轧、轧的声音简直和刀砍没有分别。他的年纪已经将近半百，什么事情都遇到过，一只小小的轧米船本来不在他眼里，况且他又不是专靠卖米过日子的。但是它不早不迟，却要在他竖柱上梁的那一天开到薛家村来，这预兆实在是太坏了！他几乎对于一切事情都起了恐慌，觉得以后的事情没有一点把握，做人将要一落千丈了似的。他一夜没有睡熟。轧米船一直响到天黑，就在那里停过夜。第二天天才亮，它又在那里响了。这样一直轧了两天半，才把头一天三点半以前抬来的谷子统统轧完。有些人家抬出来了又抬回去，抬回去了又抬出来，到最后才轧好。

伊新叔的耳内时常听见一些不快活的话，这个说这样快，那个说这样方便。薛家村里的人没有一个不讲到它。

“看着吧！”他心里暗暗地想。他先要睁着冷眼，看它怎样下去。有些东西起初是可以哄动人家的，因为它稀奇，但日子久了，好坏就给人家看出了。这样的事情，他看见过好多。

轧米船以后常常来了。它定的价钱是轧一百斤谷，三角半小洋。伊新叔算了一算，价钱比自己请人砻谷舂米并不便宜。譬如人工，一天是五角小洋，一天做二百斤谷，加上一斤老酒一角三分，一共六角三分就够了。饭菜是粗的，比不得裁缝。咸齑、海蜇、龙头螃，大家多得很，用不着去买，米饭也算不得多少。有时请来的人不会吃酒，这一角三分就省去了。轧出来的比舂出来的白，那是的确的。可是乡下人并不想吃白米，米白了二百斤谷就变不得一石米。而且轧出来的米碎。轧米船的好处，只在省事，只在快。可是这有什么关系呢？请人砻谷舂米，一向惯了，并不觉得什么麻烦。快慢呢，更没有关系，绝没有人家吃完了米才砻谷的。

伊新叔的观察一点不错，轧米船的生意有限得很。大家的计算正和伊新叔的一样，利害全看得出来，而且许多人还在讲着可怕的话，谁在上海汉口做生意，吃的是机器米，生了好几年脚气肿病，后来回到家里吃糙米，才好了。

一个月过去了，伊新叔查查账目，受到的影响并不大。只有五家人家向来在他这里籴米的，这一个月里不来了。但是他们的生意并不多，一个月里根本就吃不了几斗。薛家村里的人本来大半是自己请人砻的。籴米吃的人或者是因为家里没有砻谷的器具，或者是因为没有现钱买一百斤两百斤谷，才到他店里来零碎地籴米吃，而且他这里又可以欠账。轧米船抢去的这五家生意，因为他们比较不穷，却是家里还购不起砻谷器具的，轧米船最大的生意还是在那些有谷子有砻具的人家。但这与他并没有关系。

两个月过去，五家之中已经有两家又回到他店里来籴米，轧米船的生意也已比不上第一个月，现在来的次数也少了。

“哪里抢得了我的生意！”伊新叔得意的暗暗地说。他现在全不怕了。他只觉得轧米船讨厌，老是乌烟瘴气地轧轧轧轧响着。尤其是他竖柱上梁的那天，故意停到他的埠头边来，对他做出吓人的样子。但是他虽然讨厌它，却并不骂它。他觉得骂起它来，未免显得自己的度量太小了。

“自有人骂的。”他心里很明白，轧米船抢去的生意并不是他的。它抢的是那些给人家砻谷舂米的人的生意。轧米船在这里轧了二百斤谷子，就有一个人多一天闲空，多一天吃，少收入五角小洋。

“饿不死我们！”伊新叔早已听见有人在说这样又怨又气的话了。

那是真的，伊新叔知道，他们有气力拉得动砻，拿得动舂，挑得动担子，哪一样做不得，何况他们也很少有人专门靠这碗饭过日子的。

“一只大船，一架机器，用上一个男工，一个写账的，一个徒弟，看它怎样开销过去吧！”他们都给它估量了一下，这样说。

但是这一层，轧米船的老板林吉康早已注意到了。他有的是钱。他在北碶市开着永泰米行、万馀木行、兴昌绸缎庄、隆茂酱油店、天生祥南货店，还在县城里和人家合开了一家钱庄。他并不怕先亏本。他只要以后的生意好。第三个月一开始，轧米船忽然跌价了。以前是一百斤谷，三角半小洋，现在只要三角。这真是大跌价，薛家村里的人又轰动了。自己请人砻谷的人家都像碰到了好机会，纷纷抬了谷子到埠头边去。

“吃亏的不是我！”伊新叔冷淡地说。他查了一查这个月的米生意，一共只有六家老主顾没有来往。他睁着冷眼在一旁看着，轧米船的生意好了一回，又慢慢地冷淡下去了。许多人已经在说轧出来的砻糠太碎，生不得火；细糠却太粗，喂不得鸡，只能卖给养鸭子的，价钱卖不到五个铜板，只值三个铜板一斤，还须自己筛了又筛。要砻糠粗，细糠细，大家宁愿请人来先把谷砻成糙米，然后再请轧米船轧成熟米。但这样一来，不能再叫人家出三角一百斤，只能出得一角半。

轧米船不能答应。写账的说，拿谷子来，拿米来，在他们都是一样的手续。一百斤谷子只能轧五斗米，一百斤糙米轧出来的差不多仍有百把斤米，这里就已经给大家便宜了，哪里还可以减少一半价钱。一定要少，就少到二角半，不能再少了。薛家村里的人不能答应，宁可仍旧自己请人砻好舂好。

于是伊新叔亲眼看见轧米船的生意又坏下去了。

“还不是开销不过去的！”他说，心里倒有点痛快。

“这样赚不来，赚那样！”轧米船的老板林吉康却忽然想出别的方法来了。

他自己本来在北碶市开着永泰米行的，现在既然发达不开去，停了又不好，索性叫轧米船带卖米了。

现在轧米船才成了伊新叔真正的对头了。它把价钱定得比伊新叔的低。伊新叔历来对人谦和，又肯帮别人的忙，又可以做账，他起初以为这项生意谁也抢他不过，却想不到轧米船把米价跌了下来，大家争着往那里去买了。上白，中白，倒还不要紧，吃白米的人本来少，下白可不同了，而轧米船的下白，价格却偏偏定得格外便宜。

“这东西害了许多人，还要害我吗？”他自言自语地说。扳起算盘来一算，照它的价钱，还有一点钱好赚。

“就跌下来，照你的价钱，看你抢得了我的生意不能！”伊新叔把米价也重新定过了，都和轧米船的一样：上白六元二角算，中白五元六角算，下白由五元算改成了四元八角。

伊新叔看见轧米船的生意又失败了，薛家村里的人到底和伊新叔要好，这样一来，又全到昌祥南货店来籴米了，没有一个人再到轧米船去籴米。

“机器米，滑头货！吃了生脚气病，哪个要吃！”

林吉康看见轧米船的米生意又失败了，知道是伊新叔也跌了价的原因，他索性又跌起价来。他上中白的米价再跌了五分，下白竟又跌了一角。

伊新叔扳了一扳算盘，也就照样地跌了下来。

生意仍是伊新叔的。

然而林吉康又跌米价了：下白四元六角。

伊新叔一算，一元一角算潮谷，燥干扇过一次，只有九成。一石米，就要四元谷本，一天人工三角半，连饭菜就四元四角朝外了，再加上屋租、捐税、运费、杂费、利息，只有亏本，没有钱可赚。

跟着跌不跌呢？不跌做不来米生意。新谷又将上市了，陈谷积着更吃亏。他只得咬着牙齿，也把米价跌了价。

现在轧米船的老板林吉康仿佛也不想再亏本了。轧米船索性不来了。他让它停在北碶市的河边，休了业。

伊新叔透了一口气过来，觉得亏本还不多，下半年可以补救的。

“瞎弄一场，想害人还不是连自己也害进在内了！”他嘘着气说，“不然，怎么会停办呢！”

但是他却没有想到林吉康已经下了决心，要弄倒他。

轧、轧、轧、轧……

秋收一过，轧米船又突然出现在薛家村了。它依然轧米又卖米。但两项的价钱都愈加便宜了。拿米去轧的，只要一角五分，依照了薛家村从前的要求。米价却一天一天便宜了下来，一直跌到下白四元算。

伊新叔才进了一批新谷，拼了命跟着跌，只是卖不出去。薛家村里的人全知道林吉康在和伊新叔斗花样，亏本是不在乎的，伊新叔跌了，林吉康一定还要跌。所以伊新叔跌了价，便没有人去买，等待着第二天到轧米船上去买更便宜的米。

伊新叔觉得实在亏本不下去了，只得立刻宣布不再做米生意，收了一半场面，退了工人，预备把收进来的谷卖出去。

“完啦，完啦！”他叹息着说，“人家本钱大，亏得起本，还有什么办法呢！”

然而林吉康还不肯放过他。他知道伊新叔现在要把谷子卖出去了，他又来了一种花样。新谷一上场，他早已收入许多谷，现在他也要大批地出卖了。他依然不怕亏本，把谷价跌得非常的低。伊新叔不想卖了，然而又硬不过他。留到明年，又不知道年成好坏，而自己大批的谷存着，换不得钱，连南货店的生意也不能活动了。他没有办法，只得又亏本卖出去。

轧、轧、轧、轧……

轧米船生意又好了。不但抢到了米生意，把工人的生意也抢到了。它现在三天一次，二天一次，有时每天到薛家村来了。

“恶鬼！”伊新叔一看见轧米船，就咬住了牙齿，暗暗地诅咒着。他已经负上了一笔债，想起来又不觉恐慌起来。他做了几十年生意，从来不曾上过这样大当。

伊新叔看着轧米船的米生意好了起来，米价又渐渐高了，他的谷子卖光，谷子的价钱也高了。

“不在乎，不在乎！”伊新叔只好这样想，这样说，倘若有人问到他这事情，“这本来是带做的生意。这里不赚那里赚！我还有别的生意好做的！”

真的，他现在只希望在南货杂货方面的生意好起来了。要不是他平时还做着别的生意，吃了这一大跌，便绝对没有再抬头的希望了。

他这昌祥南货店招牌老，信用好之外，还有一点最要紧的是地点。它刚在河北桥桥头第一家，街的上头，来往的人无论是陆路水路，坐在柜台里都看得很清楚。市日一到，担子和顾客全拥挤在他的店门口，他兼做别的生意便利，人家向他买东西也便利。房租一年四十元，双间门面，里面有栈房厨房，算起来也还不贵。米生意虽然不做了，空了许多地方出来，但伊新叔索性把南货店装饰起来，改做了一间客堂，样子愈加阔气了。到他店里来坐着闲谈的人本来就不少，客堂一设，闲坐的人没有在柜台内坐着那样拘束，愈加坐得久了。大家都姓薛，伊新叔向来又是最谦和的，无论他在不在店里，尽可坐在他的店里，闲谈的闲谈，听新闻的听新闻，观望水陆两路来往的也有。昌祥南货店虽然没有经理、账房、伙计、学徒，给他们这么一来，却一点不显得冷落，反而格外热闹了。

但这些人中间有照顾伊新叔的，也有帮倒忙的人。有一天，忽然有一个人在伊新叔面前说了这样的话：

“听说轧米船生意很好，林吉康有向你分租一间店面的意思呢！”

伊新叔睁起眼睛，发了火，说：

“哼！做梦！出我一百元一月也不会租给他！除非等我关了门！”他咬着牙齿说。

“这话不错！”大家和着说。

说那话的是薛家村的村长，平时爱说笑话，伊新叔以为又是和他开玩笑，所以说出了直话，却想不到村长说这话有来因，他已经受了林吉康的委托。伊新叔不答应，丢了自己的面子，所以装出毫无关系似的，探探伊新叔的口气。果然不出他所料，伊新叔一听见这话不管是真是假，就火气直冲。

“就等他关了门再说！”林吉康笑了一笑说。他心里便在盘算，怎样报这一口气。

他现在不再显明地急忙地来对付伊新叔，他要慢慢地使伊新叔亏本下去。最先他只把他隆茂酱油店的酱油减低了一两个铜板的价钱。

北碶市到薛家村只有二里半路程，眨一眨眼就到。每天薛家村里的人总有几个到北碶市去。虽然隆茂的酱油只减低了一两个铜板，薛家村里的人也就立刻知道。大家并不在乎这二里半路，一听到这消息，便提着瓶子往北碶市去了。

“年头真坏！”伊新叔叹息着说，他还没有想到又有人在捉弄他。他觉得酱油生意本来就不大，不肯跟着跌，想留着看看风色。

过了不久，老酒的行情却提高了。许多人在讲说是今年的酒捐要加了，从前是一缸五元，今年会加到七元。糯米呢，因为时局不太平，又将和南稻谷一齐涨了起来。

“这里赚不来，那里赚！”伊新叔想。他打了一下算盘，看看糯米的价钱还涨得不多，连忙办好一笔现款，收进了一批陈酒。

果然谷价又继续涨了，伊新叔心里很喜欢。老酒的行情也已继续涨了起来，伊新叔也跟着行情走。

但是不多几天，隆茂的老酒却跌价了。伊新叔不相信以后会再便宜，他要留着日后卖，宁可眼前没有生意，也不肯跟着跌。于是伊新叔这里的老酒主顾又到北碶市去了。

北碶市的隆茂酱油店跌了几天，又涨了起来，涨了一点，又跌了下来，伊新叔愈加以为林吉康没有把握，愈加不肯跟着走。

九月一到，包酒捐的人来了。并没有加钱。时局也已安定下来。老酒的行情又跌了，伊新叔这时才知道上了当，赶快跟着人家跌了价。但隆茂仿佛比他更恐慌似的，卖得比别人家更便宜，跌了又跌，跌了又跌，三十个铜板一斤的老酒，竟会一直跌到二十个铜板。

伊新叔现在不能不跟着走了。别的店铺可以把酒积存起来，过了一年半载再卖，他可不能。他的本钱要还，利息又重，留上一年半载，谁晓得那时还会再跌不会呢！单是利上加利也就够了。

这一次亏本几乎和米生意差不多，使他起了极大的恐慌。但他现在连酱油也不敢不跌价了。

然而伊新叔是一生做生意的，人家店铺的发达或倒闭，他看见了不晓得多少次。他一方面谨慎，一方面也有着相当的胆量。他现在虽然已经负了债，他仍有别的希望。

“二十几岁起到现在啦！”他说，“头几年单做南货生意也弄得好好的！”

“看着吧！”林吉康略略地说，“看你现在怎样！”

他又开始叫天生祥南货店廉价了。从北碶市到薛家村，他叫人一路贴着很触目的大廉价广告。这时正是年关将近，家家户户采购南货最多的时候，往年逢到配货的人家送一包祭灶果的，现在天生祥送两包了，而且价钱又便宜了许多。薛家村里的人又往北碶市去了。到了十二月十五，昌祥南货店还没有过年的气象。伊新叔跟着廉起价来，但还是生意不多。平日常常到他店堂里来坐着闲谈的那些人，现在也几乎绝迹了，他们一到年关，也有了忙碌的事情。同时银根也紧缩起来，上行一家一家地来了信，开了清单来，钱庄里也来催他解款了。

伊新叔看看没有一点希望了。这一年来为了造屋子，用完了钱还借了一些债，满以为一年半载可以赚出来还清，却不料米和酒亏了本，现在南货又赚不得钱。倘不是他为人谦和，昌祥南货店的招牌老、信用好，早已没有转折的余地，关上门办倒账了。幸亏薛家村里的一些婆婆嫂嫂对他好，信任他，儿子丈夫寄来的过年款或自己的私钱，五十一百地拿到他那里来存放，解了他的围。

年关终于过去了。伊新叔自己知道未来的日子更可怕，结果怎样几乎不愿想了。但他也不能不自己哄骗着自己，说：

“今年再来过！一年有一年的运气！林吉康不见得会长久好下去，他倒起来更快！那害人的东西，他倒了，没有一点退路，我倒了还可以做‘称手’过日子的！”

真的，伊新叔没有本钱，可以做“称手”过日子的。一年到头有得东西称。白菜、萝菔、毛笋、梅子、杏子、桃子、西瓜、脆瓜、冬瓜……还有逢二四五七九的柴。

单是称柴的生意也够忙碌了，今天跑这里兜主顾，明天跑那里兜主顾。

“这柴包你不潮湿！”他看见品生婶在用手插到柴把心里去，就立刻从桥上站起来，止住了她，说，“有湿柴，我会给你拣出的！价钱不能再便宜了，五元二角算。”

“可以少一点吗？”品生婶问了。

“给你称得好一点吧。”伊新叔回答说，“价钱有行情，别地方什么价钱，我们这里也什么价钱，不能多也不能少的。买柴比不得买别的东西。我自己家里烧的也是柴，巴不得它便宜一点的。就是这两担吗？来，抬起来！四十八！你看，这样大的一头柴，只有四十八斤，燥得真可以了！五十！五十一！四十九！”

轧、轧、轧、轧……

轧米船在河北桥的埠头边响起来了。

伊新叔的眼前全是窒息的黑圈，滚着滚着，笼罩在他的四围，他透不过气，也睁不开眼来，他觉得自己瘫软得非常可怕，连忙又拖着秤坐倒在桥上。

轧、轧、轧、轧……

他听见自己的心也大声地响了起来。它在用力地撞着。他觉得他身内的精力，全给它撞走了，那里面空得那么可怕，正像昌祥南货店一样，门开着，东西摆着，招牌挂着，但暗地里已经亏了本钱，栈房里的货旧卖完了，新的没有进，外面背了一身债，毛一样多……

“称一斤三全，伊新叔！”吉生伯母来买东西了。

伊新叔开开柜屉来，只剩了半斤龙眼。

他跑到栈房里，那里只有生了白花的黑枣。

再跑到柜台内，拉出几只柜屉来看，那里都是空的。他连忙遮住了吉生伯母的眼光，急速地推进了柜屉。

“卖完了，下午给你送来，好吗？”

吉生伯母摇了摇头，走了。

他看见她的眼光里含着讥笑的神情，仿佛在说：“你立刻要办倒账啦！我知道！”

“一听罐头笋！”本全婶站在柜台外，说。

“请坐！请坐！”伊新叔连忙镇定下来，让笑容露在脸上，说。

怕她看见不自然的神色，立刻转过身来，走到了橱边。他待了一会儿，像在思索什么似的，总算找到了一听，抹了一抹灰。

“怎么生了锈？拣一听好的吧！”本全婶瞪起奇异的眼光，说。

“外面不要紧，外面不要紧！运货的时候下了雨，所以生锈啦。你拿去不妨，开开来坏了再来换吧！”他这么说着，心里又起了恐慌。他看见本全婶瞪着眼在探看他的神色，估量店内的货物。她拿着罐头笑走了，她仿佛在暗地说：“昌祥南货店要倒啦！”

“要倒啦！要倒啦！”伊新叔听见她走出店门在对许多人说。

“要倒啦！要倒啦！”外面的人全在和着，向他这边走了过来。

伊新叔连忙开开后门，走到了桥上。

“柴钱一总多少，请你代我垫付了吧！”品生婶说。

这话不对，她有钱存在他这里，现在要还了！

“我五十！”

“我一百！”

“我三百！”

“还给我！伊新叔！”

“……”

“……”

“……”

轧、轧、轧、轧……

“把新屋子卖给我偿债！”

“……”

“把店屋让给我！”

轧、轧、轧、轧……

长生嫂、万福婶、咸康伯母、阿林侄、贵财叔、明发伯、本全婶、辛生公、阿根嫂、梅生驼背、阿李拐脚、三麻皮……上行、钱庄……全来了，黑圈似的漫山遍野地向他滚了过来。

伊新叔从桥栏上站了起来，把柴秤丢在一边。他知道现在连这一分行业也不能再干下去了。他必须立刻离开这里。

“好吧，好吧，明天是市日，明天再来！包你们有办法的！”

他说着从桥上走了下来。

轧、轧、轧、轧……

他听见自己的脚步也在大声地响着。

鼠　牙

1

“我的谷子少啦！”

一天早上，阿德哥到谷仓里来拿谷子的时候，凑巧碰到阿长嫂也在那里拿谷子。她看见他进去，不打一个招呼，劈头就是这么一句，眼光锐利地盯住了他，仿佛在怀疑着那没良心的勾当是他干的一样。

阿德哥气愤地揭开自己的谷仓，里面一个角落里，周围约有三寸宽，凹下了寸把深——他的谷子可真的少了！

这在十天前，是和外边一样平的，甚至可以说，还要高了一点，因为他总是就近边的拿，拿不到里面去。若说是外来的贼，一定夜里进来，成箩成担地偷了，绝不止这一点；偷到了手，便得开开大门抬出去挑出去。然而大门是他开关的，可没有一天早上不好好关着。里面的贼呢，别的人家没有婚丧大事，也没有砻谷做衣服，没有缘由进祖堂。谷仓就在祖堂的后面，不走祖堂是没有别的路的。后堂只有他和阿长嫂两家有份，别人家即使进了祖堂，又谁敢走进后堂呢？他这样想着，脚底下忽然踏到了一粒一粒的谷子。低下头去，他看见在他的谷仓和阿长嫂的谷仓中间，散落着很多的谷子。阿德哥抬起头来，也用锐利的眼光盯住了她，气愤地说：

“鬼偷的！”

“可不是鬼偷的是什么！”阿长嫂噘一噘嘴，恶意地笑了一笑。这嘴脸叫他受不了，倘若阿长嫂是男人，他早已啪的一个耳光打过去了。然而她是女人，阿德哥只得按捺住了。

“大家锁起来！”

“你锁吧！我是孤孀，不怕人家吃掉我！”

他跳起来了：

“你不锁，我也不锁，我也不怕人家吃掉我！”他气得谷子也不拿，丢着箩走了。

“明明是她拿了我的，故意把里面的扒一点到外边，又假装着她自己的谷子也少啦！”他回到家里，气汹汹对他的妻子说，“少了谷子还不要紧，我阿德活了四十多岁，今天却被那恶婆诬作贼看啦！”

“她仗着孤孀的势，你怕她，我就不怕！”阿德嫂咬着牙齿说。要不是她的大女儿阿珍拼命扯住她，她便跑到阿长嫂那边去了。

阿德哥的房子是在祖堂的西边，前后两间，阿长嫂的在东边，也是前后两间。后堂正在他们两家的后房的中间。后堂外的一个院子，是两家有份的。他们的曾祖父这样地分给他们的祖父，祖父传给了他们的父亲，父亲又传给了他们。他们都是三代单丁。阿长哥已在三年前死了，只剩下阿长嫂和一个十三岁的儿子阿生。阿德哥这边倒有两个女的、两个男的。自从阿长哥死后，阿长嫂时常到阿德哥家里来麻烦，今天讨这样，明天借那样，还时时哽哽咽咽地诉苦，说她穷，过不得日子。阿德嫂早就够讨厌她了。论财产，阿长嫂的田比她多。论人口，比她少。论家事，比她清闲。然而阿长嫂还不知足，老是借着孤孀为名，想从她这里拿些什么东西去。一只碗，一根草，都要借，借去了就不归还。

“现在又拿我们的谷子啦！”阿德嫂对着阿德哥狠狠地说，“都是你这老不死，老是说算啦算啦，她是孤孀！你得了她什么好处？我可不答应！再不准借什么给她——一根草也不答应！阿嫂，阿嫂，少喊些吧！真肉麻！”

“算啦，算啦！好好地同你说，老是先自己吵起来！你想个什么方法，谷子不再少呢？她可不愿意我们锁起来。”

“不中用的男人！到你的田里去吧！我自有办法的！”

第二天早上，阿德嫂在床边的板壁上挖了一个小小的洞。从这洞里，可以望到后堂的两个谷仓。

“偷吧！好偷啦！”她故意大声地说着。

这时后堂那边忽然发出声音来了，好像是窃窃的语声，蹑着脚走路声。

阿德嫂跪在床上，贴着板壁，贯注了精神，往后堂的上下左右搜查着。

“妈！”后堂那边有小孩子在叫。

阿德嫂忽然看见了那边板壁上也有了一个小小的洞，洞边正贴着一只灵活发光的孩子的眼睛，随后脚步响，那边就换了一只大人的眼睛，恶狠狠地正对着她这边望着。

“还不是做贼心虚，早已在那边挖了洞探望啦！”阿德嫂心里想，禁不住重重地拍着板壁，尖着嘴，像赶什么似的，发出一种声音来：

“嗤——！”

那边阿长嫂也拍了一下板壁，发出了同样的声音：

“嗤——！”

“鬼偷我的谷子！”阿德嫂骂了。

“畜生偷的！”阿长嫂在那边应着，“吃了我的谷子烂舌根！”

“偷谷子的烂肚肠！短命鬼！”阿德嫂在这边拍着手掌。

“断子绝孙！”阿长嫂在那边拍着床沿。

2

有一夜，阿德嫂突然把阿德哥推醒了。

“贼又在后堂偷谷啦！”她低声地说。

阿德哥没有听清楚，只听见一点尾声，随后就很静寂。他们屏息地过了一会儿，后堂里的声音又起了。像是脚步声、开谷仓声、畚谷子、倒谷子声。

“妈！”小孩子的低低的叫声。

“不要作声！轻轻的！”阿长嫂的很轻的声音。

“你看！还不是那孤孀！”阿德嫂附着她丈夫的耳朵说。

于是他们秘密起来了，不点灯，也不穿鞋子，轻轻地开了门，一个往后堂外的院子，一个往祖堂的门口。阿德嫂相信阿长嫂一定从祖堂进来，阿德哥是男人，有点不便，所以她独自挡了那一路。

这一夜正是秋尽冬来的月底，天气很不好，外面漆黑得什么也看不见。阿德嫂很小心地蹑着脚摸索了过去。

“做贼方便，捉贼可也方便！现在可落在我的手里，怎样也逃不掉啦！”她暗暗想着，心里非常地痛快。

出了前房，转了一个弯，阿德嫂渐渐走近祖堂的门口了。什么声音也没有，只听见她自己心头的跳动的声音。

她摸到了祖堂檐口的第一根柱子。

她知道祖堂两边的门都是上着闩的，只有中间的两扇可以进出，她便叉着手斜对着中门拦了过去。

突然，一只冰冷的手伸了过来，正触着了她的手……

“贼——啊！”她惊骇地发出了尖利的叫声，倒退了几步，无意中仿佛觉得那贼是一个可怕的男人一样。

就在同一个时候，那只冷冰的手也惊骇地倒退了几步，发出战栗的声音：

“贼——啊！”

阿德嫂清醒过来了。那是阿长嫂的声音，一点也不错。果然是她！阿德嫂又立刻胆壮起来，恶狠地向那发声音的地方扑了过去。

这时阿长嫂也已对着她这边扑了过来。

两个人抱住了腰，拦住了手，你掀我、我掀你地搅作了一团，一面叫着捉贼，一面随后就倒在地上滚着打着。

同时，后院里的喊声也起了。阿德哥在黑暗中追逐着阿生，阿生在躲着骂着，都喊着捉贼。

阿德哥的一家人点着灯起来了，大门内同住的邻居们也起来了。有的背着棍子，有的拿着刀，都大喊着捉贼，往祖堂前和祖堂后奔了去。

“贼在哪里？”

“不要放他走！”

“绑起来！”

“打！打！打！”

有些人叫着寻着找着，有些人躲在被窝里喊着助威，闹得隔墙的邻居们也点着灯起来了。

“捉到了吗？”隔壁有人问着。

但是等到拿着灯笼走近祖堂和后院里，大家都惊愕地呆住了。

阿德嫂和阿长嫂在地上滚着，打着，撕着，衣服都破了，脸上手腕上流着血。那边是阿德哥和阿生扑来跳去地追着骂着。

“这是怎么一回事呀！贼没有捉到，却自己先打起来啦！”惠生房长大声地问着。

“她就是贼！她偷我的谷子！”阿德嫂一面厮打着，一面叫着说。

“她偷我的谷子！她是贼！”阿长嫂叫着说。

“哎，真没道理！有话好好说！你们两个人发疯了吗？”

“放手！放手！大家放手！”

几个女人叫着，劝着，好不容易才把她们扯开了。但是她们还拍着手掌不息地骂着。

“好啦，好啦！到后堂去看！”惠生房长提着灯笼走近了祖堂的门边。

门关得紧紧的。惠生房长拉着开来，门便呜呜地响了。

“真是发疯啦！”他喃喃地说着，“门关得好好的，谁进过祖堂！”

“我听见她在里面！”然而阿德嫂和阿长嫂都这样说。

后堂门也关着。里面并没有什么痕迹。揭开谷仓来看，两边都说少了。

“你们看吧，我用谷扒画的记号在这里！”

“你们看这地上的谷就知道，不是从我这边到她那边？”

“你看你们都弄错啦，”惠生房长摇着头说，“半夜三更，好冷的天气，害得大家睡不得！她们是女人，阿德，难道你也这样糊涂吗？哼！明天把那一只角爬开来看看吧，你们就会明白的！”

“房长的话不错！那很像是老鼠偷的！”

“我从前的谷仓也正是这样！房长的话很对！”

大家说着劝着，推的推扯的扯，总算都回去睡了。

3

“哪里有这许多老鼠——还不是她那边过来的！”阿德嫂气愤地说。

三天后，她从妹夫家里捉来了一只小猫，它咪咪地叫着，长着一身很美的玳瑁毛。“冬狗夏猫”，它正是在夏天里生的，会捉老鼠是毫无疑义的了。

但是第二天早上，阿长嫂房里也来了一只猫，它的叫声洪亮而且凶恶，喵呜喵呜地叫着，却是一只老猫。

过了几天，阿长嫂把绳子一松，它就首先跑到阿德嫂这边来。那真是一只可怕的猫。和野猫一样，又大又黑，两只眼睛和狐狸的一样，炯炯地发着可怕的光。阿德嫂的小猫见着它就吓得躲藏起来。

后堂里的老鼠现在不安了，时常吱吱吱地叫着，成群地奔跑着，逃到阿德嫂这边的楼上来，楼板上像有几十个人在那里跑着，楼板就要穿了似的。

“现在老鼠要给它捉光啦！”阿德哥高兴地说。

但是阿德嫂却不相信这个，她觉得这于她家更不利。

“哪里捉得光！”她噘一噘嘴说，“你看吧，它把那边的老鼠全赶到我们这边来啦！”

阿德嫂的预料很准确，从前她家楼上很少有老鼠的动静，现在一天比一天闹了。那只老猫一到夜里很少到这边来，只在阿长嫂那边喵呜喵呜地叫着，不大管这边。这边的小猫年纪轻，只会咪咪咪地叫，老是捉不到一个老鼠，日子多了，在楼上的老鼠愈加胆子大了。

勒勒勒勒，噶噶噶噶……

它们在楼上咬着柜子、橱子。

叮咚叮咚，乒乓乒乓……

它们掀着桶盖。

有时它们又骨碌碌地滚着什么。

每夜，阿德嫂眼睛才闭上，楼上的响声就发作了。她唤着猫，小猫咪咪答应了几句，楼上也就沉寂了一会儿。但等她蒙眬地又将开始做梦的时候，楼上的响声又起了。

“这怎么过日子呀！”阿德嫂气得拍着床大骂起来，“都是那鬼东西把老鼠统统赶到这边来啦！”

于是睡在她身边的三岁男孩就突然从睡梦中惊醒得哭了，接着便是那六岁的女孩也哭了起来。

这时阿德哥和那两个孩子也睡不熟了。他叹着气，埋怨似的说：

“啊呀，算啦，算啦！你这么一来，就天翻地覆啦！我白天要到田里去做工的哩！给我好好地睡吧！”

“难道我白天不要煮饭，洗衣，喂奶？我几时白天睡过觉吗？我不爱在夜里睡觉吗？哼！谁弄得我们天翻地覆的！你得了她什么好处，不怪她倒来怪我？”

“又来啦！老是这么一套！明天再说吧！”

“这许多老鼠，你总要想一个法子啦！”

“忍耐一点吧，小猫大了就有办法的。”

“老是小猫小猫，亏你一个男子汉还抵不上一只小猫！”

“啊呀！算啦！算啦！我说！”阿德哥终于因了日间过度的疲劳，打着呵欠睡熟了。

阿德嫂也够疲乏了，口里咒诅着，也渐渐睡熟了去，梦中犹听见老鼠的各种各样的响声。

楼上本是堆积东西的地方，现在各样东西都破的破，烂的烂了，不是在这里给你咬上几口，就在那里给你啃几下。箩及稻绳，畚斗和风箱，几乎都不能用了。

“这还了得！这还了得！”阿德嫂一走到楼上就像发疯似的团团转了起来。

这里那里全是尿臊臭，真叫她作呕。

“给那鬼东西害得够啦！害得够啦！”

然而这事情似乎还不止如此，阿德嫂这边是一祸未除，一祸又来了。

那就是那只老猫。

它现在只拣着白天来了，好像它第一步驱逐老鼠到这边来的使命已经完成，接着就开始它的第二步的工作。

它追逐着小猫，又追逐着小鸡。一天，竟把阿德嫂的一只小鸡赶到了阴沟洞里，死在那里。阿长嫂很像故意不喂它，所以它总是饿鬼似的跑到这边来抢小猫的饭碗。这还不够，它还要顶食罩，开橱门，推锅盖，翻瓶甑。

砰浪，砰浪！

它时常打破阿德嫂家里的碗盏。

“你这畜生，我和你前生结了什么冤呀！你要这样捉弄我！”阿德嫂跳着叫着，几次背了门闩追打它。

然而它并不怕。它跑得快，跳得高。无论阿德嫂家里的人怎样追打它，一个不注意，它就又在翻碗盏找食物了。

“我不结果你这狗命，我不是人！”阿德嫂发誓说。

她不再赶它了，她想着种种的方法，要捉到它。

于是，这老猫终于给她捉到了。

她故意在食罩下摆下几块连骨带肉的鱼，用一根小棍子支起了食罩的一边，让它刚刚可以进去，但在食罩上却压着一条很重的硬木方晃，足足有十来斤重。

乓！

老猫一进食罩，触着小棍，食罩就压了下来，只剩着一个尾巴在外面。

喵呜！喵呜！喵呜！

它大声地号着。

阿德嫂便把它捆了起来，拿着铁锤，当头击了下去。

老猫抖动几下，不再响了。

当天晚上，它被丢到了后墙外的田里。

阿德嫂现在心里痛快了。除去了老猫，好像已经除去了所有的老鼠一样，她的小猫现在也出来赶老鼠了。她每天只喂它一顿，而且只在中午，其余的时候让它饿着去找老鼠。

她听见它在楼上狠命地追逐了几夜，老鼠的声音果然渐渐静了。

吱，吱，吱，吱，吱，吱！

后堂里渐渐热闹起来，又渐渐冷静起来，仿佛在阿长嫂那边吵闹了。

她时常听见阿长嫂在半夜里咒骂的声音，拍着床沿驱吓老鼠的声音。

“一报还一报！”阿德嫂得意地说，“你会赶过来，我会赶过去！”

然而老鼠赶走没多天，阿德嫂的小猫也不回来了。

喵——喵——

阿德嫂的大女儿听见它在阿长嫂的厨房里凄惨地叫了两声，以后便寂然。

第二天，阿德哥在后墙外的田里找到了小猫的尸体。

4

“没有办法的！算啦算啦！”阿德哥说，“忍耐一点吧！”

“你叫我受罪，倒叫她去快活吗？”

“大家一样的。这边有老鼠，那边不会没有。老鼠不是死东西。你仔细地听吧，她还不是在叫着赶着？真要只是我们这里有，也是见得我们的兴旺，所以赶不走它们。你不记得从前林家阿婶怎样说的吗？她说她家里火烧前半个月，就不听见一只老鼠的声响，它们已经先搬了家啦！我祖父也常说，哪一家老鼠多，哪一家必定兴旺，老鼠是有灵性的……这样想想吧，做什么要自寻苦恼呢？”

“好啦！好啦！你总是给她辩护！给人家弄得天翻地覆，也是我自寻苦恼！

我以后不管啦！无论什么事情不要来问我！”

“又生气啦！啊呀！就算我说错了好吗？”

“你会错吗？你不会错！都是我不是！我不怪你就是！老鼠原来弄不光的，既然越多越好，就让它们来吧！把我的饭让给了它们也好，它们才会生儿子，才会叫你家里兴旺哩！”

“好啦，好啦！睡吧，明天再说！不要生气啦！”阿德哥赔着小心，才按住了阿德嫂的气。

可是阿德嫂也真的不想管了，反正是弄它们不完的。它们会跑，会生，又狡猾。

“让它们去！就让它们去！横直这边没有啦，那边也会过来的。这边多了起来，也不怕不到那边去！”

“这话对啦！”阿德哥说，“老鼠到底是小东西，无论怎样多，也吃不了好多东西，咬不烂好大的孔。哪怕它一千个一万个，也比不上我们一个人。哪一家没有老鼠！让它们去吧！晚上睡不熟，慢慢会惯的。”

这话果然不错，不久以后，大家也就渐渐惯了。不但这边如此，阿长嫂那边也不再有拍床声、咒骂声、斥逐声了。

老鼠们现在得到了完全的自由和快乐，从这里到那里，从那里到这里，掘着洞，繁育着子孙，找食物，耍把戏，毫无忌惮了。它们最先只在楼上走动，随后走到楼下来了。最先只在夜里出现，随后白天里也出现了。

吱吱吱，吱吱吱……

慢慢走到阿德嫂身边来了。

“咦！这东西倒也怪好玩！见着人便发抖，急急忙忙喘着气！”阿德嫂不觉笑了起来，“其实我要想捉你，也没法的，怕什么！”

然而阿德嫂虽然对它们客气，它们却仍怀疑着阿德嫂，瞥见她的目光，便唰地溜走了。

它们生来便聪明，晓得把尾巴伸到瓶里去偷油，晓得抱着蛋仰卧在地上，让别的鼠儿含着尾巴走。阿德嫂起初不相信，以后真的给她见到了。

“这些小东西倒也看轻不得！”她喃喃地说。

它们的巢在哪里，阿德嫂总是找不到，它们一会儿从床下出来，一会儿从墙壁里出来，又一会儿从檐下出来，很像到处都是它们的巢，也很像到处都不是它们的巢。

“能不咬烂东西就好啦！”阿德嫂说。

但是这一点，它们绝对做不到，无论阿德嫂怎样对它们好。它们常常咬破她的箱子、柜子、抽屉、衣袋。

勒勒勒，勒勒勒……

老是啃咬着什么，像在磨牙齿似的。

有时沙沙沙，沙沙沙，好像谁在梳头。

有时又咯咯咯，咯咯咯，像木匠在钳板壁上的旧钉子。

有时又像鬼在走路，鬼在开门，那样轻。

即使在白天，它们也很少休息。它们的欲望永不会满足，无论吃的东西是怎样的多，总是连一粒米、一层谷也给搬了走。

阿德嫂相信自己的脚上是没有什么可吃的东西的，除了那难闻的气息。然而有一夜当她睡熟的时候，它们竟把她的袜子咬破了。

“什么东西呀，脚跟也痒飕飕的！”她伸了一伸脚，就有一个老鼠从她的被窝上跳了过去。她摸一摸脚，那厚层层的袜子已经给咬了一个大洞。

“少叫人讨厌一点不好吗，鬼东西！”阿德嫂不由得又生了一点气。

但是过了不久的一个夜里，她那个三岁的孩子忽然从睡梦中号啕大哭起来了。她燃着了火柴，一眼瞥见两个大老鼠从他床上跳了下来。

“怎么啦，阿宝？”

“老虎，老虎咬我哪！”他叫着哭着，捧住了自己的头。

“瞎说！是老鼠，怕什么！”

“啊呀呀！吓煞啦！妈！我看见一只很大的老虎，不是老鼠呀！它咬我的头皮哩。飕飕飕！”

阿德嫂非常生气了。孩子近来生了癞头，老鼠居然还要磨难他，把他的头皮啃得红红的，又痛又痒。这倒不要紧，孩子却因此吃了吓，生起病来了。

“这还了得！这还了得！”她对着阿德哥说，“都是你这老家伙劝我不要捉老鼠，现在老鼠咬起人来啦！老鼠是你的祖宗吗？你这样保护它，你去做它们的孝子啦！我可不答应！”

“哈哈哈哈！”阿长嫂忽然在那边大笑起来，像听见了这边的话。

阿德嫂的血管都绽涨得快炸裂了。

“慢些高兴吧！看老娘要你的狗命！”她咬着牙齿，拍着板壁，骂着说。

“笑不得吗？畜生！”阿长嫂也就在那边拍着桌子回答了。

“怪不得爱咬人，原来你是老鼠的臭婆娘！”

“尽管笑吧！看老娘剖你的肚肠！”

“尽管咬吧！看老娘割你的舌根！”

5

现在阿德嫂把所有的气恨都归在老鼠们身上的了。她咬着牙齿，亲自到城里买了一只铁丝笼来，恨不得把所有的老鼠一夜捉光，一只一只地剖开肚子来。

她在那铁丝笼的机关钩子上扎了一段蜡烛，扣住了笼的门，一声不响地摆在楼上，下来预备好了两枚长钉、一个铁锤、一把刀子。晚上坐在床上静静地等待着声响。

砰！噶隆！噶隆！

果然不多时候，一只很大的老鼠给关在笼里了。

阿德嫂马上把它连笼子带到了楼下。

“现在要剖你的肚子啦！”她故意大声地叫着，想叫那边的阿长嫂听见，“拿刀子来！钉子！铁锤！”

老鼠在笼里东西乱撞着，发着抖，它的眼光显得可怜的哀求的样子。

“求也没用啦！谁叫你不认得老娘！”

她先用小木棍插到笼子里按住了老鼠，随后就从铁丝网的眼里插进一枚长钉去，刚刚对准着它的尾巴的上部，用铁锤敲了下去。

“吱吱，吱吱！”

它微弱地叫了起来。

“现在你可哭啦！”她大声地说，“笑吧！为什么不笑了呀？再痛快地笑给我听听吧！你的笑声真好听！哪一个听见了你的声音，不给你迷倒呢？你！你原来还是一个雌的！你的丈夫哪里去了呢？你还会生孩子吗！让我割开肚子来看一看吧，看你到底有几根劣肚肠，几颗黑心！”

笃！笃！笃！

她又在它的耳朵上敲下了一枚针。

“现在你听见我说的什么了吗？听呀！用你那一只耳朵！老娘是不怕你逃走

啦！慢慢地来！”

她说着开了笼的门，把那一把旧小刀对着它肚子上切了下去。

那是一把生锈的没有尖锋的小刀，长久不曾用过，现在只压扁了它的肚子，却没有刺破一点皮，只压得它吱吱吱叫着，抖动着，摇着脚。

“笑吧！笑吧！打过哈哈呀！”

阿德哥看得难受起来了。他的心跳得很厉害。虽然是一个男子，但他总觉得这样太残忍了。

“啊呀！算了吧！早点结果它算了吧！”他皱着眉头，说。“还要剖肚子，看它有几颗黑心！”阿德嫂说。

“算啦！算啦！丢出去吧！”

“不要剖肚子吗？不剖肚子，就再在肚子上加上一枚钉子，让它慢慢地笑着死！啊呀！好不痛快！笑破肚子！去！再拿一枚钉子来！”

于是刀子抽开，第三枚钉子对着肚子下去，肚浆迸了出来。老鼠抖动了几下，不再吱吱地叫了。

“咦，为什么不笑了呢！太爽快了吗！还会动！抖着脚！”

第二天早晨起来，老鼠已经僵硬。阿德嫂把它丢到后墙外，叫大女儿洗净了铁丝笼，晒干了，用火熏去了气味，又扎上一段蜡烛，把它放在楼上，等第二个老鼠的来到。

砰！

当天晚上，又听见铁丝笼突然合上了。

但那是阿长嫂那边的一只。

“现在你也在我手里了吧？你这臭婆娘！”

阿德嫂听见阿长嫂在那边大声地说。

“现在要割你的舌根啦！——你真会骂人，割掉了你的舌根，看你还会骂人不会！拿钉子来！铁锤！刀子！不要哭！再骂一个痛快吧！你反正很会生孩子，现在你也可以到地狱里去啦！你要是怪就怪你命薄，下世不要再嫁给鼠子鼠孙！”

笃！笃！笃！

敲铁钉的声音。

“爽快吗？骂呀！怎么不骂啦？再来一枚钉子！”

笃！笃！笃！

“慢慢地死！臭婆娘！”

阿德嫂气得不愿意再听下去了，她往被窝里一钻，紧紧地捂住了耳朵。待到那边完全静寂了，她才钻出头来。

这一夜里，她没有合上眼睛，她一肚子的气没有地方发泄，想再找个老鼠来报复，只是听不到铁丝笼的关合声，只听到老鼠们在楼上楼下的厮闹声。

三天五天过去了，老鼠仍没有捉到。它们显然懂得了那铁丝笼的利害，不再上当了。

“三角大洋换一只老鼠！”阿德嫂愤愤地说，“这太不值得啦！太不值得啦！”

她越想越气，忽然想到了一样可怕的办法。

“砒霜！砒霜！只有砒霜一次可以毒死许多老鼠！”

“那不行！”阿德哥固执地说，“一个不小心，我们自己中了毒，怎么办呢？老鼠是爬来爬去的！”

“怕什么！我们吃的东西小心一点就是！米缸，食罩压得紧一点。只有这样才出得我的气！”

“算了吧！一只老鼠也到底有一条命呢！”

“又来啦！你又要保护它们啦！——我不管这些！”

阿德嫂终于设法买到了砒霜。

她做了几个包子，用砒霜拌着来做馅子，一声不响地放到楼上。

当天晚上，楼上的老鼠果然特别忙碌起来了。吱吱吱，吱吱吱，叫着不休，像在欢呼，像在争夺，像在搬运。

“现在可上了大当啦！”阿德嫂心里想，不觉暗暗地笑了起来。

第二天一清早，她便走到楼上去看。

包子一个也没有了。

然而馅子却一团一团地在地板上。

“这东西真可恶！”阿德嫂惊讶地叫着说，“又白费了一番心血，一些钱！怎么它们知道这是吃不得的呢？”

她细细看那些馅子，几乎连牙齿都没有触着过一样。有些馅子的外面，还剩着一层薄薄的面皮，有些却是单剩下了馅子。

“可是到底不聪明！”她忽而又高兴地说，“近馅子的面皮上都是粘了不少砒霜的！连那一层面皮一起吃下去的，怕不见得不毒死吧！”

她得意地扫除了馅子，便拿着畚箕往池边去倾倒。

唰！

她忽然瞥见了一个很大的老鼠从池边窜了过来，钻进了墙脚下。它的口中含着一块白色的东西，很像就是那包子。她细细检查它走过的地方，有着细小的湿印。

“这是做什么呢？”她想，轻轻地走近了池边。

唰！

又是一只大老鼠，含着一块白的包子，从她身边掠了过去，地上依然有点潮湿。

她隐在柳树下，屏息地偷望到池水边。

靠近埠头的一角滩上，有两个老鼠在水边动着，嘴里咬着一块包子，在水面摇荡了两下，就唰地蹿上了岸。

“这鬼东西！”阿德嫂立刻走到那里去看，水面上还浮动着粉屑。它们晓得把砒霜洗掉啦！

同时，阿德嫂浑身的汗毛都竖起来了。

她想到了她家里的人吃的正是这池里的水。淘米，洗菜，全是在这里，她的大女儿刚才还在这里淘了米，随手带了一桶水去的。

“早饭不要吃啦，不要吃啦！有毒！有毒！”

她大声地喊着，三步做两步跑地奔回了家里。

6

阿德嫂的面上忽然发现了两颗老鼠疣。一颗在正中的前额上，一颗在左边太阳穴的旁边。这一向她只是忙着捉老鼠，没有注意到什么时候长的老鼠疣，现在却已长得很高，和米一样大了。太阳穴旁边的一颗倒还不要紧，前额上的一颗是最容易给人家看见的。

她的大女儿生了四颗，都在头皮上。她不知道那是什么，已经抠烂了好几次，但却越长越大了。

“这真糟啦！不早点弄掉它，越长越大，越长越多，怎么办呀？”

“我早就说过，老鼠这东西是不好惹的！”阿德哥叹息着说，“那是多么有灵性的东西！它现来对我们报复啦！谁又晓得它以后会不会在我们的食物里撒下一些比这还厉害的毒药呢！黑鼠症不也是它撒下的毒吗？北山下何家村的一家人家不是全都死光啦？啊呀！说起来真可怕！只有五六天！没有什么药可医！”

阿德嫂听着愣住了。她从来没有想到这个。那事情，她是知道的。老鼠并不是以前没有，然而自从养猫起，却一天比一天多了。说老鼠有灵性，会报复，这一向的事实已给了她很大的证明。她不觉有点恐慌了。

“依你的话，应该怎么办呢？”

“我听见人家说过：你给它静一夜，它给你静一年。不再害它，它也就不会害人的吧。”

阿德嫂呆住了。她做小孩的时候仿佛也听见过这话，近来为了那隔壁的对头，却全不记得这些了。

“这东西是最会生的，它要害你起来，一年生上几万头，就连人都给它吃掉啦！”

“疯话！谁听你的！总是你故意吓人！”

但是阿德嫂虽然这样说着，心里也着实起了恐慌。

别的不说，单是那额上的老鼠疣，也就够了。那就是没有药可医的，只有用火烫。把一个铜钱套在老鼠疣上，点着一支香，吱吱，吱吱，烫了去，直到烫断了根，嗐的一声爆裂才住手，就像刺心的痛，失去了魂魄一般。

为什么老鼠要对她报复呢？她为什么和老鼠结下了怨仇的呢？阿德嫂细细地想了。

她和老鼠，原来是无冤无仇的，都是那隔壁的对头引起来。要不是那对头疑她偷谷子，她不会恨老鼠。要不是那对头把老鼠赶到这边来害她，她也不会养猫。要不是那对头骂她们是鼠子鼠孙，她便不会买铁丝笼买砒霜害老鼠。偷一点谷，咬烂一点东西，在她原来是并不觉得怎样要紧的。老鼠向来就有，她以前并不恨它，更不曾想到害它。即使当她捉到了老鼠，把它活活钉死，实际上她心里所钉的是那隔壁的对头，也不是老鼠。

“我哪里有心害它，还不是那孤孀逼出来的！她把它们赶到这边来，我现在客客气气地送还给她就是。”阿德嫂忽然想出了一个方法。

她现在再也不捉老鼠，不怪老鼠了。年底已到，全家都是喜洋洋的，做年糕，磨汤团。他们有得吃，老鼠们也有得吃。到了正月初一，满地都是瓜子花生的壳和肉，她不叫人动扫帚，专门留给老鼠们吃一个大饱。初二那一天，她命令着全家趁着天还没有黑，便上了床，不准点灯，不许作声，在床上摆些蜡烛的断片，让老鼠们取去做花烛。

“老鼠今晚上要把女儿嫁到那边去啦！”她附着阿德哥的耳朵说。随后她暗暗地祷告起来。

老鼠们果然依从了她的心意似的，这一夜特别地忙碌了。她听见它们在窃窃私语，在大声地欢呼，搬嫁妆，抬花轿，放鞭炮，吹喇叭，打锣鼓。在这种种的声音之外，仿佛还夹杂着一种威吓声说：“现在要把你们吃掉啦！”往后堂里走了过去，一直到了阿长嫂那边。

“哈！哈！哈！”

第二天，大家都高兴地笑了起来，相信他们已经送走了许多老鼠，从此可以高枕无忧了。

但是过了十天，正月十二那一天，阿长嫂却在厨房里煮了一大锅子的杏仁，随后端出来在后院子里剥着皮。

“把这些皮丢到楼上楼下的地板上去，让新娘子们做凤冠。”

阿德嫂听见她在那里命令她的儿子说。

“把磨支起来，让它们吃一顿喜酒。”

阿长嫂又在那里命令着她的儿子。

阿德嫂注意着他们，天还未黑，那边就寂然无声了。他们也一夜没有点灯。

“那东西又要把老鼠嫁过来啦！”阿德嫂愤怒地说。

“没有的事！”阿德哥劝慰着说，“也许嫁到别的人家去的！我们不是对它很好吗？”

然而阿德嫂却放心不下，她已经听见了老鼠们的嘈杂声，渐渐往这边走过来了，那是窃窃的私语声，欢呼声，搬嫁妆声，抬花轿声，放鞭炮声，吹喇叭声，打锣鼓声……

在这种种的声音之外，仿佛还夹杂着一种威吓的声音说：

“现在要把你们吃掉啦！”

枪

太阳老是和月亮一样白，凄怆地哭丧着脸，铅盆似的没有一点光彩。天上全是死沉的灰黄的大气，凝冻着，无论哪里都看不见一线青白的裂缝。太阳没有热，没有力，勉强地嵌镶在那里，现在像在战栗着似的，快要下坠了……

风时时从马后卷了起来，呼呼地鞭着马，拍着唐连长的背和马鞍。马跳着，飞一般往南奔驰。唐连长喘着气，不时擦一擦眼睛回头望着后面的两个坐骑。他想缓一点走，但他的马却像吃了一惊似的，只是往前冲。这是下坡的风，风又在背后送着。

虽然春天已经来到，气候可还不曾转暖。前后左右的田野全是一片灰黄的颜色。罂粟花的种子才下土，绿的茎子是没有的。没有树木，没有村庄。军队一开动，现在连那稀少的骡车牛车也绝迹了。空旷的死沉的田野和灰黄的天连成了一片。地面上除了他们三个坐骑之外，只有灰土在走动。两点钟之前，这一条路上曾经践踏过一百几十个人，但现在连一点足迹也没有了。不但这样，即使是连长的马迹，后面的两个坐骑追上来时也不能辨别了。

唐连长穿的是一套蓝灰的簇新的军服，现在全着了灰土，和天空与田野的颜色打成了一片，仿佛他刚从土堆下爬出来的一样。

当他刚出发的时候，他是多么有精神，多么高兴！带兵的人是不打仗不会升职的。现在的土匪只有七八十个，他手下有一百几十个。土匪只有几杆旧枪，他手下的全是新式的快枪。论起地势来，土匪是上坡的路，他是下坡的路，无论在哪一个沟上守着，土匪都没有一点办法。

胜利是一定的！不升职，也得受赏哩！

“说不上打仗，说不上打仗！”他出发前笑嘻嘻地说，“同娃儿们要一个把戏！”

一切作战的计划，他早拟定了。两点钟前，田连副带着军队，先到金陡沟去布置。两点钟以后，唐连长带着两个护兵，也骑上了马。

他的身体虽然瘦削，面色苍白，可是精神抖擞，骑在马上，挺直了背，雄赳赳地挥一挥马鞭，甚至两脚不必踏在马镫上，就飞也似的往前走了。

两个壮年的护兵背着行装，挂着盒子枪，跨着马，在唐连长的马后紧紧地跟着。

风越来越猛了。三匹坐骑和飞灰一道滚动着。

唐连长一口气跑了七八里，喘起气来。有一点水落在他的耳边。他伸手摸了一摸军帽下面的额角，才知道那里已经全是汗了。

“奶奶！”他自言自语地说，“冬天还没有过去，就出汗啦！”

他想休息一会儿，但他的马只是疯狂地往前跑着。好不容易才勒过半边马头来，却不料一松手，它又偏过头，疾驰了。

“肏你奶奶！”唐连长索性愤恨地鞭了两下。

它愈加跑得快了，跳着跃着。

一口气又是五六里。

他渐渐觉得疲乏起来，身子前后倾侧着，随后紧紧地攀了马鞍，支持了一会儿。

马儿也乏了，喘着气，迟缓了下来。它的身上湿透了汗，涂上了一层厚厚的灰土。

四周没有一个村落。只是飞腾着的灰土。

风在耳边呼呼地响着。一阵过去，一阵又来。

唐连长需要一点水喝。护兵们可带着水袋，但那瘟马，一听见后面的风声和马蹄声，就吓得往前跑了。

“张娃！张娃！”他接连叫了几声，想叫后面的坐骑追到前面来，帮他止住他的马。

但马声蹄声比他的喊声还大，没有传到后面。

他往后摇着手，烟尘弥漫中，护兵们没有看得清楚。他的坐骑瞥见他挥着拳，以为将击下来了，却越发跑得快了。

唐连长实在乏得大害了。他几乎已经全身伏在马鞍上。

有一样虫似的东西，在他心头蠕动着，蠕动着，从这里爬到那里，从那里爬到这里，渐渐迂曲地扩大了它的区域。它像在吮吸着他心头的血，他觉得自己的心头渐渐空虚起来了。

他的四肢起了一阵战栗。

那东西渐渐爬上来了，朝着他的喉头。

他闭着嘴，忍住了呼吸，吮出一点唾沫来，吞了下去。

于是那东西像蛇似的在他的喉头打了一个转身。他咯咯地打了两三个很长的呃逆。

但那东西并不就此安静下来。它仍在他的喉头盘旋着，吮吸着，又用它的尾巴扫着他的已经空虚的心头。

唐连长咯咯地接连地打着呃逆，像要把那东西呕了出来的样子。可是它又并不出来，只是在那里盘旋着盘旋着。

现在唐连长完全挡不住了。他已经瘫软地完全伏在马鞍上，闭上了眼。

太阳和月亮一样白，铅盆似的没有一点光彩。天空和田野一样，凝冻着死沉的灰黄的大气。

然而太阳将要下坠了，唐连长已经看见它在那里战栗，天空在旋转。他听见了一种洪大的声音，山崩地裂地从天上响了起来。田野在摇荡，在跳跃。他的坐骑仿佛已经离开了地面，在半空中滚着一般。

唐连长不能再支持了。他早已失去了他的四肢。他现在只有一颗空虚的心，但那也不像是他所有的一样，一点不能镇压住。马儿在半空中滚着，翻着跟斗。

他从马鞍上滑了下来。

后面的两个坐骑立刻停住了。

他听见他的护兵在他的旁边惊骇地说着什么，在检查他的身体。

他知道自己卧在柔软的灰土上，并没有受伤。难受的是他的心。它被那虫似的东西吮吸得全空了。他没有一点力。他不能指挥自己的身体。

“连长！”他听见张娃在叫他，但他没有气力回答。张娃扳开他的嘴灌了几口温水。然而那也是艰难的。他没有力吞咽。他想夺去他们的水袋，挥着手叫他们走开。但他的手并没有力，只是瘫软地搁在他身边，仿佛已经不是他所有的一样。

“奶奶！”他气愤地骂着，却发不出声音来。连嘴唇的翕动都没有。

“毕啦！”他想。

他睁开眼睛，什么也看不见。世界和墨一样地黑。

有人拉住了他的两手，他的脚没有落地，身子却动了起来。他听见耳边的喘息声和脚步声。他心里很明白，知道现在张娃背着他走了。

然而那是多么的难受，张娃的背紧紧地压住了他的心头。他的心头原来就已被那蛇似的东西吮吸得空虚了的，现在给他紧紧地压着，仿佛连那微弱的心的蠕动和那奄奄的气息都停止了。

“毕啦！”他想。

但是张娃好像懂得了他的意思似的，已经把他站放在地上，抱着他的腰，使他透了一口自由的气。

“林娃！赶快把毡子打开来！”张娃的声音。

唐连长被卧放在地上了。他的心又开始微弱地跳动起来。

“奶奶！”他忽然闻到了一种怪难受的气息，又接连打了几个艰难的呃逆，“怎么把我放在这样脏的地方！那明明是矢的气息！”他愤怒地想，但依然没有气力发出声音来。

“快些点灯！”张娃叫着说。

唐连长立刻有了希望了。他知道这“点灯”的意义。只要灯一点起，他就不要紧了。

他的心头好空虚，正急切地需要一样东西哩。

“连长！不要紧吗？”

他听见张娃蹲在他的身边了。

盒子的声音，扦子的声音，盅子的声音，枪的声音……

唐连长的心头突然轻松了许多。一阵亲密的气息从他的鼻子沁入了他的心头，他像做梦似的渐渐醒来了。他的眼前一会儿比一会儿亮了起来。

那是发着白光的萤火虫一样的小灯。他们在一个阴暗的、狭窄的、低矮的土窑里。风在土窑的外面呼号着。外面射着刺目的白茫茫的光，使他又立刻把目光转到了窑里。

张娃的额上被灯光映照出一颗一颗豆大的汗珠，急忙地烧着烟泡，显然他是非常着急了。只有那林娃，却和平时一样地没心肝，这时又不晓得走到哪里去耍了。

“咳！”连长忽然哼出了一个微弱的叹声。

张娃吃惊地转过头来，叫着说：

“连长！”

土窑里又突然黑暗了。张娃已经用他手中的枪不小心击碎了身边的灯罩。

“奶奶……”唐连长气得骂不出声来。他的鼻子里又充塞了那不堪当的矢臭。

“奶奶！……”张娃惊骇地自己埋怨着，匆忙地打开了小的藤箱，摸出一张卷纸煤的纸来，裁成四方，折了一会儿，做了一个灯罩。

嚓……嚓……

河东来的火柴，不是只有半边红头，就在张娃的有力的手里断了。他一共划了七八根，才点着了那盏灯。这在唐连长仿佛等待了十年的一样。他的心里空虚得实在难受，窒息的臭气又一阵一阵地冲进了他的鼻子。

土窑内又明亮起来，一会儿那香甜的气息又把臭气赶走了。

张娃握着枪杆，把枪凑到了连长的嘴边，说：“吸吧，连长！一会儿就有精神啦！”

他看见连长的嘴唇微微地翕动了一下，面上浮过一阵轻浅的微笑。但他像拒绝似的没有把枪口含住在嘴里。

张娃明白了。他立刻掉转枪口，含在自己嘴里，吱吱地拼命吸了起来，对着连长那边喷过烟去。

小小的土窑内立刻迷漫了香甜的烟雾。

仿佛清晨在浓雾的玫瑰花园里吸到了清新的空气一样，现在唐连长的精神渐渐恢复过来，能够稍微地指挥自己的身体了。

“张娃！”他发出了低微的声音。

张娃注视着他，欢喜地询问说：

“是！好一些了吗，连长？吸一口吧！”

连长点了点头，开开嘴来含住了递过去的枪口，闭着眼睛，短短地吸了一口，一直吞到心头，没有让一丝的烟回出来。

“奶奶……”他低声地说。那是他痛快的表示，又并不恨谁。这一口烟吞下去，他的心头的那东西便中了毒一样，不大能作怪了。

“是！连长！把我急死啦！”张娃望了一望他的面孔，感动地说，不觉脸上露出笑容来，眼眶里含着泪。

连长含着枪，也感动地点了点头，又吞了两口烟。现在他有了力了。他能稍稍指挥他的手足了。他的心头的那东西仿佛已经死去，现在急切地需要的是充实它的空虚。

吱吱吱……浓烟从枪杆里一直通过他的喉咙，在他的心头盘旋着，刺戟着他的血管，填塞着那受伤的破洞。

“奶奶！林娃那家伙呢？”他望了一望自己的衣服，忽然想到了林娃。他的衣服全是泥，这里那里还着了油渍一样，一块块一团团的。

“是！连长！他去找连副去啦！这里已经是金陡沟的东北头，走到窑子外面，就能看见底下的沟，连副和他的队伍应该不远啦，连长！”

“好吧，快些烧烟！”

“是，连长！”

张娃先提了一支前门牌香烟给连长，给他点了火，便拿着扦子烧烟泡。他真能干，什么事情不待连长吩咐，就给做起来了。他还烧得一手好烟泡。连长看着他把扦子粘了一点烟膏，滴溜溜地在火头上转着，一点不会燃烧，只看见那烟膏被炙得膨胀起来像灯笼一样，这时便很灵活地用他的拇指、食指或中指轻轻地搓捻着，在手心里滚着擦着，又粘了一点烟膏，在火头上转着炙着。两次三次，烟泡渐渐大了，他便趁着热把它装在葫芦上，随手拔出了扦子。

吱吱吱……吱吱吱……

连长用力地吸着，张娃一手扶着枪杆，一手用扦子轻轻地拨动着烟泡。它很灵活，正合着吱吱吱的节拍，仿佛在那上面跳舞着似的。

现在连长的口边鼻子里，都喷出烟来了，那也是灰黄的颜色，正和天空与田野一样。只有从那葫芦上偶然吹出来的烟带上青色，但它盘旋着盘旋着，也就很快地消失在迷漫的灰黄色的烟雾中。

连长坐起来了。张娃给了他一杯开水，又给他点了一支香烟，仍跪在毡上烧着烟泡。连长的心头现在已去了三分之一的空虚。他一面吸着纸烟，一面想到了战事，喃喃地说：

“居高临下！又趁着北风！”

“是！连长！”张娃应声说，“咱们一定打胜仗的……可是，到现在不听见一点枪声——说不定土匪已经跑走，咱们的队伍赶过去了吧？林娃快要回来啦……”

“快些烧吧，香烟真没劲！”

张娃很快地又把烟泡烧好了。

吱吱吱……吱吱……吱……

连长吞了一口很长的烟，闭上了眼睛一动不动地躺着，好像在细细地领受那甜蜜的烟的滋味，陶醉地沉思着快乐的过去的一页。

窑子里满是朦胧的烟雾，如同窑子外面的灰雾一样。但这里是培养生命的暖房，快乐的摇床，世界虽大，却是抵不过这几尺宽的土窑的。

现在连长的心头愈加充实了，空虚的破洞渐渐狭窄起来，快要弥缝了。再有两盅有力的烟，他便可骑上马，和出发时一样地有精神。

“烧一盅烟灰，张娃！劲大得多啦！”他一面说着，一面坐了起来，口里含着香烟，开始拍着衣上的灰土。

“奶奶！浆子一样！”他拍着搓着，那一团团的油渍似的灰土好不容易去掉。它真的和浆子一样，即使是干的，着到衣上便紧紧地粘住了。

张娃拔出了葫芦，用铲子扦子挖着剔着，倒出很多的烟灰在小盅里，随后又把它擂磨了一会儿，重新把葫芦套在枪杆上。

连长已经放弃了他身上的灰土，又倒在烟盘旁静静地望着。张娃用扦子挑了一次烟膏烧着捻着，随后就只往盅子里挑烟灰。

“劲大得多啦！”连长喃喃地说，像欢乐地而又饥渴地起了一阵垂涎。随后抚摸着那支发着光的红黑色的枪杆，又继续地说：“十五年啦！十五年啦！老朋友！”

“是！连长！”张娃应声说。他虽然还只跟了他两年半，他可是知道连长的话是非常实在的。单在这两年半里，连长就没有一天、没有一夜离开过它。它总是常在他的手里、他的身边。连长家里有着两个太太，生得并非不漂亮，连长却没有像对这支枪的亲热，有时太太来找他，他还竭力地躲避着她们。他简直比孔夫子还规矩，怎么漂亮的女人都不能打动他的心。

“女人一点没有意思，只有这才是好朋友！”连长常常这样说，指着这一支枪。

砰！

枪声忽然响了，像是在不远的金陡沟里。

张娃丢了烟泡惊愕地站了起来。

"连长！"

连长的面上也掠过了一阵阴影。

但是立刻就寂然了。只有风在外面呼号着。

"慌什么！赶快烧吧！不是风声，就是咱们的放哨！"

"是！连长！让我去看一看吧！"

"奶奶！我还不知道吗？干你的！"连长睁着眼说，颇有点愤怒的样子。

"是！连长！"张娃回答着，又跪下去继续烧那烟泡。

可是张娃的心没有定，胡乱地想着：那明明是枪声，而且就在很近的地方。军队的还是土匪的呢？军队指定的地方是在沟的那一头，离开这里还有三四里路，怎么会放哨到这里来呢？要是军队，他们一定在这边山坡上，应该早就看见土窑外的那两匹马。连长的马，大家是认识的，就应该有人到土窑里来了。而且林娃去了——这许久没有回来，这明明是这附近没有军队……

张娃手不觉起了一阵战栗，仿佛土匪已经从沟下上了坡一样。

虽然这土窑是冬温夏凉的，但到底还在寒冷的冬天的气候里。他的手中的烟泡插上烟眼就很快地冷了，失去了黏性，随着扦子离开了烟眼。——他必须重新在火头上烧着，在手心里滚擦着，再在火头上烧热，插到烟眼里去。

但这时他又听见了外面的声音，而好像是谁在低声喊着似的。于是烟泡又冷了，他必须再烧过一次。

"奶奶！"连长生气了，"你这家伙这样没用！——咱们一个人一支枪就当得那土匪十来个人，现在去了这许多人，还怕赶不走那些家伙吗？哼！咱们居高临下，怎么上得来！"

连长可真急了，看着张娃两次三次地装不上烟泡，他的心头虽然已经充实了许多，但那里可还有一个窟窿似的地方，没有合起来，所以他还仍然饥渴着似的不好过。他必须再吸上两盅，才能完全填实那窟窿。

"连长！让我去看一看吧！我明明听见有人低低地喊着近来啦……"张娃装好烟，站起来，拿着盒子枪出去了。

"奶奶！管你鸟事！明明是风声。"连长接着，又吱吱吱吸了起来。

“连长！”张娃很快地回来了，脸色非常苍白，一时说不出话来。

“怎么啦？大惊小怪地做什么？”

“旗子……土匪……快走上坡啦！”

“没事！没事！走得高跌得低！让我吃饱了烟……你就在门口望着！”

吱吱吱吱……吱吱吱吱……

连长狠狠地吸着。打仗并不怕，只要他吸饱了烟，烟灰的劲大得多了，再是一盅，他的心头便可完全充实了。那窟窿是必须先填得结结实实的。

“连长！他们快上坡啦！开枪吗？”

“不慌！听我的命令！”他说着，蹲了起来，自己烧了。

“走吧！连长！赶紧！两个人上坡啦！”张娃说着走进来扯住了连长的手臂。

“奶奶！上来了更好！”他推开了张娃的手。

“十几个人……上来啦！连长！赶紧走！”张娃又站到门边慌张地望着。

“你去备马，不要给他们看见，我立刻就来啦！”连长一面说，一面仍在火头上烧着烟泡。用两指捻着搓着，在手心里滚着擦着。他的手段比张娃高明得多了，装到枪眼上绝不会落下来。

吱吱吱……吱吱……吱……

他吸了一口很长的烟，让它一直通过喉咙里了……

砰！

现在他心头的那窟窿有东西塞进去了。

他很舒服。仿佛吃醉了酒似的，蒙眬地闭上眼睛，睡倒在毡子上。

窑土里的烟雾又浓厚了起来，和外面的天空与田野一样地灰黄。纸罩的淡白的灯光和外面的太阳一样，哭丧着脸，不时战栗着，像要熄灭似的。

河　边

是忧郁的暮春。低垂着灰暗阴沉的天空。斜风挟着细雨，一天又一天，连绵着。到处是沉闷的潮湿的气息和低微的抑郁的呻吟——屋角里也是。

“还没晴吗？”

每天每天，明达婆婆总是这样地问着，时不时从床上仰起一点头来，望着那朝河的窗子。窗子永远是那样的惨淡阴暗，不分早晨和黄昏。

tak，tak 是檐口的水滴声，单调而又呆板，缓慢地无休止地响着。

tink，tink……是河边垂柳的水滴声，幽咽而又凄凉，战栗地无穷尽地响着。

厌人的长的时间，期待的时间。

河水又涨了。虽然是细雨呵，这样日夜下着，山里的，田间的和屋角的细流全汇合着流入了这小小的河道。皱纹下面的河水在静默地往上涌着，往上涌着。

“还没晴吗？”

每天每天，明达婆婆总是这样地问着，仿佛这顷刻间雨就会停止下来似的。她明知道那回答是苦恼的，但她仍抱着极大的希望期待着。她暂时忘记了病着的身体的疼痛和蕴藏在心底的忧愁，她的深陷的灰暗的眼球上闪过了一线明亮活泼的光，她那干枯的呆笨的口唇在翕动着，微笑几乎上来了。

但这也只有一刹那。蒙眬无光的薄膜立刻掩上她的眼球，口唇又呆笨地松弛着。一滴滴的雨声仿佛敲在她的心上，忧苦的皱纹爬上了她的面部，她的每一支血管和骨髓似乎都给那平静的河水充塞住了。浑身是痉挛的疼痛。

“这样的天气，这样的天气……”

她叹息着，她呻吟着。

天晴了，她会康健；天晴了，她的儿子会来到。她这么相信着。但是那雨，只是苦恼地飘着，一刻也不停歇。一秒一分，一点一天，已经是半个月了，她期待着。而那希望依然是渺茫的。

有三年不曾回家了，她的唯一的儿子。他还能认得她吗，当他回到家里的时候？她已是这样的衰老，这样的消瘦。谁能晓得，她在这世上，还有多少时日呢？风中之烛呵，她是。

然而无论怎样，她得见到他，必须见到他。那是不能瞑目的，倘若在他来到之前，她就离开了这人间。她把他养大，是受了够多的辛苦的。她的一生的心血全在他身上。而现在，她的责任还没有完。她必须帮他娶一个媳妇。虽然他已经会赚钱了，但也得靠她节省，靠她储蓄。幸福吗？辛苦一生，把他养大，看他结婚生孩子，她就够了。但是现在，这愿望还没完成，她要活下去。

什么时候能够恢复健康呢？天晴了，就会爬起来的。而那时，她的儿子也就到了。屋中的潮湿的发霉的气息是使人窒息的，但是天晴了，也就干燥而且舒畅了。檐口的和垂柳的水滴声是厌人的，但是天晴了，便将被清脆的鸟歌和甜蜜的虫声替代，还有那咕呀咕呀的亲切的桨声。

“是谁来了呢？”

每次每次，当她听到那远远的桨声的时候，她就这样问着，叫她的十五岁女儿在窗口望着。没有什么能比这桨声更使她兴奋了，她兴奋得忘记了自己的病痛。他来时，就是坐着这样的船来的，远远地一声一声地叫着，仿佛亲切地叫着妈妈似的，渐渐驶了近来，停泊在她的屋外。

那时将怎样呢？日子非常短、非常短了。

她是一个勤劳的、良善的女人；一个温和的、慈爱的母亲。而她又有一颗敬虔的心，对于那冥冥中的神。

看呵，慈悲的菩萨将怜悯这个苦恼的老人了。一天又一天，或一个早晨，阳光终于出现了，虽然细雨还没停止。而她的儿子也果然到了她的面前。

“是呵，我说是可以见到你的，涵子！”她笑着说，但是她的声音战栗得哽住了。她的干枯的眼角挤出来了两颗快乐的眼泪。世界上没有什么比立在她眼前的儿子更宝贵了。而这三年来，他又变得怎样的可爱呵！

已经是一个大人了，高高的，二十岁年纪，比出门的时候高过一个头。瘦削的面颊变得丰满，连鼻子也高了起来。温重的姿态、洪亮的声音、沉着的情调，是个老成的青年。真像他的年轻时候的父亲。三年了，好长的三年，三十年似的。他出门的一年还完全是个孩子，顽皮的孩子。一天到晚蹲在河边钓鱼，天热了，在河里泅着，没有一刻不使她提心吊胆。

“苦了你了，妈……”涵子抽噎起来，伏在她的床边。

这样的话，他以前是不会说的，甚至还不晓得，只晓得什么事情都怪她，对她发脾气，从来不对她流这样感动的眼泪。是个硬心肠的人。但他现在含着悲酸的眼泪，只是亲切地望着她，他的心在突突地跳着，他的每一根脉搏在战栗着。他看见他的母亲变得怎样的可怕了呀！

三年前，当他出门的时候，她的头发还是黑的厚的，现在白了，稀了。她那时有着强健的身体、结实的肌肉，现在瘦了，瘦得那样，只剩了一副骨骼似的。从前她的面孔是丰满的，现在满是皱纹，高高地冲出着颧骨。口内的牙齿已经脱去了一大半。深陷的眼睛，没有一点光彩，蒙着一层薄膜。完全是另一个模样了。倘若在路上见到她，涵子绝不会认识她。

“到城里去吧，妈，那里有一个医院，你住上半月，就很快地好了……”涵子要求说。

但是她摇了一摇头：

“你放心，这病不要紧……你来了，我已经觉得好了许多呢……你在路上两三天，应该辛苦了，息息吧……学堂里又是日夜用心费脑的……梅子，快去要你婶子来，给你哥哥多烧几碗菜……”

随后她这样那样地问了起来。气候，饮食，衣服……非常详细，什么都想知道，怎样也听不厌，真的像没有什么病了。这只是一时的兴奋，涵子很明白。他看见她不时用手按着心口，不时用手按着头和腰背，疲乏地喘着气。

“到城里的医院去吧，妈……”涵子重又要求说，“老年人呵……”

“菩萨会保佑我的，”她坚决地说，“倘若时候到了，也就不必多用钱。——我要在家里老的。”

涵子苦恼地沉默了。他知道她母亲什么都讲得通，只有这一点是最固执的，和三年前一样，和二十年前一样。她相信菩萨，不相信人的力。火车、飞机、轮船、巨大的科学的出品摆在她眼前，甚至她日用的针线衣服、粮食，没有一样不经过科学的洗礼，时时刻刻证明着神的世界是迷信的，但她仍然相信着神的权力。她舍不得吃，舍不得穿，什么都要省俭，但对于迷信的事情却舍得用钱。那明明是骗局。

“菩萨会保佑我的。”而他的母亲生着重病，不相信医药，却相信神的力。她现在甚至要到寺院里去求神了。菩萨怎样给她医病呢？没有显微镜，没有培养器，没有听诊器，没有温度表，一个泥塑的偶像，能够知道她生的什么病吗？然而她却这样地相信，这样的相信，点上三炷香，跪下去叩了几个头，把一包香灰放在供桌前摆了一会儿，就以为菩萨给她放了灵药，拿回来吞着吃了。这是什么玩意呀？涵子想着想着，愤怒起来了。

“菩萨会保佑，你早就不会生病了！”他愤然地说。

“还不是全靠的菩萨，能够再见到你？”

“那是我自己要来的！菩萨并没有叫我回来！”

“我能够活到今天，便是菩萨保佑……”

“菩萨在哪里呢？你看见过吗？”

“呵，哪里看不到！你难道没到过庙堂寺院吗？”

“泥塑木雕的偶像，哼！打它几拳，又怎样！”涵子咬着牙齿说。

“咳，罪过，罪过……”她忽然伤心了，“我把你养大，让你进学校，你现在竟变成这样了……你从小本是很敬菩萨的……你忘记了，你十五岁的时候，生着很大的病，就是庙里求药求好的……”

“那是本来要好了。或者，病了那么久，就是求药求坏的。听了医生的话，早就不会吃那么大亏的。”

“你没有良心！我哪种药没有给你吃，哪个医生没有请到，还说是求药求坏的！”

三年不见了，她的心爱的儿子忽然变得这样厉害，她禁不住流出眼泪来。她懊恼，她怨恨，她想起来心痛。儿子虽然回来了，她却依然是非常寂寞，非常孤独。

“做人真没味呵……”她喃喃地叹息着，觉得活着真和做梦一般。刚才仿佛过了，现在又听到了那乏味的忧愤的声音：

tak，tak……檐口的水滴声缓慢地无休止地响着，又单调又呆板。

tink，tink……河边垂柳的水滴声战栗地无穷尽地响着，又幽咽又凄凉。

窗子外面的天空永远是那么惨淡阴暗，她的一生呵……她低低地哭泣了。

“妈！你怎么了呀？病着的身体呀……饶恕我……我粗鲁……我陪你去，只要你相信呀！”

涵子着了急。他不能不屈服了，见到他母亲这样伤心。他一面给她拭着眼泪，一面坚决地说：

“无论哪一天，你要去，我就陪你去。”

“这样就对了，”她收了眼泪说，“你才回来，休息一天，后天是初一，就和我一道到关帝庙去吧……”

“落雨呢？”

“会晴的。”

“不晴呢？明天先请个医生来好吗？”

她摇了一摇头：

“我不吃药。后天一定会晴的……不晴也去得，路不远，扶着我……”

涵子点了点头，不敢反对了。但他的心里却充满了痛苦。他和母亲本是一颗心，生活在同一个世界上的；现在却生出不同来，在他们中间隔下了一条鸿沟，把他们的心分开了，把他们的世界划成了两个。母亲够爱他了，为着他活着，为着他苦着，甚至随时准备着为他牺牲生命，但对于她的信仰，却一点不肯放弃。她相信菩萨，但她既不知道神的历史和来源，也不了解教条和精神。她只是一味地盲从，而对于无神论，她不但不盲从，却连听也不愿意听。无论拿什么证明给她看，都是空的。而他自己呢？他相信科学，并不是盲从，一切都有真凭实据的真理存在着的。在二十世纪的今日，他绝不能跟着他母亲去信仰那泥塑木雕的偶像，无论他怎样爱她母亲。他们中间的这一条鸿沟真是太大了，仿佛无穷尽的空间和时间，没有东西可以把它填平，也没有法子可以跨越过去。他的痛苦也有着这么大。

现在，他得陪着他母亲去拜菩萨了。他改变了信仰吗？绝不。他不过照顾他病着的母亲行走罢了。他暗中是怀着满腹的讥笑的。

“下雨也去吗？”

“也去的。”

四月初一的早晨，果然仍下着雨，她仍要去。

为的什么呢？为的求药！哼！生病的人，就不怕风和雨了！仿佛已经给菩萨医好了病似的！这样要紧。仿佛赶火车似的！仿佛奔丧似的！仿佛逃难似的！仿佛天要崩了、地要塌了似的！……这简直比小孩子还没有知识，还糊涂！那边什么也没有，这里就先冒了个大险！这样衰弱的身体，两腿站起来就发抖，像要立刻栽倒似的！而她一定要去拜菩萨！拜泥塑木雕的偶像！一无知觉的偶像！

“香火受得多了，自然会灵的。”她说。

那么连那里的石头也有灵了！桌子也有灵了！凳子也有灵了！屋子也有灵了！一切都该成了妖精了！

就假定那泥塑木雕的关帝有灵吧，他懂得什么呀，那个红面孔的关云长！他几时学过医来？几时尝过百草？

“那是天数，是命运注定了的。”

那么，生了病，又何必求药呢？既然死活都是天数，都是命运注定了的！

没有一点理由！一丝一毫也没有！而她却一定要去！给她扶到船上，盖着很厚的被子，还觉得寒冷的样子。这样老了，什么都慎重得厉害的，现在却和自己开这么可怕的玩笑，儿戏自己的生命！

“唉，唉……”

涵子坐在船上，露着忧郁的脸色，暗暗地叹着气。他同他母亲在同一个天空下，在同一个时间里，在同一只船上，在同一条河上，听着同一样的流水声，看着同一样的细雨飘，呼吸着同一样的空气，而他和他母亲的思想却是那么样相反，中间的距离远至不堪言说，永无接近的可能……横隔在他们中间的，倘若是极大的海洋，也有轮船可通；倘若是大山，也有飞机可乘，而他们的心几乎是合拍地跳着的，竟被分隔得这样可怕……

看呀，他现在是怎样讥笑着反对着那偶像和他母亲的迷信，怎样苦恼着焦急着他母亲的病，而他母亲呢？

她非常敬虔，非常平静，她确信她这次的病立刻会好了。她头一天晚上就预备得好好的：洗脚梳头备香烛，办金箔，已经开始喃喃地念着她所不了解也不求了解的经句。睡在床上只是翻来覆去地等天亮。东方才发白，她已经穿好衣服，斜坐在床上了。倘若不是生着病，这时已经到了庙里，跪在香案前呢。一早下着雨，她不再问“还没晴吗”，也不再怨恨似的说“这样的天气，这样的天气”。这两天，这寒凉的、潮湿的、忧郁的暮春天气，在她仿佛和美丽的晴天一样。她心里非常舒畅，眼前闪耀着光明的快乐的希望。她不说半句不吉利的话，不略略皱一下眉头，什么也不想，只是一心一意地喃喃地念着经句，仿佛她只有一颗平静如镜的心，连那痛苦的躯壳也脱离了似的。虽然是下着细雨，吹着微风，船在河面驶着，但依然是相当喧扰的：咕呀咕呀的船桨声，汩汩的破浪声、两岸淙淙的沟流声、行人的脚步声、时或远远地呜呜的汽车或汽船的汽笛声、某处咕咕的斑鸠唤雨声、一路上埠头边洗衣女人嘻嘻哈哈的笑语声、水面上来去的船只喧闹声……但是这一切，她都没有听见，没有看见，她仿佛已经离开了这世界，到了寂寞的天堂似的。

“唉，唉……”

涵子一路叹息着，几乎发出声音来了。为了母亲，他现在是把他的痛苦紧紧地压在心里。但这痛苦却愈压愈膨胀起来，仿佛要爆裂了。他仰着头，望着天空，天空是那样灰暗阴沉，无边的痛苦似的。他望着细雨，细雨像在低低地哭泣。他望着河面，河面蹙着忧苦的皱纹也对他望着。他转过脸去，对着两岸，两岸的水沟在对他诉苦似的呻吟着。

“苦呀，苦呀……”船桨对他叫着似的。

接着是一声声“唉，唉”的船夫叹息声。

“哈哈哈哈……”两岸埠头上的女人笑了起来，仿佛看见了他和她母亲中间隔着的那一条鸿沟。

涵子几乎透不过气了，连那潮湿的空气也是沉闷的窒息的。

船靠埠头了。要不是他母亲叫他，涵子简直还以为船仍在河的中心走着。

“滑稽的世界！”涵子自言自语地说，看着岸边，不觉好笑起来。

这里已经停满了船：小的划子，大的摇船，有许多连篷还没有，在这样风雨的天气。有几只是二十里外的岙里来的，他看着船名就知道。有几只船上还载着兜子，那一定是更远在深山冷岙里了，或者是病得很厉害。

他扶着他母亲走上岸来，一所堂皇华丽的庙宇和热闹的人群就映入了他的眼帘。这还是初一，如果是诞辰，还不晓得热闹到什么样子呢！

白了头发的，脱了牙齿的，聋了耳朵的，瞎了眼睛的，老的小的，男的女的，坐着摇篮，坐着轿子，坐着船，从旱路，从水路，远远近近地来了。这中间，有的肿着眼睛，有的生着疮，有的烂着腿，有的在咳嗽，有的在发热，有的是肺病，有的是肠胃病，有的是心脏病……这些人都是来求药的，他们都把关帝菩萨当作了内外科、妇人科、小儿科……一切疾病的治疗者。此外有些康健的人是来求财，求子孙，问寿命，问信息。把关帝菩萨当作了无所不能、无所不知的万能者。一个一个拿着香烛进去，一个一个拿着香灰或签司出来。有的忧愁着，有的呻吟着，有的叹息着，有的流着眼泪，有的微笑着。他们生活在各种不同的屋角里，穿着各种不同的衣服，露着各种不同的面色，抱着各种不同的希望和要求，而他们的信仰却是一致的。

"愚蠢的人们……"涵子暗暗地说着，扶着他的母亲走到了关帝庙的门口。

那门口有着一片好大的广场，全用平滑的细致的石板铺着。左右两旁竖着高入云霄的旗杆，前面一个广大的圆池，四围用石栏杆绕着。走上高的石级，开着三道巨大的红漆的门，门口蹲着两个高大的石狮子。两边站着一个雄壮的马和马夫。香烟的气息就在这里开始了，大家都在这里礼拜着。

"让我点香呵……"明达婆婆说着，从涵子的手臂中脱出手来，衰弱无力地战栗着，燃着了火柴。

"我给你插吧，"涵子苦恼地说着，"你没有一点气力呀！"

他接着香往香炉里插了下去，但他的心里充满了愤怒，这是一匹马，一匹泥塑的马！有着思想、有着情感的动物中最智慧的人现在竟向这样的东西行礼了！而且还不止一个人，无数的、无数的男女老少，连他也轮到了点香的义务！要不是为了母亲，他几乎把香摔在那东西上面，用什么棍子敲毁了那塑像！

三个好高大的门限，他吃力地扶着他母亲跨了进去，就是宽阔的堂皇的走廊。脚下的石板是砌花的，红漆的柱子和栋梁上都有着精细的雕刻，墙上挂满了金光夺目的匾额和各色的旗幡，上面写着俗不可耐的崇拜与称扬的语句。墙的下部分砌着许许多多石刻的碑铭，一样地不值得一读的语句，下面署着某某善男或信女的名字。

"哼！"涵子暗暗地自语着，"都是好人到这里来的！但是我们社会的黑暗、社会的腐败、贪婪残暴的恶人从哪里来的呢？"

他愤怒地对着那些来来去去的男女老少射着轻蔑的眼光。他看见他们都把头低下了，非常惭愧，非常内疚似的，静默得只听见轻缓的脚步声、微细的衣服摩擦声和低低的暗祷声。

"看你们这些人出了庙门做些什么！争闹，欺骗，骄傲，凶横残忍……"

他现在绕过一个大院子，走上一个雕刻的石级，到了第二道门了。这里的柱子、栋梁、墙壁和门道，雕刻得愈加精细，仿佛是以前的皇宫一般，金光灿烂的。门的两边竖着很大的木牌，写着“肃静回避”几个大字。走进门，又是非常宽阔的走廊，走廊又是许多旗幡、匾额和碑铭，外面还装着新式的玻璃门窗。广大的院子中间筑着一个华丽的戏台，面对着正中的大殿，倘若演戏了，那是演给菩萨看的。

“菩萨也要看戏！原来是个凡俗的菩萨！”涵子不觉苦笑起来。

这些人们真是够愚蠢的，他觉得。他们一面把菩萨当作了万能的、全知的，一面又把他当作平凡的、愚笨的，和他们一模一样。

绕过围廊，他扶着母亲走进大殿了。这里简直是惊人的华丽。和溜冰场一样光滑的发光的石板，两抱粗的柱子，巨大的细致的铜炉，红木的雕刻的供桌，金碧辉煌的神龛，光彩焕发的泥像。关羽，周仓，关平。两旁神龛中还站着四个判官一类的神像，这连涵子也不晓得是谁了。关羽在这里仿佛做了皇帝，那些是他的文武官员似的。大殿中迷漫着香烟的气息，涵子几乎窒息了。而在这气息里面还夹杂肉的气息、鱼的气息。原来那偶像是吃荤的。

而那些顶礼的人们呢？却都是斋戒沐浴了来，奉行着佛教徒的习惯。他们都说自己是善男信女，而关羽活着的时候却是以善于杀人出名的。

他抬起头来，望见了上面两块大匾，一边是“正义贯天”四个字，一边是“保国福民”四个字。

“哼！”涵子又愤怒了。

这偶像在怎样“保国福民”呢？他叫人民迷信，叫人民服从，叫人民否认现实的世界，叫人民忘却自己的“人”的能力！社会的经济破产了，国家将亡了，他还在不息地吮吸着人民的脂膏，造下富丽堂皇的王宫似的庙宇来供奉他的偶像！他在祸国，他在殃民，他的罪恶是贯天的！

“快些点起香烛吧……”他母亲说着，已经跪倒在拜凳上。

他愤怒地咬着牙齿，点起香烛，几乎眼中喷出火来！——他要烧掉这庙宇！

“唉，唉……”他又痛苦地叹息起来。

那是完全为了他母亲，为了他母亲呵。

他母亲是多么敬虔，多么深信。她伏在拜凳上是那样安静，那样舒畅。她低着头，微微地睁着眼，久久地等候着。她看见了金光的闪耀、神帷的荡动、伟大的庄严的神像的起立、明亮如电的目光的放射、慈悲的万能的手在香案上面的伸展，她甚至还闻到了一阵奇异的非人间所有的神药的气息，听见了洪亮的神的安慰的语声：

“给你加寿了……”

她感激地拜了几拜，缓慢地站起身来，充满了沉默的喜悦。她心头的一颗巨石落下了。她的眼前照耀着快乐的希望的光明。她走近香案，恭敬地取了香灰。

但这时，她的另一个急切的愿望起来了。她要求那万能的全知的神给她解答。她取了两片木卦，重又跪倒在香案前，喃喃地祝祷了一会儿，把木卦举得高高的，往地上掷了下去。

是一阴一阳的胜卦。

她拾起来，喃喃地祈祷着，第二次掷了下去，也是胜卦。第三次又是胜卦。她抑制着最大的喜悦，感激地拜了几拜，这才站了起来。

“你去看一看卦牌，是怎样讲的吧，涵子，我求得了三胜卦呵……”

“只怕太好了呀，看它做什么！”涵子摇着头说。

“自然是好卦，但你给我看来吧，听见了吗？”

“哼！专门和我开玩笑似的……”涵子喃喃地说着，终于苦恼地走近了那厌憎的卦牌：

“日出东方，前程亨泰。”他懒洋洋地念着。

她母亲微笑了。那样的快乐，是他回家后第一次快乐的微笑。她的病仿佛好了。她的脚步很轻快，虽然一手扶着涵子的手臂，涵子却觉得非常轻松，没有扶着他似的。他们很快地走出了庙宇。

涵子惊异了一会儿，又立刻起了恐惧和痛苦。他知道这是他母亲的心理作用，病原并没有真正地去掉。他相信她的精神是过度的兴奋，不久以后，她的病会更加增重起来，尤其是疲劳的行动和风寒的感染。

他们又坐着原船在河面上了。

斜风依然飘着细雨。天空依然是灰暗阴沉地低垂着。河面依然露着忧苦的深刻的皱纹。

而涵子也依然苦恼地沉着脸，对着他母亲坐着。

他刚才做了什么事呢？他，一个有着新的知识和思想的青年学生？他是相信科学的人，他是反对迷信的人。他有勇气，他有热诚，他抱着改革社会的极大的志愿。但是现在呢？他连那最爱他的自己的母亲也劝不醒来，也倔强不过她，也坚持不过她。他们中间距离是这样的远，这样的远，永没有接近的可能……

“涵子，你怎么老是这样的苦恼模样呵……”他母亲说了，“我的病已经好了，你不必忧愁呀……”

“我吗？我没有什么……”他喃喃地回答说，这才注意出了母亲下船后就是直着背坐着，很有精神的样子。

“你看，天就要晴了。”她微笑地安慰着他说，“日出东方……底下一句怎么呀？”

“日出东方，日出东方，天就会晴了吗？”涵子不快乐地说。

“那自然，菩萨说的……”

“谁相信！”

“你不相信也罢，我总是相信的……”

“你去相信吧；我，不。”他摇着头。

“那没关系……总之，天要晴了……日出东方……前程……你说呀，怎么接下去的。”

“前程吗？哼……前程亨泰呀！”

“可不是！前程亨泰呵……”她笑了，“那是给你问的卦呀……你譬如东方的太阳呢……”

她笑了。她笑得这样的起劲，她的苍白的脸色全红了，连头颈也是红的。她的口角是那样的生动、那样的自然，和年轻人的一模一样。她的眼球上的薄膜消失了，活泼泼地发着明亮的光。她的深刻的颤动的皱纹下呈露着无限的喜悦。她仿佛看见了初出的太阳在她前面灿烂地升腾了起来，升腾了起来，仿佛听见了鸟儿的快乐的歌唱、甜蜜的歌唱。她的心是那样平静清澈，仿佛是无际的碧蓝透明的天空。

他惊异地望着她，看不出她是上了年纪的人，看不出她有一点病容，只觉得她慈祥、快乐、活泼、美丽，和年轻时候一样。

“我的病已经好了，”她继续说，“你的前途是光明的，譬如日出东方……自从你出门三年，我没有一天宽心过，所以我病了，我知道的……现在我心头的一块石头落下了……”

涵子低下了头：

她三年来没有宽心过，自从他出门以后！

而她现在笑了，第一次快乐地笑了……

他感动得流下几滴眼泪，忘记了刚才的愤怒和痛苦。

“你还忧愁什么呢？”她紧紧地握着他的手，眼角润湿了。

“我的病真的好了。我知道你相信医生，你真固执……你一定不放心，我明天就到城里的医院去，只要有你在我身边……”

大滴的眼泪从涵子的眼里涌了出来。

是忧郁的暮春。低垂着灰暗阴沉的天空。

河水又涨了。虽然是细雨呵，但这样日夜下着，山里的、田间的和屋角的细流全汇合着流入了这小小的河道。皱纹下面的河水在静默地往上涌着，往上涌着，像要把他们的船儿浮到岸上来。

银　变

1

赵老板清早起来，满面带着笑容。昨夜梦中的快乐到这时还留在他心头，只觉得一身通畅，飘飘然像在云端里荡漾着一般。这梦太好了，从来不曾做到过，甚至十年前，当他把银条银块一箩一箩从省城里秘密地运回来的时候。

他昨夜梦见两个铜钱，亮晶晶地在草地上发光，和他二十几年前一样的想法，这两个铜钱可以买一篮豆芽菜，赶忙弯下腰去，拾了起来，揣进自己的怀里。但等他第二次低下头去看时，附近的草地上却又出现了四五个铜钱，一样地亮晶晶地发着光，仿佛还是雍正的和康熙的，又大又厚。他再弯下腰去拾时，看见草地上的钱愈加多了……倘若是银圆，或者至少是银角呵，他想，欢喜中带了一点惋惜……但就在这时，怀中的铜钱已经变了样了：原来是一块块又大又厚的玉，一颗颗又光又圆的珠子，结结实实地装了个满怀……现在发了一笔大财了，他想，欢喜得透不过气来……于是他醒了。

当，当，当，壁上的时钟正敲了十二下。

他用手摸了一摸胸口，觉得这里并没有什么，只有一条棉被盖在上面。

这是梦，他想，刚才的珠玉是真的，现在的棉被是假的。他不相信自己真的睡在床上，用力睁着眼，踢着脚，握着拳，抖动身子，故意打了几个寒噤，想和往日一般，要从梦中觉醒过来。但是徒然，一切都证明了现在是醒着的：棉被、枕头、床子和冷静而黑暗的周围。他不禁起了无限的惋惜，觉得平白地得了一笔横财，又立刻让它平白地失掉了去。失意地听着呆板的嘀嗒嘀嗒的钟声，他一直翻来覆去，一点多钟也没有睡熟。后来实在疲乏了，忽然转了念头，觉得虽然是个梦，但至少也是一个好梦，才心定神安地打着鼾睡熟了。

清早起来，他还是这样想着：这梦的确是不易做到的好梦。说不定他又该得一笔横财了，所以先来了一个吉兆。别的时候的梦不可靠，只有夜半十二时的梦最真实，尤其是每月初一月半——而昨天却正是阴历十一月十五。

什么横财呢？地上拾得元宝的事，自然不会有了。航空奖券是从来舍不得买的。但开钱庄的老板却也常有得横财的机会。例如存户的逃避或死亡，放款银号的倒闭，在这天灾人祸接二连三而来，百业凋零的年头是普通的事。或者现在法币政策才宣布、银价不稳定的时候，还要来一次意外的变动。或者这梦是应验在……

赵老板想到这里，欢喜得摸起胡须来。看相的人说过，五十岁以后的运气是在下巴上，下巴上的胡须越长，运气越好。他的胡须现在愈加长了，正像他的现银越聚越多一样——哈，法币政策宣布后，把现银运到日本去的买卖愈加赚钱了！前天他的大儿子才押着一批现银出去。说不定今天明天又要来一批更好的买卖哩！

昨夜的梦，一定是应验在这上面啦，赵老板想。在这时候，一万元现银换得二万元纸币也说不定，上下午的行情，没有人捉摸得定，但总之，现银越缺乏，现银的价格越高，谁有现银，谁就发财。中国不许用，政府要收去，日本可是通用，日本人可是愿意出高价来收买。这是他活该发财了，从前在地底下埋着的现银，忽然变成了珠子和玉一样的宝贵。——昨夜的梦真是太妙了，倘若铜钱变了金子，还不算稀奇，因为金子的价格到底上落得不多，只有珠子和玉是没有时价的。谁爱上了它，可以从一元加到一百元，从一千元加到一万元。现在现银的价格就是这样，只要等别地方的现银都收完了，留下来的只有他一家，怕日本人不像买珠子和玉一样地出高价。而且这地方又太方便了，长丰钱庄正开在热闹的毕家碶上，而热闹的毕家碶却是乡下的市镇，比不得县城地方，容易惹人注目；而这乡下的毕家碶却又在海边，驶出去的船只只要打着日本旗子，通过两三个岛屿，和停泊在海面假装渔船的日本船相遇，便万事如意了。这买卖是够平稳了。毕家碶上的公安派出所林所长和赵老板是换帖的兄弟，而林所长和水上侦缉队李队长又是换帖的兄弟。大家分一点好处，明知道是私运现银，也就不来为难了。

“哈，几个月后，”赵老板得意地想，“三十万财产说不定要变作三百万啦！这才算是发了财！三十万算什么！”

他高兴地在房里来回地走着，连门也不开，像怕他的秘密给钱庄里的伙计们知道似的。随后他走近账桌，开开抽屉，翻出一本破烂的《增广玉匣记通书》出来。这是一本木刻的百科全书，里面有图有符，人生的吉凶祸福，可以从这里推求，赵老板最相信它，平日闲来无事，翻来覆去地念着，也颇感觉有味。现在他把周公解梦那一部分翻开来了。

“诗曰：夜有纷纷梦，神魂预吉凶……黄粱巫峡事，非此莫能穷。”他坐在椅上，摇头念着他最记得的句子，一面寻出了“金银珠玉绢帛第九章”，细细地看了下去。

金钱珠玉大吉利——这是第二句。

玉积如山大富贵——第五句。

赵老板得意地笑了一笑，又看了下去。

珠玉满怀主大凶……

赵老板感觉到一阵头晕，伏着桌子喘息起来了。

这样一个好梦会是大凶之兆，真使他吃吓不小。没有什么吉利也就罢了，至少不要有凶；倘是小凶，还不在乎，怎么当得起大凶？这大凶从何而来呢？为了什么事情呢？就在眼前还是在一年半年以后呢？

赵老板忧郁地站了起来，推开《通书》，缓慢地又在房中踱来踱去地走了，不知怎样，他的脚忽然变得非常沉重，仿佛陷没在泥涂中一般，接着像愈陷愈下了，一直到了胸口，使他感觉到异样的压迫，上气和下气被什么截作两段，连接不起来。

“珠玉满怀……珠玉满怀……”他喃喃地念着，起了异样的恐慌。

他相信梦书上的解释不会错。珠玉不藏在箱子里，藏在怀里，又是满怀，不用说是最叫人触目的，这叫作露财。露财便是凶多吉少。例如他自己，从前没有钱的时候，是并没有人来向他借钱的，无论什么事情，他也不怕得罪人家，不管是有钱的人或有势的人，但自从有了钱以后，大家就来向他借钱了，今天这个，明天那个，忙个不停，好像他的钱是应该分给他们用的；无论什么事情，他都不敢得罪人了，尤其是有势力的人，一个不高兴，他们就说你是有钱的人，叫你破一点财。这两年来市面一落千丈，穷人愈加多，借钱的人愈加多了，借了去便很难归还，任凭你催他们十次百次，或拆掉他们的屋子把他们送到警察局里去。

“天下反啦！借了钱可以不还！”他愤怒地自言自语地说。“没有钱怎样还吗？谁叫你没有钱！没有生意做——谁叫你没有生意做呢？哼……”

赵老板走近账桌，开开抽屉，拿出一本账簿来。他的额上立刻聚满了深长的皱痕，两条眉毛变成弯曲的毛虫。他禁不住叹了一口气。欠钱的人太多了，五元起，一直到两三千元，写满了厚厚的一本簿子。几笔上五百一千的，简直没有一点希望，他们有势也有钱，问他借钱，是明敲竹杠。只有那些借得最少的可以紧迫着催讨，今天已经十一月十六，阳历是十二月十一了，必须叫他们在阳历年内付清。要不然——休想太太平平过年！

赵老板牙齿一咬，鼻子的两侧露出两条深刻的弧形的皱纹来。他提起笔，把账簿里的人名和欠款一一摘录在一个手折上。

“毕尚吉！哼！”他愤怒地说，“老婆死了也不讨，没有一点负担，难道二十元钱也还不清吗？一年半啦！打牌九、叉麻将就舍得！——这次限他五天，要不然，拆掉他的屋子！不要面皮的东西！吴阿贵……二十元……赵阿大……三十五……林大富……十五……周菊香……”

赵老板连早饭也咽不下了，借钱的人竟有这么多，一直抄到十一点钟。

随后他把唐账房叫了来说：

“给我每天去催，派得力的人去！过了限期，通知林所长，照去年年底一样办！”

随后待唐账房走出去后，赵老板又在房中不安地走了起来，不时望着壁上的挂钟。已经十一点半了，他的大儿子德兴还不见回来。照预定的时间，他应该回来一个小时。这孩子做事情真马虎，二十三岁了，还是不很可靠，老是在外面赌钱弄女人。这次派他去押银子，无非是想叫他吃一点苦，练习做事的能力。因为同去的同福木行姚经理和万隆米行陈经理都是最能干的人物，一路可以指点他。这是最秘密的事情，连自己钱庄里的人也只知道是赶到县城里去换法币。赵老板自己老了，经不起海中的波浪，所以也只有派大儿子德兴去。这次十万元现银，赵老板名下占了四万，剩下来的六万是同福木行和万隆米行的。虽然也多少冒了一点险，但好处却比任何的买卖多。一百〇一元纸币掉进一百元现银，卖给 ×× 人至少可作一百十元，像这次是作一百十五元算的，利息多么好呵！再过几天，一百二十，一百三十，也没有人知道！

赵老板想到这里，不觉又快活起来，微笑重新走上了他的眉目间。

“赵老板！”

赵老板知道是姚经理的声音，立刻转过身来，带着笑容，对着门边的客人。但几乎在同一的时间里，他的笑容就消失了，心中突突地跳了起来。

走进来的果然是姚经理和陈经理，但他们都露着仓皇的神情，一进门就把门带上了。

“不好啦，赵老板！”姚经理低声地说，战栗着声音。

“什么？”赵老板吃吓地望着面前两副苍白的面孔，也禁不住战栗起来。

“德兴给他们……”

“给他们捉去啦……”陈经理低声地说。

“什么？你们说什么？”赵老板不相信自己的耳朵，重复地问。

“你坐下，赵老板，事情不要紧……两三天就可回来的……”陈经理的肥圆的脸上渐渐露出红色来，“并不是官厅，比不得犯罪……”

“那是谁呀，不是官厅？”赵老板急忙地问，“谁敢捉我的儿子？”

“是万家湾的土匪，新从盘龙岛上来的……”姚经理的态度也渐渐安定了，一对深陷的眼珠又恢复了庄严的神情，“船过那里，一定要我们靠岸……”

“我们高举着 ×× 国旗，他毫不理会，竟开起枪来……”陈经理插入说。

“水上侦缉队见到我们的旗，倒低低头，让我们通过啦，哪晓得土匪却不管，一定要检查……”

“完啦，完啦！……”赵老板叹息着说，敲着自己的心口，“十万元现银，唉，我的四万元……”

“自然是大家晦气啦！……运气不好，有什么法子……”陈经理也叹着气，说，“只是德兴更倒霉，他们把他绑着走啦，说要你送三百担米去才愿放他回来……限十天之内……”

“唉，唉……”赵老板蹬着脚，说。

“我们两人情愿吃苦，代德兴留在那里，但土匪头不答应，一定要留下德兴……”

“那是独只眼的土匪头，”姚经理插入说，“他恶狠狠地说：你们休想欺骗我独眼龙！我的手下早已布满了毕家碶！他是长丰钱庄的小老板，怕我不知道吗？哼！回去告诉大老板，逾期不缴出米来，我这里就撕票啦！”

“唉，唉！……”赵老板呆木了一样，说不出话来，只会连声地叹息。

“他还说，倘若你敢报官，他便派人到赵家村，烧掉你的屋子，杀死你一家人哩……”

“报官！我就去报官！”赵老板气愤地说，“我有钱，不会请官兵保护我吗？四万元给抢去啦，大儿子也不要啦！我给他拼个命……我还有两个儿子！飞机，炸弹，大炮，兵舰，机关枪，一齐去，谅他独眼龙有多少人马！解决得快，大儿子说不定也救得转来……”

“那不行，赵老板，”姚经理摇着头说，“到底人命要紧。虽然只有两三千土匪，官兵不见得对付得了，也不见得肯认真对付……独眼龙是个狠匪，你也防不胜防……”

“根本不能报官，”陈经理接着说，“本地的官厅不要紧，倘给上面的官厅知道了，是我们私运现银惹出来的……”

“唉，唉！”赵老板失望地倒在椅上，痛苦得说不出来。

“唉，唉！”姚经理和陈经理也叹着气，静默了。

“四万元现银……三百担米……六元算……又是一千八百……唉……”赵老板喃喃地说，“珠玉满怀……果然应验啦……早做这梦，我就不做这买卖啦……这梦……这梦……”

他咬着牙齿，握着拳，蹬着脚，用力睁着眼睛，他不相信眼前这一切，怀疑着仍在梦里，想竭力从梦中醒过来。

2

五六天后，赵老板的脾气完全变了。无论什么事情，一点不合他意，他就拍桌骂了起来。他一生从来不曾遇到过这样大的不幸。这四万元现银和三百担米，简直挖他的心肺一样痛。他平常是一分一厘都算得清清楚楚，不肯放松，现在竟一次地破了四万多财。别的事情可以和别人谈谈说说，这一次却一句话也不能对人家讲，甚至连叹息的声音也只能闷在喉咙里，连苦恼的神情也不能露在面上。

“德兴到哪里去啦，怎么一去十来天才回来呢？”人家这样地问他。

他只得微笑着说：

“叫他到县城里去，他却到省城里看朋友去啦……说是一个朋友在省政府当秘书长，他忽然想做官去啦……你想我能答应吗？家里又不是没有吃用……哈，哈……”

“总是路上辛苦了吧，我看他瘦了许多哩。”

“可不是……”赵老板说着，立刻变了面色，怀疑人家已经知道了他的秘密似的。随后又怕人家再问下去，就赶忙谈到别的问题上去了。

德兴的确消瘦了。当他一进门的时候，赵老板几乎认不出来是谁。昨夜灯光底下偷偷地出现在他面前的时候，完全像一个乞丐：穿着一身破烂的衣服，赤着脚，蓬着发，发着抖。他只轻轻地叫了一声爸，就哽咽起来。他被土匪剥下了衣服，挨了几次皮鞭，丢在一个冰冷的山洞里，每天只给他一碗粗饭。当姚经理把三百担米送到的时候，独眼龙把他提了出去，又给他三十下皮鞭。

“你的爷赵道生是个奸商，让我再教训你一顿，回去叫他改头换面地做人，不要再重利盘剥，私运现银，贩卖烟土！要不然，我独眼龙有一天会到毕家碶上来！”独眼龙踞在桌子上愤怒地说。

德兴几乎痛死，冻死，饿死，吓死了。以后怎样到的家里，连他自己也不知道。

“狗东西！”赵老板咬着牙，暗地里骂着说，“抢了我的钱，还要骂我奸商！做买卖不取巧投机，怎么做？一个一个铜板都是我心血积下来的！只有你狗东西杀人放火，明抢暗劫，伤天害理！”

一想到独眼龙，赵老板的眼睛里就冒起火来，恨不能把他一口咬死，一刀劈死。但因为没处发泄，他于是天天对着钱庄里的小伙计们怒骂了。

“给我滚出去……你这狗东西……只配做贼做强盗！”他像发了疯似的一天到晚喃喃地骂着。

一走到账桌边，他就取出账簿来，翻着，骂着那些欠账的人。

“毕尚吉！狗养的贼种！吴阿贵！不要面皮的东西！赵阿大！混账！林大富！屄东西！赵天生！婊子生的！吴元本！猪猡！二十元，二十元，三十五，十五，六十，七十，一百，四十……”他用力拨动着算盘珠，笃笃地发出很重的声音来。

“一个怕一个！我怕土匪，难道也怕你们不成！年关到啦，还不送钱来！独眼龙要我的命，我要你们的命！”他用力把算盘一丢，立刻走到了店堂里。

“唐账房，你们干的什么事！收来了几笔账？”

“昨天催了二十七家，收了四家，吴元本、赵天生的门给封啦，赵阿大交给了林所长……今年的账真难收，老板……”唐账房低着头，嗫嚅地说。

“给我赶紧去催！过期的，全给我拆屋，封门，送公安局！……哼！哪有借了不还的道理！”

“是的，是的，我知道，老板……”

赵老板皱着眉头，又踱进了自己的房里，喃喃地骂着：

“这些东西真不成样……有债也不会讨……吃白饭，拿工钱……哼，这些东西……”

“赵老板！许久不见啦！好吗？”门外有人喊着说。

赵老板转过头去，进来了一位斯文的客人。他穿着一件天蓝的绸长袍，一件黑缎的背心，金黄的表链从背心的右袋斜挂到背心的左上角小袋里。一副瘦长的身材，瘦长的面庞，活泼的眼珠，显得清秀、精致、风流。

“你这个人……”赵老板带着怒气地说。

“哈，哈，哈！”客人用笑声打断了赵老板的语音。

“阳历过年啦，特来给赵老板贺年哩！发财，发财！”

“发什么财！”赵老板不快活地说，“大家借了钱都不还……”

“哈，哈，小意思！不还你的能有几个！大老板，不在乎，发财还是发财——明年要成财百万啦……”客人说着，不待主人招待，便在账桌边坐下了。

“明年，明年，这样年头，今年也过不了，还说什么明年……像你，毕尚吉也有……”

“哈，哈，我毕尚吉也有三十五岁啦，哪里及得你来……”客人立刻用话接了上来。

“我这里……”

“可不是！你多财多福！儿子生了三个啦，我连老婆也没有哩！今年过年真不得了，从前一个难关，近来过了阳历年还有阴历年，大老板不帮点忙，我们这些穷人只好造反啦！我今天有一件要紧事，特来和老板商量呢！”

“什么？要紧事吗？”赵老板吃惊地说，不由得心跳起来，仿佛又有了什么祸事似的。

“是的，与你有关呢，坐下，坐下，慢慢地告诉你……”

“与我有关吗？”赵老板给呆住了，无意识地坐倒在账桌前的椅上，“快点说，什么事？”

“咳，总是我倒霉……昨晚上输了两百多元……今天和赵老板商量，借一百元做本钱……”

“瞎说！”赵老板立刻站了起来，生着气，“你这个人真没道理！前账未清，怎么再开口！你难道忘记了我这里还有账！”

“小意思，算是给我毕尚吉做压岁钱吧……”

“放——屁！”赵老板用力骂着说，心中发了火，“你是我的什么人？你来敲我的竹杠！”

“好好和你商量，怎么开口就骂起来？哈，哈，哈！坐下来。慢慢说吧！”

“谁和你商量！给我滚出去！”

“呵，一百元并不多呀！”

“你这不要面皮的东西！”

“谁不要面皮？”毕尚吉慢慢站了起来，仍露着笑脸。

“你——你！你不要面皮！去年借去的二十元，给我三天内送来！要不然……”

“要不然怎么样呢？”

“弄你做不得人！”赵老板咬着牙齿说。

“哦，不要生气吧，赵老板！我劝你少拆一点屋子，少捉几个人，要不然，穷人会造反哩！”毕尚吉冷笑着说。

“你敢！我怕你这光棍不成！”

“哈，哈，敢就敢，不敢就不敢……我劝你慎重一点吧……一百元不为多。”

“你还想一千还是一万吗？咄！二十元钱不还来，你看我办法！”

“随你的便，随你的便，只不要后悔……一百元，绝不算多……”

“给我滚！”

“滚就滚。我是读书人从来不板面孔，不骂人。你也骂得我够啦，送一送吧……”毕尚吉狡猾地眨了几下眼睛，偏着头。

“不打你出去还不够吗？不要脸的东西！冒充什么读书人！”赵老板握着拳头，狠狠地说，恨不得对准着毕尚吉的鼻子，一拳打了过去。

“是的，承你多情啦！再会，再会，新年发财，新年发财！”毕尚吉微笑地挥了一挥手，大声地说着，慢慢地退了出去。

“畜生！”赵老板说着，砰地关上了门。“和土匪有什么分别！非把他送到公安局里去不可！十个毕尚吉也不在乎！说什么穷人造反！看你穷光蛋有这胆量！我赚了钱来，应该给你们分的吗？哼！真是反啦！借了钱可以不还！还要强借！良心在哪里？王法在哪里？不错，独眼龙抢了我现银，那是他有本领，你毕尚吉为什么不去落草呢？”

赵老板说着，一阵心痛，倒下在椅上。

“唉，四万二千元，天晓得！独眼龙吃我的血！天呵，天呵！”

他突然站了起来，愤怒地握着拳头：

“我要毕尚吉的命！”

但他立刻又坐倒在别一个椅上：

“独眼龙！独眼龙！”

他说着又站了起来，来回地踱着，一会儿又呆木地站住了脚，搓着手。

他的面色一会儿红，一会儿变得非常苍白。最后他咬了一阵牙齿，走到账桌边坐下，取出一张信纸来。写了一封信：

伯华所长道兄先生阁下兹启者，毕尚吉此人一向门路不正，嫖赌为生，前欠弟款任凭催索皆置之不理，乃今日忽又前来索诈恐吓。声言即欲造反起事与独眼龙合兵进攻省城，为此秘密奉告，即祈迅速逮捕正法以靖地方为幸……

赵老板握笔的时候，气得两手都战栗了。现在写好后重复地看了几遍，不觉心中宽畅起来，面上露出了一阵微笑。

“现在你可落在我手里啦，毕尚吉，毕尚吉！哈，哈！”他摇着头，得意地说，“谅你有多大本领！哈，要解决你真是不费一点气力！”

他喃喃地说着，写好信，把它紧紧封好，立刻派了一个工人送到公安派出所去，叮嘱着说：

“送给林所长，拿回信回来，听见了吗？”

随后他又不耐烦地在房里来回地踱着，等待着林所长的回信，这封信一去，他相信毕尚吉今天晚上就会被捉去，而且就会被枪毙的。不要说是毕家碶，即使是在附近百数十里中，平常无论什么事情，只要他说一句话，要怎样就怎样。倘若是他的名片，效力就更大；名片上写了几个字上去，那就还要大了。赵道生的名片是可以吓死乡下人的。至于他的亲笔信，即使是官厅，也有符咒那样的效力。何况今天收信的人是一个小小的所长？更何况林所长算是和他换过帖，要好的兄弟呢？

“珠玉满怀主大凶……”赵老板忽然又想起了那个梦，“自己已经应验过啦，现在让它应验到毕尚吉的身上去！不是枪毙，就是杀头……要改为坐牢也不能！没有谁会给他说情，又没有家产可以买通官路……你这人运气太好啦，刚刚遇到独眼龙来到附近的时候。造反是你自己说的，可怪不得我！哈哈……”

赵老板一面想，一面笑，不时往门口望着。从长丰钱庄到派出所只有大半里路，果然他的工人立刻就回来了，而且带了林所长的回信。

赵老板微笑着拆了开来，是匆忙而草率的几句话：

“惠示敬悉，弟当立派得力弟兄武装出动前去围捕……”

赵老板重复地暗诵了几次，晃着头，不觉哈哈大笑起来，随后又怕这秘密泄露了出去，又立刻机警地遏制了笑容，假皱着眉毛。

忽然，他听见了屋外一些脚步声，急速地走了过去，中间还夹杂着枪把和刺刀的敲击声。他赶忙走到店堂里，看见十个巡警紧急地往东走了去。

“不晓得又到哪里捉强盗去啦……”他的伙计惊讶地说。

“时局不安静，坏人真多。”另一个人说。

“说不定独眼龙……”

“不要胡说！”

赵老板知道那就是去捉毕尚吉的，遏制着自己的笑容，默然走进了自己的房里，带上门，坐在椅上，才哈哈地笑了起来。他的几天来的痛苦，暂时给快乐遮住了。

3

毕尚吉没有给捕到。他从长丰钱庄出去后，没有回家，有人在往县城去的路上见到他匆匆忙忙地走着。

赵老板又多了一层懊恼和忧愁。懊恼的是自己的办法来得太急了，毕尚吉

一定推测到是他做的。忧愁的是，他知道毕尚吉相当地坏，难免不对他寻报复，他是毕家碶上的人，长丰钱庄正开在毕家碶上，谁晓得他会想出什么诡计来！

于是第二天早晨，赵老板回到自己的家里去了。一则暂时避避风头，二则想调养身体。他的精神近来渐渐不佳了。他已有十来天不曾好好地睡觉，每夜躺在床上老是合不上眼睛，这样想那样想，一直到天亮。一天三餐，尝不出味道。

“四万元现银……三百担米……独眼龙……毕尚吉……”这些念头老是盘旋在他的脑里。苦恼和气愤像锉刀似的不息地锉着他的心头。他不时感到头晕、眼花、面热、耳鸣。

赵家村靠山临水，比毕家碶清静许多，但也颇不冷静，周围有一千多住户。他所新造的七间两巷大屋紧靠着赵家村的街道，街上住着保卫队，没有盗劫的恐慌。他家里也藏着两支手枪，有三个男工守卫屋子。饮食起居，样样有人侍候。赵老板一回到家里，就觉得神志安定，心里快活了一大半。

当天夜里，他和老板娘讲了半夜的话，把心里的郁闷全倾吐完了，第一次睡了一大觉，直至上午十点钟，县政府蒋科长来到的时候，他才被人叫了醒来。

“蒋科长？什么事情呢？林所长把毕尚吉的事情呈报县里去了吗？”他一面匆忙地穿衣洗脸，一面猜测着。

蒋科长和他是老朋友，但近来很少来往，今天忽然跑来找他，自然有很要紧的事了。

赵老板急忙地走到了客堂。

“哈哈，长久不见啦，赵老板！你好吗？”蒋科长挺着大肚子，呆笨地从嵌镶的靠背椅上站了起来，笑着，点了几下肥大的头。

“你好，你好！还是前年夏天见过面，现在好福气，胖得不认得啦！”赵老板笑着说，“请坐，请坐，老朋友，别客气！”

“好说，好说，哪有你福气好，财如山积！你坐，你坐！”蒋科长说着，和赵老板同时坐了下来。

“今天什么风，光顾到敝舍来？吸烟，吸烟！”赵老板说着，又站了起来，从桌子上拿了一支纸烟，亲自擦着火柴，送了过去。

“有要紧事通知你……”蒋科长自然地接了纸烟，吸了两口，低声地说，望了一望门口，“就请坐在这里，好讲话……”他指着手边的一把椅子。

赵老板惊讶地坐下了，侧着耳朵过去。

“毕尚吉这个人，平常和你有什么仇恨吗？”蒋科长低声地问。

赵老板微微笑了一笑。他想，果然给他猜着了。略略踌躇了片刻，他摇着头，说：

“没有！”

“那么，这事情不妙啦，赵老板……他在县府里提了状纸呢！”

“什么？他告我吗？”赵老板突然站了起来。

“正是……”蒋科长点了点头。

“告我什么？你请说！”

“你猜猜看吧！”蒋科长依然笑着，不慌不忙地说。

赵老板的脸色突然青了一阵。蒋科长的语气有点像审问。他怀疑他知道了什么秘密。

“我怎么猜得出！毕尚吉是狡诈百出的……”

“罪名可大呢：贩卖烟土，偷运现银，勾结土匪……哈哈哈……”赵老板的脸色更加惨白了，他感觉到蒋科长的笑声里带着讽刺，每一个字说得特别着力，仿佛一针针刺着他的心。随后他忽然红起脸来，愤怒地说：

“哼！那土匪！他自己勾结了独眼龙，亲口对我说要造反啦，倒反来诬陷我吗？蒋科长……是一百元钱的事情呀！他以前欠了我二十元，没有还，前天竟跑来向我再借一百元呢！我不答应，他一定要强借，他说要不然，他要造反啦！这是他亲口说的，你去问他！毕家碶的人都知道，他和独眼龙有来往！”

“那是他的事情，关于老兄的一部分，怎么翻案呢？我是特来和老兄商量的，老兄用得着我的地方，没有不设法帮忙哩……”

“全仗老兄啦，全仗老兄……毕尚吉平常就是一个流氓……这次明明是索诈不遂，乱咬我一口……还请老兄帮忙……我哪里会做那些违法的事情、不正当的勾当……”

“那自然，谁也不会相信，郝县长也和我暗中说过啦。”蒋科长微笑着说，“人心真是险恶，为了这一点点小款子，就把你告得那么凶——谁也不会相信！”

赵老板的心头忽然宽松了。他坐了下来，又给蒋科长递了一支香烟去，低声地说：

“这样好极啦！郝县长既然这样表示，我看还是不受理这案子，你说可以吗？”

蒋科长摇了一摇头：

"这个不可能。罪名太大啦，本应该立刻派兵来包围、逮捕、搜查的，我已经在县长面前求了情，说这么一来，会把你弄得身败名裂，还是想一个变通的办法，和普通的民事一样办，只派人来传你，先缴三千元保。县长已经答应啦，只等你立刻付款去。"

"那可以！我立刻就叫人送去！不……不是这样办……"赵老板忽然转了一个念头，"我看现在就烦老兄带四千元法币去，请你再向县长求个情，缴两千保算了。一千孝敬县长，一千孝敬老兄……你看这样好吗？"

"哈哈，老朋友，哪有这样！再求情也可以，郝县长也一定可以办到，只是我看孝敬他的倒少了一点，不如把我名下的加给他了吧！你看什么样？"

"哪里的话！老兄名下，一定少不得，这一点点小款，给嫂子小姐买点脂粉罢了，老朋友正应该孝敬呢……县长名下，就依老兄的意思，再加一千吧……总之，这事情要求老兄帮忙，全部翻案……"

"那极容易，老兄放心好啦！"蒋科长极有把握的模样，摆了一摆头，"我不便多坐，这事情早一点解决，以后再细细地谈吧。"

"是的，是的，以后请吃饭……你且再坐一坐，我就来啦……"赵老板说着，立刻回到自己的卧室。

他在墙上按下一个手指，墙壁倏然开开两扇门来，他伸手到暗处，将钞票一捆一捆地递到桌上，略略检点了一下，用一块白布包了，正想走出去的时候，老板娘忽然进来了。

"又做什么呀？这么样一大包！明天会弄到饭也没有吃呀！"她失望地叫了起来。

"你女人家懂得什么！"赵老板回答说，但同时也就起了惋惜，痛苦地抚摩了一下手中的布包，复又立刻走了出去。

"只怕不很好带……乡下只有十元一张的……慢点，让我去拿一只小箱子来吧！"赵老板说。

"不妨，不妨！"蒋科长说，"我这里正带着一只空的小提包，本想去买一点东西的，现在就装了这个吧。"

蒋科长从身边拿起提包，便把钞票一一放了进去。

"老实啦……"

“笑话，笑话……”

“再会吧……万事放心……”蒋科长提着皮包走了。

“全仗老兄，全仗老兄……”

赵老板一直送到大门口，直到他坐上轿，出发了，才转了身。

“唉，唉！”赵老板走进自己的卧室，开始叹息了起来。

他觉得一阵头晕，胸口有什么东西冲到了喉咙，两腿发着抖，立刻倒在床上。

“你怎么了呀？”老板娘立刻跑了进来，推着他的身子。

赵老板脸色完全惨白了，翕动着嘴唇，喘不过气来。老板娘连忙灌了他一杯热开水，拍着他的背，抚摩着他的心口。

“唉，唉……珠玉满怀……”他终于渐渐发出低微的声音来，“又是五千元……五千元……”

“谁叫你给他这许多！已经拿去啦，还难过做什么……”老板娘又埋怨又劝慰地说。她的白嫩的脸上也是一阵红一阵青。

“你哪里晓得！毕尚吉告了我多大的罪……这官司要是败了，我就没命啦……一家都没命啦……唉，唉，毕尚吉，我和你结下了什么大仇，你要为了一百元钱，这样害我呀！……珠玉满怀……珠玉满怀……现在果然应验啦……”

赵老板的心上像压住了一块石头。他现在开始病了。他感到头重，眼花，胸膈烦满，一身疼痛无力。老板娘只是焦急地给他桂圆汤、莲子汤、参汤、白木耳吃，一连三天才觉得稍稍转了势。

但是第四天，他得勉强起来，忙碌了，他派人到县城里去请了一个律师，和他商议，请他明天代他出庭，并且来一个反诉，对付毕尚吉。

律师代他出庭了，但是原告毕尚吉没有到，也没有代理律师到庭，结果延期再审。

赵老板忧郁地过了一个阴历年，等待着正月六日重审的日期。

正月五日，县城里的报纸，忽然把这消息宣布了。用红色的特号字刊在第二面本县消息栏的头一篇：

奸商赵道生罪恶贯天！

勾结土匪助银助粮！

偷运现银悬挂 × 旗！

贩卖烟土祸国殃民！

后面登了一大篇的消息，把赵老板的秘密完全揭穿了。最后还来了一篇社评，痛骂一顿，结论认为枪毙抄没还不足抵罪。

这一天黄昏时光，当赵老板的大儿子德兴从毕家碶带着报纸急急忙忙地交给赵老板看的时候，赵老板全身发抖了。他没有一句话，只是透不过气来。

他本来预备第二天亲自到庭，一则相信郝县长不会对他怎样，二则毕尚吉第一次没有到庭，显然不敢露面，他亲自出庭可以证明他没有做过那些事情，所以并不畏罪逃避。但现在他没有胆量去了，仍委托律师出庭辩护。

这一天全城鼎沸了，法庭里挤满了旁听的人，大家都关心这件事情。

毕尚吉仍没有到，也没有出庭，他只来了一封申明书，说他没有钱请律师，而自己又病了。于是结果又改了期。

当天下午，官厅方面派了人到毕家碶，把长丰钱庄三年来的所有大小账簿全调去检查了。

“那只好停业啦，老板，没有一本账簿，还怎么做买卖呢？这比把现银提光了，还要恶毒！没有现银，我们可以开支票，可以到上行去通融，拿去了我们的账簿，好像我们瞎了眼睛，聋了耳朵，哑了嘴巴……”唐账房哭丧着脸，到赵家村来诉说，“谁晓得他们怎样查！叫我们核对起来，一天到晚两个人不偷懒，也得两三个月呢！他们不见得这么闲，拖了下去，怎么办呀？人欠欠人的账全在那上面，我们怎么记得清楚？”

“他们没有告诉你什么时候归还吗？”

“我当然问过啦，来的人说，还不还，不能知道，要通融可以到他家里去商量，他愿意暗中帮我们的忙……”

“唉……”赵老板摇着头说，“又得花钱啦……我走不动了，你和德兴一道去吧：向他求情，送他钱用，可少则少，先探一探他口气，报馆里也一齐去疏通，今天副刊上也在骂啦……真冤枉我！”

“可不是！谁也知道这是冤枉的！毕家碶上的人全知道啦……”

唐账房和德兴进城去了，第二天回来的报告是：总共八千元，三天内发还账簿；报馆里给长丰钱庄登长年广告，收费五千元。

赵老板连连摇着头，没有一句话。这一万三千元没有折头好打。

随后林所长来了，报告他一件新的消息：县府的公事到了派出所和水上侦缉队，要他们会同调查这个月内的船只，有没有给长丰钱庄或赵老板装载过银米烟土。

“都是自己兄弟，你尽管放心，我们自有办法的。”林所长安慰着赵老板说。“只是李队长那里，我看得送一点礼去，我这里弟兄们也派一点点酒钱吧，不必太多，我自己是绝不要分文的……”

赵老板惊讶地睁了眼睛，呆了一会儿，心痛地说：

“你说得是……你说多少呢？”

“他说非八千元不办，我已经给你说了情，减作六千啦……他说自己不要，部下非这数目不可，我看他的部下比我少一半，有三千元也够啦，大约他自己总要拿三千的。”

“是，是……”赵老板忧郁地说，“那么老兄这边也该六千啦？”

“那不必！五千也就够啦！我不怕我的部下闹的！”

赵老板点了几下头，假意感激地说：

“多谢老兄……”

其实他几乎哭了出来。这两处一万一千元，加上报馆、县府，去了一万二千，再加上独眼龙那里的四万二千，总共七万一千了。他做梦也想不到，有了一点钱，会被大家这样地敲诈。独眼龙拿了四万多去，放了儿子一条命，现在这一批人虽然拿了他许多钱，放了他一条命，但他的名誉全给破坏了，这样活着，比一刀杀死还痛苦。而且，这案子到底结果怎样，还不能知道。他反诉毕尚吉勾结独眼龙，但毕尚吉不但没有被捕，反而又在毕家碶大模大样地出现了，几次开庭，总是推病不到。而他却每改一次期，得多用许多钱。

这样拖延了两个月，赵老板的案子总算审结了。

胜利是属于赵老板的。他没有罪。

但他用去了不小的一笔钱。

“完啦，完啦！”他叹息着说，“我只有这一点钱呀！”他于是真的病了。心口有一块什么东西结成了一团，不时感觉到疼痛。咳嗽得很厉害，吐出浓厚的痰来，有时还带着红色。夜里常常发热，出汗，做噩梦。医生说是肝火、肺火、心火，开了许多方子，却没有一点效力。

“钱已经用去啦，还懊恼做什么呀？”老板娘见他没有一刻快乐，便安慰他说，“用去了又会回来的……何况你又打胜了官司……”

“那自然，要是打败了，还了得！”赵老板回答着说，心里也稍稍起了一点安慰，“毕尚吉是什么东西呢！”

“可不是！”老板娘说着笑了起来，“即使他告到省里、京里，也没用的！”

赵老板的脸色突然惨白了。眼前的屋子急速地旋转了起来，他的两脚发着抖，仿佛被谁倒悬在空中一样。

他看见地面上的一切全变了样子，像是在省里，像是在京里。他的屋前停满了银色的大汽车，几千万人纷忙地杂乱地从他的屋内搬出来一箱一箱的现银和钞票，装满了汽车，疾驰出去。随后那些人运来了一架很大的起重机，把他的屋子像吊箱子似的吊了起来，也用汽车拖着走了……

一个穿着黑色袍子、戴着黑纱帽子的人，端坐在一张高桌后，伸起一枚食指，大声地喊着说：

“上诉人毕尚吉，被告赵道生，罪案……着将……”

炮火下的孩子

一等兵李纪明忽然苏醒过来了，只觉得浑身疼痛得厉害，好像躺在刀山上。

“完了……”他想。

他记得很清楚，刚才是和一百多人冲锋上来的。一片排山倒海的喊杀声，人就跟着大刀枪刺，横冲直撞地进了敌人的队伍里。这一次，日本鬼子可真吃亏了！一个个吓得魂飞魄散，软了手脚，不晓得抵抗，也不晓得逃跑，只是横七竖八地倒了下去。李纪明一个人，杀了多少日本鬼子，连他自己也算不清，只记得比砍瓜切菜还容易，不费丝毫气力。

可是他自己又怎么倒下来的呢？他完全不明白，好像是闭上眼睛，往地上一躺，就睡熟了，却想不到一觉醒来，浑身刀割一样痛，这明明是受了重伤。

“完了，”他想，“今天到底为国家死了……”

他不觉微笑起来。死是每一个人都逃不脱的，但也有值不值。这样的死，正是他顶愿意的。为救中国，死在战地里，比什么都有价值，比什么都光荣。他来到前线，从来就没爱惜过自己这条性命。现在，他就要死了，没有什么懊悔，也没什么舍不得，心地非常平静，平静得好像心跳正在停息下去，三魂七魄慢慢离开了躯体，觉得浑身的疼痛也渐渐减轻了。

一个多么有趣的夜啊！漆黑的天空，一粒粒亮亮的明星，真比时髦的花布漂亮得多了！他竟有这样好福气，能够死在这样的夜里。这简直不像是战场，什么声音也没有——倘使日本鬼子不打到中国来，大家不正是睡得舒舒服服的吗？

一想到这里，李纪明突然气怒了。他可不会忘记成千成万的家呢？他的父母和妻子呢？他那个刚刚学着说话的儿子呢？

“报复！报复！”李纪明紧咬着牙齿，痛恨地说，“杀光那些强盗！我应该杀光那些强盗……”

他不愿意死了，他觉得现在死得太早了，他必须再活下去，救同胞，救中国！

他这样想着，忘记了自己受了伤，就想霍然跳起来。只是用尽气力，刚刚站住脚，又突然倒下了。他的左脚好像断了一样，痛得刺上心来。他用手一摸，才晓得鞋底全裂了，创口在脚底。他用力挣扎着坐起身，脱下湿漉漉的鞋袜，摸到脚底有二寸宽的一个缺口，血正从那里涌出来。

“他妈的！怪不得这样痛！原来是给鬼子刺伤了……”

他连忙脱下右脚的袜子，当作了药棉花，贴在左脚底，再解下一条布绑腿，把它紧紧地扎住了，然后在附近的地方摸索着，看有什么东西。

他的猜测是对的，就在他的脚后，躺着三个尸首，穿的是皮鞋，戴的是钢盔，胸前还有一块钢甲。这就是日本鬼子了。他们怎么死的呢？李纪明有点记起来了。

好像不久以前，他扭住了一个，踏倒了一个，刚刚结束这两个，迎面又来了一个，他调转刺刀用力刺去的时候，敌人的枪柄好像也就到了自己的头顶，于是他倒下睡熟了。

“杀得痛快，杀得痛快！”他一面说着，一面摸摸自己的头，后脑壳也有点湿漉漉，微微作痛。背脊好像也受伤了，有三四处摸不得。

“管他妈的！”他摸摸子弹却还满满的，拾起枪，爬着走了。

到哪里去呢？漆黑的夜里，简直认不出方向，枪声又听不见，这里那里全是尸首，大半都冰冷冷的，只有三五个还在低低地哼着，他想在这里找出还能说话的自己人来，低声问了几遍，竟没一个回答。他的队伍冲上了去吗？为什么听不见大队跟上去呢？后退了吗？也该有日本鬼子走来的。为什么听不见一点声呢？他小心地爬过了一个壕沟又一个壕沟，总是碰不到一个活人。

他渐渐疲乏了，浑身又疼痛得厉害，爬一程，用枪杆支着拐一程，过了许久许久，正想坐下休息的时候，突然迎面跳出一个人影来。

“口令！”

李纪明愣了一愣，觉得那人的枪刺已经抵住了自己的肚子。

“我是伤兵……”

“叫什么？干什么来的，这时候？”

李纪明有点放心了，他起初怕是日本鬼子，现在听出那声音很熟悉。

“李纪明……”

“李纪明？”那人盘问着，略略把枪刺退后了一点，“哪一团哪一连？来干什么呢？”

“第三团，第二连，第一排……”李纪明回答说，“啊，你不是刘小炳吗？”

“真的是！真的是！”那人立刻走过来抱住了李纪明，“我是刘小炳！你是李大哥！你归队来，好极了！好极了！我们正在找你呀！”

“我受伤了！”

“我带你见排长。伤势不重吗？”刘小炳说。

“痛得厉害……让我坐一会儿吧。”

“那就让我先去报个信，他就在前面，听你来了，一定很高兴。”刘小炳说着，不见了。

李纪明觉得又疲乏又饥渴，摸摸水壶，还挂在腰边，便坐下来喝了几口水。

刘小炳飞也似的就跑回来了。

“走吧，赶快走吧，李大哥！”他一面喘着气，一面说，“排长生气了！他骂你见了鬼！跑到这里来送死吗？受了伤，做什么不往后方跑呀？这里没有担架队，难道你不知道？前面不远就有日本鬼子的大队，天亮了，他们要反攻的！”

“我们的大队呢？”

“大队在原地方没动。我们这百把个人，一口气冲了十几里上来了。”

“做什么大队不开上来呀？”李纪明着急地说，“我本来就想到后方去的，因为认不得方向，所以到前方来了，一路上简直看不见我们一个人！”

“刚才上面还来命令，早上敌人反攻时，要我们退却呢。”

“退却？做什么冲上来了又要退却呀？”

“想必是一种计策了。李大哥，你赶快走吧，受了伤，一口气退十几里太难了，东方快发白，敌人一定反攻的。”

“我乏极了，没有气力再走，请你告诉排长，我就留在这里，迟早是要死的，再让我杀几个日本鬼子，痛痛快快死吧！”

“排长骂你，就是为的这个！他不许谁怕死，也不许谁爱死！他说你把伤养

好了，再来前线，不又是以一当十吗？给国家拼命的时候长着呀，李大哥，伤好了再来，留着结结实实的身体好杀鬼子呀！”

“留着结结实实的身体……”

李纪明默想了一刻，终于依从了。他提着枪站了起来。

“朝着那颗星走吧，李大哥，我们的大队就在那方面，”刘小炳指着一颗格外明亮的星，说，“这颗星落下去，天就要发白了，那时敌人一定反攻，我们就退了——记住呀，天明前赶到大队就没危险了！”

李纪明别了刘小炳，照着那指示的方向和小路走了。现在那颗明亮的星正在丈把高的地面上，立刻要天亮了。他们冲锋上来天才黑。为什么一夜快完了呢？难道被枪柄击倒后，竟昏晕了大半夜吗？那一定受伤很重了。

是的，他受伤很重，浑身受伤了，这里那里全是创口，军装，破裂了许多处。无论哪一处简直不能用手去摸，一摸就痛得凶。路又难走，不是壕沟就是铁丝网，弹片、刀枪、尸首，高高低低地堆满了一地。他爬了一程，拐了一程，匆匆忙忙向前走，看看那颗明星离地面只三四尺高了，估计起来还没走上三四里路。

他实在没有气力再走了，不但一身疼痛，而且饥渴得心口发烧了。他歇下来，喝了几口水，然后一路咬着光饼又往前走着。

这样又走了里把路，看看那颗星离地面只有一二尺高的时候，他忽然惊愣得停住了。他的手摸到了一样温暖的东西。他闭着嘴巴静听，听见了短促的呼吸声。

“大约也是昏晕了。”再轻轻摸着。

这真奇怪了！不是中国兵，也不是日本鬼子，却是个小孩子！这从哪里来的呢？怎么躺在这里呀？

李纪明推动着孩子，孩子没醒来，像睡得很熟。他的腿子，两脚烂泥。衣服破了好几处。头发和面孔上一个个的也像是烂泥。

“你怎么了呀，孩子？”他扶着那孩子坐了起来。

孩子没回答，发着短促微弱的鼾声。

“他妈的！一定也受了重伤了！我应该把他救转来！”李纪明自言自语着，扯扯那孩子的手臂和腿子。

过了许久，等到李纪明捻到那孩子的鼻子，那孩子终于苏醒了。他伸出两只小手臂，紧紧抱住了李纪明的项颈，高兴地叫着说：

“妈妈！你回来了吗？”

李纪明苦恼了，可怜的孩子把他当作妈妈了。他怎么会躺在这里的？他的妈妈呢？

“是呀，我回来了，好孩子，”李纪明假装着女人的声音说，“你哪里不舒服吗？”

那孩子突然惊叫一声，缩回两手，想从李纪明的怀抱中挣扎出去。他自然听出了那不是他妈妈的声音。

“你是日本鬼子吗？”那孩子惊骇地问，“快把我妈妈送回来……”

李纪明懂得了，气得咬住了嘴唇。但为的使那可怜的孩子安心，他一面劝慰一面解释说：

“我是中国兵呀，好孩子，不要害怕啊，我会给你设法找回妈妈的……”

“你是中国兵吗？谢谢你！”那孩子举起右手，好像做了一个军礼，“你们赶快把日本鬼子赶出去呀！”

“一定的！”李纪明回答说，“我们是来赶日本鬼子的。”

“他们把我妈妈拉去了，我的妈……妈呵……”孩子说着哭了起来。

“什么时候拉去的呢？”

“是前天……昨天……我到处找我妈妈……他们还把我打伤了……”

“可怜的孩子……”李纪明说着，苦恼地摇着头，“你姓什么呢？伤在哪里呀？”

“我吗？姓陈，叫子华，八岁……住在陈家村……他们打我耳光，踢我的背……他们把我妈妈的屋子烧掉了……”

“好孩子，你是个聪明的孩子，你的爸爸呢？”

“我没有爸爸……只有一个妈妈……妈……妈呀……”孩子又伤心地哭了。

一个没有父亲的孩子，现在又失了母亲，黑夜里东西寻找着，昏晕在危险的战场上，这是多么悲惨呵！李纪明禁不住眼角湿了，他也有父母，也有妻子，也有小孩子，他们现在都怎么样了呢？将来会碰到什么命运呢？

一个小小的孩子，他犯什么罪，该这样凄惨呀？李纪明突然气恼了。他得报复，给这孩子报复，给许多同胞报复！他要救同胞，救这孩子！

“跟我走吧，好孩子！天一亮，日本鬼子就冲过来了。留着命，好找你妈妈，好报仇，好救国呀！你懂得吗？”

但是孩子坐着不肯动。

“我要在这里找妈妈，”他哭着说，“我不逃，日本鬼子真的会来吗？”

“立刻就来了！”

“你们是中国兵，中国兵不打日本鬼子吗？”

“走吧！走吧！”李纪明拖起来那孩子，“你不懂，我们是有计策的，我们哄唤他们进来，我们四面埋伏好了。我们要从他们背后打过来，不让他们有一个逃回去呢？你懂得吗？这里是危险地带呀！”

“我走了两天，肚子饿了，我还要睡觉呀！”小孩子哭着说。

“真是可怜的孩子，你就吃一点东西吧。”李纪明把剩下的三个光饼和水壶给了他。

孩子真的饿了，一口气就吃喝得精光，问还有没有。

“等一会儿给你想办法，现在赶快走，天快亮了！”

面前的那颗明星已经落下去许久，东方有点发白了，远远起了几下枪声。李纪明知道日本鬼子要反攻了，便振作起全副精力，和孩子赶着路。但那孩子负了伤，挨着饥渴，怎样也走不快，他说他有两夜没睡了，刚睡熟去，给李纪明弄醒来了。因此，他一路打着呵欠，一路摸着痛处，一路哭着妈妈。

“这里不能哭的，好孩子！给日本鬼子听到了，可活不成哩！”

“哭也不准吗？我的妈妈呵……”那孩子反而更加伤心地哭了。

李纪明看着又可怜，又着急，后面的枪声渐渐多了，日本鬼子要反攻了。地面已经渐渐亮起来，日本鬼子的飞机就要出动，他怎么才能救出这孩子呢？

“快走，孩子！别哭！我不能做你们妈妈吗？你长得真漂亮，你生得真聪明，你真有勇气呀！”

“你是男人，”那孩子回答说，“你只能做爸爸，不能做妈妈的，你懂的吗？”

“好呀，就让我做你的爸爸吧！”

“我生出来就没有爸爸，现在也不要。”

“说得对，你说得对！我们比赛好吗？”李纪明只想要他走得快，想着种种的方法，“你看，我是个伤兵，拖着枪，在地上爬，你就开步跑吧！一——二——三！”

但那孩子却反而不动了，只是睁着一对可爱的圆眼睛望着，带着一点笑脸。

“你真像个王八！一身的泥巴，好像刚从泥洞里钻出来！”

李纪明苦恼地笑了。这孩子是多么可爱呵！他也已经满身是泥巴了，但他却仍然是一颗明亮的珠子。无论怎样，他得把这颗珠子救出危险地带。

天大亮了。枪声愈加紧密起来，还夹杂着一点机关枪声。他一路望着那孩子，看见他像没有听见一样，拖着两只全是泥巴的小腿，彳亍地走着。

“打仗真有趣！”那孩子说，“给我一支枪，我也去打日本鬼子！噼噼啪啪，好像鞭炮。”

李纪明一面走一面又焦急地四面望着，他想遇到一个弟兄。但附近看不见一个人影。躺在他眼前的是一片平地、一些壕沟，没有树木，也没有房屋。他也希望再碰到一两个尸首，也许可以在尸首身边找到一点水和干粮。但不知怎的，他已经许久不见尸首了，这一路上好像没有打仗过。

“快走！快走！”李纪明催着那孩子，自己却时时先歇了下来。他是多么的疲乏、饥渴、疼痛！他的左右脚虽然扎紧了，血仍然一滴一滴落在地上。

敌人的大炮在远处响了，尘土就在他后面把路翻了起来，烟一样，冲到半空中。机关枪声愈来愈密了，好像还有手榴弹爆炸声。

“弟兄们就要退下来了。”他焦急地想。

但那孩子却愈走愈慢了。起初他还时时和李纪明说话，随后渐渐不大开口了。

“两个人都走不动，怎么办呢？”

他正失望的时候，忽然他看见两个弟兄迎面跑来了，李纪明立刻高兴得叫了起来：

“站住！弟兄们！我走不动了……还有这一个受伤的孩子……”

但那两个弟兄气喘吁吁地一直跑过去了，只微笑了一下，回答说：

“这里没有担架队，快走吧……我们的队伍在退了！我是通信兵！”

李纪明失望地望了他们一程，只好挣扎着爬着走了。那孩子好像全身软了，打算睡一样地摇摆着头，一脚高一脚低，踉跄地走着。

“你怎么样了，好孩子！提起精神来，别栽倒呀！等一会儿我给你水喝，给你点心吃，给你汽车坐！”

但那孩子老是不回答，只听见他急促地喘着气。李纪明觉得自己也支持不下去了。他的鼻子、眼睛、喉咙好像有火在烧着。他觉得自己的身体也软了。

“救不出这两条性命了吗？”他失望地想。

忽然他看见对面又有一个弟兄跑来了，也是飞一样地快。李纪明主意决定了，等他走到身边，拼着命拖住了他的脚：

“给我水喝，弟兄，给这孩子水喝，我们快干死了！”

那人吃惊地望了一望他们，立刻把水壶解下了……

“弟兄，快走吧，日本鬼子就到了……可怜的孩子！你得救他回去！把我的干粮也给了你们吧！”他撒下许多光饼，又飞也似的走了。

那孩子和李纪明立刻增加了气力，增加了希望，加快了脚步。枪声已经渐渐近来了，中国军队正在一边退，一边抵抗，但不幸得很，他们俩仍不能很快地前进。这时敌人的飞机出动了，一共十几架，只是在他们头上嗡嗡地盘飞着，这里一个炸弹，那里一个炸弹，炸得天崩地裂。他们只能伏一会儿，爬一会儿，偷偷地走。那孩子现在是真正地害怕了，流着眼泪，只是叫妈妈。

“我在这里，不要害怕！”李纪明抱着他，摸着他的头，“这不会打死人的，只要伏在地上不动……”

但那孩子吓得走不动路了，好几个炸弹离他们俩只有几米远。

枪声更加近了，孩子好像昏晕了一样，李纪明只得一路拖着他向前爬着。飞机远了一点，他索性站起来，抱着孩子，半跳半拐地走了。

但无论怎样挣扎，怎样忍住了左脚的创痛，他还是不能不爬着走。敌人的子弹已经呼呼地在他身边飞过，他回头望去，已经隐隐约约地看见自己的弟兄们在退却，在抵抗。

但在前面，他也已经看到自己的铁丝网了。有许多弟兄正伏在沙包后伸着半个头，在等待命令。

“看呀，孩子！”他高兴得叫了起来，“那边有成千成万的中国兵呀！他们立刻就要冲上去，杀尽日本鬼子了！”

他抬起身举着左手，指着前面的铁丝网，又忽然倒下，滚下了面前的一个炸弹洞里……

敌人的枪弹击中了他的右臂……他的右手却仍然紧紧地拖着那孩子。

几点钟后，李纪明给一只小手弄醒了。他躺在后方医院里。那孩子穿着洁白的衣服，坐在他床边，漂亮可爱得像一个图画里的小孩。

“是你救了我，”那孩子说，“我要谢谢你。”

李纪明高兴得忘记了疼痛，伸出右手抱住了他。

“你怎样谢我呢，好孩子？”他笑着问。

“我吗？”那孩子沉思了一刻，“唱一支歌谢谢你吧！”他走下床，对着李纪明一面唱，一面用手摸摸耳朵，指指嘴巴，做着有趣的表情……

听我们儿童大众来唱歌，
听我们唱个儿童先锋歌。
我们都是国家小主人，
都需要光明幸福和自由。

房子里负伤的士兵全抬起身来，听着、望着，随后一阵拍掌声、笑声、语声。看护们立刻跳过来抱住了他抢着吻他。最后他落入李纪明的怀里，亲切地摸着他的面孔说：

“我叫你什么呢？你真好呀，跟我的妈妈一样——你不是要我叫你做妈妈吗？就叫你妈妈！”

“好福气呀！”全房的人叫了起来，拍着手，李纪明快乐得眼泪流下来了……

“不，不，你说你是国家的小主人，那我是你的大听差呢……”

留 守

陈家婆婆清早打开门，忽然吃惊了。

“前面怎么了？”她叫着说，抹抹眼睛，像在疑心眼睛出了毛病。

可是仔细望去，前面仍旧是一片碧绿的菜地，过去是板桥，是小河，再过去仍旧是一座长满了松树和竹子的高山。只是从山坡到小河边，不过板桥，一直往西，改了样了。往日这条路上顶冷静不过，现在却全是人了，还有牛，还有羊。

陈家婆婆看得清楚，有些人都是住在前山的。他们现在全家出动了，带着一点行李。做什么呢？陈家婆婆心里明白。她点点头，又把门关上了。

她走到厨房，看见二媳妇正在烧火煮饭，没作声。走到大媳妇房里，大媳妇在给孩子穿衣服。

“你穿好衣服，抱着他到我房里来，”陈家婆婆很从容地说，一点也不慌张，“让大孙子睡着，别闹醒他们！”

大媳妇点点头，说声“是”，心里却猜不出婆婆叫她为的什么，急忙把三毛穿着好便抱着他，走进婆婆的房里，二媳妇已先一步到了，大家好奇地等待着婆婆吩咐。

媳妇端来早茶。“你们也要吃得饱，等一下好赶路——咳，你们早一点到舅公家里去吧！”

大媳妇和二媳妇突然吃惊了，面色都变了青。

“婆婆……”

“照以前商量好的做吧，前山的人已经走了——别慌！他们也是刚才走的，你们还来得及。去把要用的东西收拾好，不要多带，我叫吴老头送你们去……”

“婆婆这样说，还是不想走吗？”大媳妇问。

“我早已说过，我将在这里看家。”

“那不行呀，婆婆！”二媳妇叫了起来，“日本鬼子来了，你怎么办呵……”

“别乱叫！会把孩子们闹醒来！”陈家婆婆挥一挥手，说，“赶快收拾行李！我在这里自有办法，你们不必记挂在心。”

“婆婆不走，我们也不走！”大媳妇说着落下眼泪来了。陈家婆婆皱了一皱眉头，生气地说：

“你不要胡说，大媳妇！这几个孩子犯了什么罪呢，你也要他们跟我在这里？你生了三个孩子，不想把陈氏的后代养大吗？”她摸摸大媳妇怀中的三毛，“你看，他生得一副这样好的相貌，大起来了不得呀！”

“就让我陪着婆婆在这里吧，”二媳妇说着，攀住了陈家婆婆，“你一个人在这里，谁照顾你呀！”

“你们的孝心，我知道了。我一个人自有办法的，别担心吧。大媳妇一个人照顾不了三个孩子，现在比不得往日，你得尽心竭力帮她。听我吩咐，别多嘴，赶快去开饭，赶快去收拾！听见了吗？真有孝心，就得依从我！”

陈家婆婆从大媳妇手里接过三毛，挥着手叫大媳妇和二媳妇走出去，然后紧紧地抱着三毛，不断地吻着他。

“做个好孩子呵，三毛！但愿一年到头没病痛，大起来争气做人呵……”

陈家婆婆说着笑了，同时眼角有点湿。但她怕被媳妇们看到，又立刻压住了心头的苦恼，抓着三毛的胳膊，引得他哈哈大笑起来，于是她也就暂时忘记了眼前的别离，真的高兴大笑了。

但是大媳妇和二媳妇却都在低声地哭泣，心慌意乱，什么事情做也做不好。满房翻得一团糟，包裹打好了又打开，打开了又打好，塞进这件，又丢出那件，想起来件件要，却又不能多带，半天没收拾好。

“天呵，叫我们怎么过日子呀，什么东西也没有！……”大媳妇哭着说，“这里不是好好的吗，什么都齐备！要不是这三个孩子，我宁可死在这里！”

这时陈家婆婆又来了，后面跟着吴老头。她听见大媳妇对二媳妇这么说，便插了进来：

“别啰唆呀，大媳妇少带东西，舅公那里都有的。一时不能回来，也可以慢慢添置，你丈夫会寄钱来。我是什么都心满意足了，”她转身对着吴老头说，“两个儿子一个升了排长，一个做了账房，三个孙子都长得这样乖，六十岁的人，享到了儿孙福……我现在什么念头也没有，活着一天，给儿孙守一天家，他们迟早总要回来的。况且这是祖基，祖宗坟墓在这里，我也得看守……”

“你的话说得对，”吴老头摸摸胡须，点头回答说，“她们女人家，年纪轻，应该暂时躲一躲，何况还有小孩子。像我没什么牵累的人，才是不必走的。五十几岁了，从这里生出来，在这里长大，在这里衰老，一块石头、一根草都认得我吴老头，都是我吴老头的朋友，走到别处去，人地生疏，活着有什么意味呢！唔，你这被包不是这样捆的，让我来吧，”他说着弯下腰，一面给陈家大媳妇帮着捆行李，一面还劝慰着眼泪汪汪的陈家大媳妇说：“别牵记你婆婆，这里许多老年人留着不走的。我送你们到了那里，也要回来。打仗的事情，我们看得多了，你们不久也可回来。”

这时十二岁的大毛和五岁的二毛都醒来了。他们钻出被窝，奇怪地望着，听着。

“做什么呀？”二毛莫名其妙地问大毛。

大毛摇摇头，心里明白，嘴里却不说。他很快地穿好衣服，再帮着二毛穿，然后把书和文具玩物都装进书包，又捆了一大捆，还把别的东西往他妈妈的包裹里塞，但是他的妈妈却把他的东西丢出来了。

“你塞了这许多东西，叫吴公公挑得动吗？什么要紧东西！穿不得！吃不得！”

吴老头眯着眼笑了。连连点着头，走过去捡起大毛的东西，仍装进了包裹。

“好的，好的，我给你挑去。小孩子跟我们老头子一样，舍不得丢开自己的老朋友。”

大家收拾好行李，便去吃早饭。大媳妇和二媳妇只是夹菜给大毛和二毛，自己很难下咽。陈家婆婆心里也说不出地难过，但她还是勉强装出笑脸，一面来招呼那些向她报告探问的邻居，一面夹菜给媳妇和孙子。

“吃得饱些吧，你们别慌张，缓缓走，今晚宿赵集，明晚宿叶站，后天就上火车，一直到舅公家。别让孩子们受凉挨饿……抱一个牵一个，你们俩换换手……妈妈带你们做客人去，”她对二毛笑着说，“那边好玩呀，舅公家里什么都有的，比这里好玩得多呢……呜呜呜，还有火车坐！你要听话，别跟人家吵架，听见了吗？”

二毛听得眯着眼笑了，但大毛却偏着头说：

“嘻！逃难去的，我知道！日本鬼子要来了呀！”

陈家婆婆立刻瞪起眼睛止了她：

“别胡说！是舅公做生，要你们拜生去的！”随后她对着大毛又做了个眼色。

大毛不作声了，得意地对二毛笑着，表示出他上了婆婆的当还不知道。但过了一会儿，他忽然想起了一件事，叫着问了：

“婆婆！你做什么不去呀！”

“过三天婆婆也来了，”陈家婆婆伸着三个指头说，“我这里还要清理一点东西。”

“三天不要紧吗？”大毛很不放心地问，“只剩你一个人了！”

“怕什么！老鼠来了有猫拖，强盗来了有狗咬……哎，媳妇，你们当心这几个孩子，一路上别跌跤呵……到了那边写信来……”

二媳妇含着眼泪喂三毛吃饭，大媳妇哽咽地说：

“吴老公回来，要给婆婆带点什么吗？”

“什么也不要，”陈家婆婆摇着头说，“我这里还有两个月的柴米，菜有的割，钱也备足了，不用你们挂心……这屋子，这菜园，都是我几十年心血换来的，我住在这里比在什么地方也安心也欢喜……”

“真是呀！”吴老头插了进来说，“就像我那个茅草屋，你们看起来真可怜，我住着却像住在皇宫里一样呢，到底它是我亲手盖的！你们大家放心，好人自有天保护的……”

他们吃完饭，门口已经非常闹了，陈家村的人纷纷出发了。大家挑的挑，背的背，扶老携幼，慌慌忙忙地从陈家婆婆门口走了过去。有些人还特别弯了进来，催促着他们快走，有的说日本鬼子已经到了前山，有的说今晚一准到，有的说那里开到了中国兵。

“不管怎样，要走就早走！”吴老头说着把行李挑到门外，在那里等着。

但是大媳妇和二媳妇却拖着婆婆，放声地哭了。

“还是同我们一道走吧，婆婆……你叫我们怎样放心得下呵！这许多年来，我们没离开过你，现在情势紧急了，怎么好把你抛在这里呀？”

“那是我愿意，不是你们要丢开我，放心去吧……”

这时三个孩子也哭起来了，大毛顶懂事，他拖着婆婆，喊着要她一道走，二毛一手拖着二媳妇，一手拖着婆婆，三毛是吃了一惊，紧紧抱着他妈妈的头颈。

“看在孙子面上，婆婆……”大媳妇把三毛贴着婆婆，哭着说，“你顶爱孙子，你别离开他们吧！不见婆婆，这几个孩子好苦恼呵……”

陈家婆婆一阵心酸，眼泪终于纷纷落下来了。真的，她是多么地爱孙子，这十几年来，她就是全为孙子活着的，什么时候也离开不了他们。想到现在这一别，没有见面的把握，就像有千万把刀割着心坎一样。

“咳……咳……我何尝愿意离开他们……”陈家婆婆叹息着，“就是为了孙子，我要在这里守着呵……他们的爷在为国家出力，你们救护后代脱离这火坑，我……我在这里给他们守祖宗的坟墓，给他们守财产……各人自有各人的事呵……”

陈家婆婆哽咽地停顿了一会儿，摸摸三个孙子的头，又一一地吻了一遍，忽然止住了眼泪，坚决而且严肃地说：

“我要在这里守到死呀！听见了吗？别再扰乱我的心，赶快走吧！各人做各人的事！大媳妇！二媳妇！你们若不好好把孩子们养大，你们就是不孝！走！走！走！”

陈家婆婆把他们一个个推出门外，突然把门关上了。

门外一阵悲痛的啼哭声、叫喊声。

“婆婆！婆婆！”大媳妇二媳妇叫着，孙子们叫着，但是陈家婆婆再也不理会，在门边坐下了。

过了许久她听不见哭叫声，才打开门，坐到门外的菜园旁。她朝他们去的路上望着，好像还看见她们一点后影，一步一回头地走着，直至什么也望不见，她才失神地转过头来，面朝着绿菜园呆望着。

但是不一会儿她忽然微笑了。想起了这菜园是她和媳妇掘的土，播的种，灌的水，还有孙子们帮的忙，看着它抽芽，看着它长大，而现在，已经又肥又大了。她闻到一股非常亲切的香气从土里涌了出来，感到异样轻松而且畅快，好像自己又年轻了，年轻得像一个小孩子，刚从这土里爬出来的一样。

“生在这里，死在这里……”她喃喃地说，心里有着说不出的快活。

伤兵旅馆

天还没亮，远东旅馆的老板张二娘醒来了。她捏着拳头，咬着嘴唇，简直要发疯了。

半个月来，上海南京逃难来的人好像排山倒海一样，城里黑压压的，连她这个小客栈的过厅也挤满了人。多么好的买卖啊！她开了十年旅馆，这还是第一次呀！

可是前天夜里——天呵！来了一批什么样的人！他们把大门——唉，门闩给撞成好几段！

一批什么样的人呀？拐着杖，络着手臂，拖着铁棍，眼里冒着火，开口就是“肏你娘”！横行不法，无天无地，不到天亮，满客栈的客人，不分男女老少，全给他们赶光了。

这些人叫作“伤兵”呀！唉，伤兵！伤兵！日本鬼子不去打，却来害自己的老百姓了！谁晓得是真伤假伤！没看见一个躺着，没看见一个流血！说是子弹还没取出，谁相信呀！都是用布包着，谁都假装得出的呀！

哼！不能想！一想到这些，火就冒出来了。张二娘是不怕死的，从开客栈起，流氓地痞碰得多，她从来没有怕过，难道就怕这些家伙吗？任你铁棍也好，手枪也好，她决计拼命！已经活上五十八岁，这条老命有什么舍不得呀！

硬到底！张二娘向来做事不含糊，昨天就这样决定了的。客人一走，她就打发她的媳妇带着小孙子下乡去了，接着是胡大嫂和张小二。于是这客栈里剩下来的就只有她、厨司李老干和十岁的大孙子了。

可是今天，她又决计把李老干也打发走了。为什么？难道留着李老干侍候那些家伙吗？不，趁着他们没起来，她得布置好，绝不给他们开伙食！

张二娘起来了。她扭开电灯，披上衣，轻轻开了房门，一直走向厨房。

李老干已经把炉火生旺，正好洗完米，预备下锅，张二娘走过去，一手抢住了。

“你煮这许多米给谁吃呀？他们给你多少钱？”

“不是说过，以后会算给你的吗？”李老干抹抹火眼睛，惊讶地回答说。

“以后！”张二娘叫着说，“以后再倒贴他们一点呀！你这老不死，亏你活到六十岁了，还这么糊涂，怪不得做一生厨子没出息！你晓得他们是伤兵老爷吗？”

“已经进来了，”李老干过了半晌回答说，“伙食总是要开的……”

“你自己去开客栈！我这里用不着你！”张二娘拿起一瓢水，气冲冲地往炉火上一泼，嘶嘶嘶，冒出一阵白烟灰，炉火很快就熄灭了。

李老干吃了一惊。他抹抹火眼睛，拍拍身上的烟灰，吞吞吐吐地说：

“那……那你自己……吃什么呢？这是……”

“你管不着！把东西搬进去！油盐酱醋碗盏汤匙！”张二娘说着，自己把几个大蒜头也拿着走了。

李老干叹口气摇着头，只好都依从她，把厨房里的东西全搬进账房间。看看天色大亮，他急忙卷起被包，离开远东旅馆回到乡下去了。

“伤兵起来，把我剥皮还不够呀！”他喃喃地说。

但是张二娘却毫不理会。她的怒气反而有点消了。她觉得这么办最痛快！不，这简直使她高兴呢！一等到伤兵们发气的时候，她紧紧抱着她的大孙子毛毛嘻嘻地笑。

她听见他们在大声地叫喊李老干，在大声地骂李老干，在厨房里找东西，敲东西。张二娘只是不理睬，笑嘻嘻地低声对毛毛说：

“不要动，好乖乖，不要作声！我们假装着睡熟去！”但没过好久，张二娘再也不能假装睡熟了。她的房门口已经站满了伤兵，门快给擂开了，还有人想爬窗子进来。

“啊……啊！”她假装着打了个呵欠，“谁呀？老娘正睡得好好的！”

“她妈的！这个狗婆子！”有人在外面骂。

张二娘又冒火了，她按着毛毛钻到被窝里，自己立刻开开门，站到门槛外，恶狠狠地瞪着眼睛，厉声地说：

“干什么呀，你们这些王八！狗命的！”

伤兵们忽然给惊住了，谁也想不到这个老太婆来得这么狠。“肏你妈的！你这狗婆子，开口就骂人吗？”为头的一个伤兵叫着说。

“由你祖宗三代！”张二娘蹬着脚，拍着手掌，“你们这些强盗、土匪、流氓、王八，猪猡！”

“揍死她！”好几个伤兵叫了起来，“揍死这个恶婆！”

“揍呀！你们揍呀！老娘不要命的！”张二娘叫着，一直向那几个伤兵冲了过去。

那几个伤兵又给呆住了。大家让了开去，惊诧地瞪着她，喃喃地说：

“这个老太婆简直疯了……”

“疯的是你们这些王八！你们简直瞎了眼睛！”

“退后！”忽然一个官长模样的伤兵叫着说，“让我来问她！”他说着挥开了别的伤兵，走到张二娘的面前：“喂！老板娘，你可讲道理？”

“你讲来！做什么撞我的房门？”

“叫你不醒，急了……”

“急什么呀？”张二娘不觉得意地笑了起来，端过一条凳子坐下，好像审问犯人一样。

“找不见厨子，炉子也没生火，什么也不见……”那个伤兵说着，用眼光盯着张二娘。

“厨子怕打，他走了。”

“东西呢？怎么连碗筷也没有了呀？”

“那是我的东西！”张二娘昂着头说。

“这么说，你不肯开伙食？”

“先拿钱来！”张二娘冷然地说。

“不能欠一欠吗？”

“欠一欠！”张二娘偏过头去说，“我认得你们什么人！”

“伤兵，五〇七师，有符号。”

“我不识字！”张二娘摇着头。

“没看见我们受了伤吗？这个包着手那个拐着脚！”那伤兵激昂地说，显然忍不住他心中的愤怒了，“为的保护你们老百姓，我们到前线去杀日本鬼子，留了半条命回来，你们却要看着我们饿死！”

“保护老百姓！拖着铁棍，丁零当啷，这里敲，那里撞！半夜三更，劈开大门，开口‘揍死你’，闭口‘肏你娘’，不管你有地方没有，‘老子要住’！不管你没米没菜，‘老子要吃’！不到一天，把我的客人全赶光了！这……这……”张二娘越说越生气，蹬着脚，眼里冒出火来了，“这是保护老百姓吗？你讲出道理来！”

“你难道叫我们饿死冻死吗？你哪里晓得我们苦！又痛又累又饿又冷，没医生，没上药，火车上坐了五六天，一下站来没人管，这里找旅馆，那里找旅馆，南门跑到北门，东城跑到西城，每一家旅馆都卸下了招牌，锁着大门后门，前天夜里，要不是拼命地撞门，你那个老厨子会开门吗？那些客人我们并没赶过他们！有些是好人，晓得我们苦，让地方给我们，有些是把我们当坏人看待，自己吓走的……”

“可不是呀！客人全给你们吓走的！我开什么客栈呀？没一个客人，换来你们这一批穷光蛋！”张二娘叫着说。

“咳！不告诉过你，这几天退下来的人太多，官长一时照顾不到，过几天拿到钱就算给你吗？”

“先付后住，随便哪个客栈都是这规矩！现在你们要住就住，我可不开伙食！”张二娘说着走进了自己的房里，“我们是做买卖的，懂得吗？”接着呼的一声，把门关上了。

“揍死她！赵德夫！揍死她！”外面一齐叫了起来，气势汹汹，好像伤兵们要立刻冲进张二娘房里来的模样。

但过了一会儿，外面又忽然沉寂了。不晓得那个和张二娘说了半天的赵德夫对大家说了几句什么话，大家笑嘻嘻地走散了。

不到半点钟，赵德夫从外面带来了一袋米、一些蔬菜。伤兵们哈哈笑着，亲自把炉子生起火，煮了起来。他们不再理睬张二娘，什么东西都是自己想办法。只有她的大孙子毛毛，伤兵们个个喜欢他，十几个人一天到晚抢着跟他玩。

“你为什么跟那些鬼东西混在一起呀！”张二娘时时骂毛毛。

但毛毛却只是喜欢跟伤兵们玩。张二娘一个不留心，他就跑到伤兵的房间里去了，怎样也叫他不回来。

毛毛生得非常可爱，白嫩嫩的皮肤，红润润的两颊，一对又大又圆的眼睛，口角旁含着一颗笑窝，会画图，会写字，会唱歌，又爱跳绳拍皮球。他喜欢翻伤兵们的红布符号，更喜欢伤兵们的丁零当啷的铁棍。

“你们打日本鬼子回来的吗？日本鬼子是矮子，比我矮多少呢？”

“哈哈，没有比你高……”

“那怕他们做什么呀！再过几年，我也去打日本鬼子！一脚踩死他几个！”

“他们有枪呀！”

“我有炮！”毛毛得意地点点头。

“他们还有飞机哩。”

“我就用高射炮，把飞机一只一只打下来！”

“哈哈哈哈！你真能干呀！”

毛毛一面高兴得跳了起来，一面大声地唱着：

“小小兵，小小兵，

我是中国的小小兵……”

“当兵可苦呢，你看，”赵德夫指着左臂说，“我这里的子弹还没取出，他们的伤也都还没好哩……”

“我大起来一定做个医生，给你们医好……”毛毛睁着眼睛，说。

大家都笑了。

“谢谢你，小朋友，”赵德夫牵着毛毛的手说，“你真是个好孩子！受伤还不要紧，可是没饭吃才苦呢……我们回到这里，谁也不帮我们呀！”

毛毛不作声了，他含着眼泪，像要哭出来的模样。但忽然又像想到了什么，笑了起来，说：

“我来帮你们好吗？”

“好呀，你多唱几个歌，我们就快乐得什么都忘记了……”大家笑着说。

但毛毛却真的帮起忙来了。张二娘一离开账房间，他就一样一样地把东西搬到赵德夫的房里，最先是筷子汤匙，随后是碗盏油盐，有几次是饭菜，有几次还有饼子和糖果……

“要什么都问我吧，我有法子想的……”他低声地对赵德夫说。

伤兵们感动得眼泪都流出来了。他们常常团团围着他，把他高高举了起来，大声地喊着：

“万岁！万万岁！”

可是这声音，张二娘顶不爱听，天翻地覆，闹得她头昏。她总是强硬得厉害，奔出来把毛毛抢了去，一面还大声地骂着：“你们这些鬼东西，清静一点不好吗？生了一身疮毒，还想传给我孙子吗？”

但是伤兵们现在不再和她作对了。任她怎样恶毒地骂，只是哈哈地笑着。

这笑声，张二娘觉得比刀子刺心还厉害。她只想逼他们出去，却想不到他们一天比一天快乐了，好像准备永久住下去的一样。每天有许多客人来问房间，一看见伤兵，就都走了。她真心痛，眼看着好买卖落了空，弄得一个钱也赚不到，还要贴本。“绝不放松！”她咬着牙齿，越想越气，又想出许多对付的方法来。

她索性通知电灯公司把电线剪断了，自己改用了洋灯。接着她又通知担水的人，只隔一天挑一担，放在她自己的房里。账房里还有一些瓶甑罐钵，她搬到了账房间。最后她又把凳子桌子慢慢地一件件堆到自己的房里来了。

“看他们怎么过日子！”她恶狠狠地想。

但伤兵们是过惯了顶简单的生活的。他们并不大用得到许多凳子桌子，吃饭老是蹲着吃，要坐就坐在地上。厨房里有一只饭锅一只菜锅就够了，每餐就把菜锅端出来，大家围着吃。水和灯倒是不可少的，毛毛很快地给他们叫了担水的人来。电灯呢，有人爬上屋檐，就接通了路灯的线。买煤和米，带着毛毛去，记着远东旅馆的账。

“看她怎么办吧！”

大家只是笑着。有时见到她，还特别地客气，一齐举起手来，做个敬礼，说：

“老板娘，你好呀！”

张二娘立刻气得跳起来了。她知道这是故意和她开玩笑，就开口骂了起来。

“你们这些王八！”

“哈哈哈哈，老板娘真是个好人……”大家笑着走开了，好像并没听见她在骂人。

张二娘现在可真要发疯了。她想尽了方法对付他们，竟没有丝毫用处。这边越凶，那边越和气；这边越硬，那边越软。张二娘觉得这好比打仗，她几次进攻都给人家打败了。还有什么办法呢？用软功夫，说不定会有用处吧？但是她已经硬到这地步，没法再变了。她一面气到极点，一面又苦恼到极点。她慢慢不大作声了，可是心中却像有火在烧一样，弄得坐卧不安。

但这还不够，还有比这更难受的哩！她慢慢看出这样那样少了，伤兵那里却这样那样多了起来。

怎么一回事呀？

她很快地查出来了。原来是毛毛干的。

“真干的好事，真干的好事！”她咬着牙齿说。

可是这事情，比哑子吃黄连还难受。倘若是小孙子做的，那她就绝不轻易放过，一定会打得他皮破肉烂。但毛毛却是她的命，自从生出来到现在十年了，全是她带大的。这十年来，她没有用指头打过他一次，连骂也舍不得骂。媳妇要动一动他，那是绝对不行的，她会拼命。

“他还小呀！他还不懂事呀！”

但是，小孙子可只有四岁呢，比毛毛小得多了，她却毫不放松，媳妇不打，她来打。

“这么一点大，就不听话，大起来做贼做强盗吗？越小越要管得严呀！”

她的理由没有人敢反对，媳妇只好暗地里摇摇头对别人说：

“啊啊，毛毛是什么都比他的弟弟好！连屁也是香的哪！”那是的确的，在张二娘看起来，毛毛是什么都好的。就连现在，她也原谅着毛毛，因为他小，不懂事。但这事情可把她苦住了。别的事情她可以依从毛毛，这个却不能！

“当兵的不是好东西，不要跟他们一起玩呀，好宝宝！好铁不打钉，好男不当兵呀！我买好东西给你玩去！”

她只能想出这一个方法，使毛毛更加喜欢她，更加听她的话。她带着他跑进这一家店铺，跑进那一家店铺，任毛毛自己选玩具。

“喜欢什么就买什么吧，有的是钱呀！只是回到家里，只准在自己的房间里玩的，听见了吗？”

毛毛笑着点点头，可是回到了客栈里，他就带着玩具跟伤兵们去玩了，满院嘻嘻哈哈的，闹得天翻地覆。好像这是毛毛故意和她作对，鼓动起大家笑给她听的一般。

“你这里可真快乐热闹呀，老板娘！”

正当她气得发昏的时候，忽然门外进来了一个人。她强自镇定，仔细一望，原来是福生米店的老板。

“无事不上三宝殿，月底到了，老板娘，请你付一点吧，你这里一共是十担半，七元八角算，八十一元九……”

“什么？”张二娘突然跳起来了，“上个月不是清了账，只差一担没付，这一个月哪来这许多呀？……”

“老板娘又讲笑话了。你这里客人多，吃这一点点米算什么呢，一定还有一二十担米照顾别家米店去了……要不是毛毛跟我们熟，只怕这几担也照顾不到我们呢……”

张二娘气得透不过气来了。

“毛毛？什么？毛毛？”

她立刻跑到街上，去问煤铺、油店、肉店……

天呵，欠了多少的账！不是毛毛带着人去，就是远东旅馆开了条子去，那上面还盖着远东的图章，一点也不错呀！

毛毛懂得什么，他人小，还只十岁，伤兵们全是狼心狗肺，骗他做的！可不是吗？

问毛毛，他糊里糊涂，简直说不清楚！什么事做过就记不清了！

“关了旅馆，带着毛毛下乡，看你们这批王八怎么办！”她狠狠地想。

但这事情她不愿意。这里还有许多财产没办法。搬回去没用处，丢了太可惜。这旅馆开了十年了，比把毛毛养大还苦，现在怎么放手得下呢？

张二娘坐着想，躺着想，终于想到办法了。她亲自一家一家去通知，以后除非她自已亲身来发了货，否则她不管，连远东的图章也不足为凭！通知完了，她就一天到晚带着毛毛在外跑，看京戏，看电影，看变戏法，看出丧，买糖果，吃点心，进饭店，坐茶馆。毛毛要怎样就怎样！

“有的是钱！有的是钱！”

这办法成功了。毛毛好像飞鸟出笼、老虎出柙一般，欢天喜地，玩得不想回家了。每天夜里，已经闭上眼睛，还闹着要看戏，睡着了叫个不住，笑个不住。

这样玩了几天，他还没有厌。有一天，照样清早出了门，这里那里跑，将到中午，他们转到了火车站去看热闹。这里离开远东旅馆只有半里路，毛毛却很少来。这时正是一辆火车到站，另一辆火车快出站，人山人海，好不热闹！毛毛问这样问那样，一直待了一个多小时，忽然听见远远的锣鼓响，便牵着张二娘向一块空地走了去。

那里正在做猴子戏，看的人密密层层地围得水泄不通。张二娘牵着毛毛挤了半天，也挤不进去。锣鼓声越响，毛毛越急着要看。半天看不到，他哭了。没有别的办法，只有抱着他看，但是张二娘可没有这本领，她到底年纪大了。

正当这时，她忽然看见赵德夫和两个伤兵从旁边走过来了。赵德夫非常高兴地叫着说：

“来呀，毛毛！做得真有趣，我抱着你看呀！”赵德夫一面说，一面就用右手把毛毛抱了起来。

但是仇人相见，分外眼明，张二娘立刻把毛毛抢了过来：“自有人抱的，用不着你！”她做着厌恶的神情说，随即转过身，朝着旁边一个苦工模样的人，“请你抱这个孩子看戏吧，我给你一角钱！”

那人立刻答应了，高高地抱起了毛毛。

“抱到那边去！”张二娘看见赵德夫他们还站在旁边，就同那个抱毛毛的绕到对面去了。

赵德夫他们会意地笑着，并不跟着走，只是用眼光钉住了毛毛，对他摇摇手，毛毛也笑着摇摇手。

猴子骑羊的一节正快演完的时候，大家忽然听见了一种沉重的声音由远而近地来了。毛毛比什么人的眼光都快，他早已仰起头来，望见了很远的地方飞来了六架大飞机。

“喂！喂！喂！看呀！中国飞机来了呀！”他高兴地叫着，用手指着远处的天空。

观众一齐抬起了头，露出好奇的高兴的神色。飞机原是常常看到的，但不知怎的，大家总是看不厌。尤其是这次，六架一道，分做两队，声音和样子特别使人注意。比平常飞得高，却比平常还响，并且是单翼的两头尖尖。这时天气特别晴朗，没有一点云，飞机在高空中盘旋着，发着夺目的光亮，有时还闪着一点红光。

“我们买了新的飞机……”有人这样说。

但是这话未完，赵德夫突然狂叫起来了：

“敌机！敌机！快跑！快倒下！”他冲进场中，抢下了人家的铜锣，再从人从中冲到毛毛身边，把他一手夺过来，飞也似的跑了。

人群立刻起了可怕的叫喊声，四散奔逃了。张二娘吓得魂不附体，只是在人们中间撞着。

她听见飞机可怕地叫着，从头顶上下来了……山崩地裂一般，四处响了起来……眼前只看见一团黑……有什么东西把她压倒了地上……随后她就什么也不知道了……

过了半天，她终于醒了过来，睁开眼睛，许多屋子在烧着，人闹嚷嚷地奔走着。她的身边蹲着两个伤兵，拖着她的手。

“走吧，老板娘，飞机走远了……你有福气，没受伤哩……”

“怎么呀？毛毛呵……”她哭了起来。

“他没事，要不是赵德夫跑得快，就完了。你看，一个炸弹正落在你们站的地方呀……”

张二娘往那伤兵指着的地方望去，不由得发起抖来。一个好大的窟窿呀！离她只有几丈远，那里躺着一块肉浆、一堆血迹、一个猴脑壳、半只羊腿、几片碎铜锣，还有什么人的血淋淋的手、血淋淋的肠子……天呵！张二娘不忍看了，眼泪只是滚下来。

“我怎么没死呀？没受伤？”她不相信似的摸摸自己的头和身体，只摸到一身的泥土。

“要不是我们把你推倒，你也完了。”伤兵笑着说，“伏在地上，只要炸弹不落在身上，总还是有救星的……”

“那么，你们……也没……”张二娘忽然看见他们俩一身泥土和血迹，又禁不住哭了。

“别慌呀，老板娘，我们好好的呢。这是别人的血迹……只是我的腿子上给破片擦伤了一点点——呀，你看呀！毛毛来了！他好好的呀！”

“你福气好，老板娘……”赵德夫快活地说。

张二娘立刻跑过去，把赵德夫和毛毛一把抱住，又大声地哭了。

“要不是你们，天啊……我和毛毛都完了……你们良心好……你们都是好人……我瞎了眼，错怪了你们呀！”

“那是我们不好，弄得你生气。”

“别提了！”张二娘抹干了眼泪说，“一个炸弹落到头上，什么都完了！我不再做买卖了，旅馆就让你们住下去吧。要什么东西都来问我，我样样都给你们办到……你们是我的恩人，我没什么可报答呀！给日本鬼子炸完，不如趁早帮自己人呵！”

“是呀，我们都是中国人呵！”赵德夫笑着回答说。他抱着毛毛，两个伤兵扶着张二娘，快活地回到旅馆里。

远东旅馆从此就成了伤兵旅馆了。张二娘好像换了一个人，换了一副心肠，把所有的钱都拿出来了。桌子、椅子、碗盏、瓶甑、油盐煤米……一切都给了伤兵，比照顾上等的客人还好。

我们的喇叭

1

他究竟姓什么，连他自己也不清楚，因为他从来没有认过字。公安局的户口单上，人家代他写的是“秦”，但在营业捐的收条上，却代他填着“金”，有一家店铺又把他写成了“郑”。据他自己说，他从前是有名字的，但因为从来就不大有人喊他的名字，所以他自己也记不清楚了。

大家都叫他什么呢？叫他小喇叭。

这外号是祖传的，因为他有一个祖传的铜做的小喇叭。他的祖父和父亲都是挑卖糖果玩具度日的，天天在街头吹着这一个铜做的小喇叭。他十三岁时就承继了这一份财产和职业，一直到最近。

这个铜做的小喇叭，实在说起来，并没有什么了不得，式样很旧很简单，又破了两块，声音很单调，老是嘟嘟嘟地叫着，变化不出别的调子来。只有颜色还有点可观，因为祖孙三代天天把它挂在身边摸了又摸，把它摸成了古铜色，发着紫色的亮光。

但是尽管它不配陈列在博物院里，也不配摆在洋货铺的橱窗里，它却有着极大极大的魅力。人类的音乐往往引起烦恼、苦痛与悲哀，唯有它却专门使世上最纯洁的灵魂狂欢起来。无论在哪一条巷子里，只要它嘟嘟的叫上几声，那些最纯洁的灵魂就给它唤醒了。

“小喇叭！小喇叭呀！”

孩子们这样叫着，一个个飞奔出来，攀住了糖果玩具担子，一对对灵活的眼珠里充满无边的希望和快乐。于是小喇叭的主人也就把整个的世界忘记了，望望那拖着鼻涕的、流着口水的、抠着眼屎的、包着额角的、这里那里涂着墨汁的各色各样的孩子，不觉心里轻松起来，轻松得好像到了神仙世界一般。

原来这种性格也是祖传的，他的祖父曾经对他的父亲这样说过，他的父亲也对他说过：

“听我说，小喇叭，我从来没和人家打过架呢！第一是我始终安分守己；第二是，我能听天由命；第三是，什么事情都能退让。这样，天下就太平了！”

小喇叭懂得这话的意义，所以仍是继承着祖传的职业，一天到晚和世界上最和平的孩子们厮混着，享尽了人间的幸福。

2

然而，不幸的是，小喇叭无论怎样安分守己，怎样听天由命，怎样退让忍耐，他那祖传的职业还是终于动摇起来了。

可怕的警报接连地叫着，日本飞机到来了。小喇叭的根据地不久就变成了死市，他所熟识的喜欢的孩子们纷纷离开了城市，小喇叭也就陷入了苦恼与恐怖的境地。

“不能住了！这地方不能住了！”小喇叭想。他挑着糖果玩具担子，也终于离开了那熟识的城市，开始流浪的生涯。

但乡里也起了变动，到处闹嚷嚷的，连祠堂牛棚也住满了人，房租和柴米比从前涨了好几倍。一连几天，小喇叭走遍好几个乡村，竟找不到一个立脚点。因为他说着祖传的北方话，乡里人老是心里转着念头，睁着奇怪的眼睛望着他，盘问这样盘问那样。一些宣传队见到了他，就劝他去当兵，说长说短，把他当作了一等的好汉。

小喇叭想，日子的确难了，但当兵，却连做梦也不曾想到。这是杀人流血的，白刀进去，红刀出来，瘆得可怕！他们祖孙三代从来没和人家打过架，他怎么去当兵呢？他想，还是让别个去当好汉吧，他不干！

但这事情并不能由他自己做主。人家一批一批地入了伍，开到前方去了，他是个二十几岁的壮丁，怎么可以在后方流荡过日子？挑卖糖果玩具，又不是生产事业，于是保长、乡长和公安局长都对他注意起来了，一次一次问他从前有没有当过兵，想查出是不是散兵游勇。

小喇叭知道事情不妙，心想三十六计走为上着，赶忙又挑着糖果玩具担子，溜着走了。

“到底还是这里好！”他回到原来的城里，吐了一口气说。

然而，几天以后，小喇叭几乎送了命。不晓得为了什么原因，空袭警报才放完，日本飞机已经到了头上，丢下来大批的燃烧弹，到处起了火，小喇叭的糖果担子完结了，他只随身带着那个祖传的铜做的小喇叭，从烟火里爬了出来。

现在他不能不改行，又不能不走了。往什么地方去呢？他想起来了。离开这里三百里外的一个小镇上，有几个北方人在那里开饭店，虽然不很熟，到底是同乡，不妨去走一遭的。

小喇叭主意已定，就带着那祖传的喇叭走了，长途跋涉的生涯，原是世代如此，倒也并不觉得苦，只是想，从今以后不能继承祖传的职业，便禁不住落下眼泪来！

“我怎么对得起祖宗呀！”他哽咽着说。

3

几天后，小喇叭到了那个小镇上。但是他的同乡已经歇了业，当兵去了，只留下女人和孩子在家里。

“小喇叭，你无家无累，为什么不去当兵呀？”那女人问。

小喇叭红了一阵眼圈，吞吞吐吐地回答道：“我……我从来没当过兵……不喜欢……”

“由你喜欢不喜欢！大家都到前面去了，你却退到后面来！都像你这样怕死，谁去打仗呀！”

小喇叭赶忙走了出来，这女人好厉害，他竟想不出用什么话回答他。说他怕死，他决不能承认。他只是生成心肠软，连杀鸡鸭也不忍看的。可是别人对他不了解，却对他骂起来了。

小喇叭苦恼得皱着眉头，无目的地走到小镇尽头的田边，又不知不觉地走到半山腰，在一块岩石上坐下，不停地想了。从他的父亲想起，一直想到他自己和他自己的后代。

“小喇叭！我和你祖父一样，没有什么财产传给你，只有这一个铜做的小喇叭！别看轻了这个东西，有了它就不会冻饿，不会苦恼了。你务必依照我的话，好好地保存它，好好地使用它。俗语说：'祖荫孙。'这只小喇叭传到你手里，是应该发迹的了！到了相当年纪，你就讨个媳妇，生下孩子，把这个小喇叭传给他！"

小喇叭想起他父亲的遗嘱，不觉流出眼泪来了。自从他父亲死后，没有一天不背诵他父亲的遗嘱，不料现在他竟没法再继承祖传的职业。传种呢，更谈不到！

"怎么对得起祖宗呵！"

小喇叭越想越苦恼，越想越伤心，越想越恐惧，两手不息地摸着身边的喇叭。真的，他太爱这个祖传的小喇叭了，十几年来，他没有一刻离开过它，没有一天不吹它。而现在，他竟有好几天把它忘记了。

小喇叭一想到这里，便把它凑在嘴边，呜呜咽咽吹了起来，把所有的苦恼、悲哀和恐惧全迸发在它身上。

是这个祖传的小喇叭，几百年来第一次变换调子，喜悦和欢乐全飞走了，它的声音变得那样的悲惨可怕，仿佛是一匹受了重伤的狮子的哀鸣，满山满谷都起了同样的回音。喇叭停下来时，还听得远远近近的回音一次又一次地继续着，看见镇上的人都慌慌张张地扶老携幼往四处散开，躲进了山谷和树林间。

小喇叭惊讶起来了，看这情形很像躲飞机，可是又没听见放警报。也许是来了土匪吗？他想。但又听不见什么枪声。他看见山脚下的人都蹲下了，一会儿沉寂得和深夜一样。他也就不敢动弹，伏在岩石后静听着。

沉寂继续了一刻钟，他听见山脚下有人大声说起话来了：

"叫大家不要动！查清楚了才能回去！一定是汉奸捣乱！"小喇叭觉得奇怪，伸出头去望了一望，只见山脚下满是军队，握着明晃晃的枪刺，在搜查老百姓。

"这种小地方，也会有汉奸吗？真不得了！"小喇叭正在这样想，两个兵已经向他这边上来了。

小喇叭知道轮到他了。却并不慌张，一手握着祖传的喇叭，很自然地站了起来，心里还很骄傲，因为他并没有做汉奸。

但是那两个兵却偏偏对他特别怀疑，望望他的小喇叭，又望望他的衣服，突然用枪刺逼了过来，喊着问道：

"你是第几号？"

小喇叭给问得没头没脑，瞪起眼睛，许久说不出话来。

“臂章呢？”另一个兵又问了。

小喇叭听不懂，回答道：“你说什么？”

那两个兵霍地前进一步，把枪刺逼住了他的胸口，竖起了眉毛！

“说出来，谁派你来的！谁给你这个小喇叭！汉奸！”小喇叭心里慌了，枪刺离开他胸口只有寸把远，只要动一动，他的命就完了！

“老爷！”他叫了起来，“我是来找同乡的，这是祖传的小喇叭！我不是汉奸呀！”

但人家已经不容他分辩了，总之，在这里是只有挂臂章的防空哨，才有资格吹那种小喇叭的。他怎么可以瞎吹呢？要不是他那个同乡的女人在保安队里证明他确是刚刚到这镇上，不懂这里的规矩，小喇叭就够受的了，打几个耳光还是小事。

“人就放了他吧，”队长说了，“但那个小喇叭，必须没收充公！”

于是小喇叭放声大哭了。他说给队长听，这的的确确是祖传的喇叭，没有它，他便对不起祖宗和子孙，宁可死在这里！队长听了，觉得可笑又可怜，想一想，问道：

“你既然为了这个小喇叭，宁可死在这里，为什么不能为了国家，死在战场呢？像你这样年纪，正应该当兵上前线！”

“这个我不愿意！”小喇叭回答说，“道理我明白，但我从来没有杀过一只小鸡！”

队长笑了。

“你真是个孩子！我看你就留在保安队里吧，逃来逃去也还是要当兵的。我给你当兵不杀人的事做就是了。我们这里正缺少一个号兵，你喜欢你的小喇叭，一定也喜欢大喇叭的吧？”

小喇叭给队长的好意感动了。大喇叭更是他喜欢的。十几岁时，就常常想得到一个。而现在，机会终于来了！他父亲说他应该发迹，怕就是指的这个吧！

他立刻答应了。因为这是当兵不杀人的事。

4

一个月以后，小喇叭已经成了一等号兵。他到底有着遗传的音乐的天才，什么调子一学就会。别的号兵练习起来很觉得艰苦，不是说两颊吹痛了，就说肋骨吹酸了。小喇叭却似鱼到了水里，一天到晚只是吹着，不但不疲倦，反而快乐得神仙一样。

队长摸摸胡须，自言自语道：

“我的眼光到底不差，这样的号兵是不容易找到的呢！”小喇叭学会了各种调子以后，不但快乐，而且骄傲了。虽然命令是队长发的，但实际上好像是他在指挥所有的弟兄们。他要他们集合就集合，解散就解散。号音一响，个个服从他，不但他们的整个的生活听他指挥，连整个的生命也交给了他一般。

“这比吹小喇叭好得多了，”他想，“从前指挥的是好玩的小孩子，现在是英雄好汉呢！”

但他虽然这样想，却并不忘记他那祖传的小喇叭，他还是把它挂在身边，时刻抚弄着它，有时把它凑在嘴上，低声地哼着。

“你别苦恼，我还是喜欢你的！”他低声地对那个小喇叭说，“打完了仗，我还是天天吹着你，自由自在地做买卖去！”然而打仗才开始呢！

小喇叭要上战场了！上面有命令，调这保安队开上前线去。弟兄们是快乐的，个个摩拳擦掌地说：“杀尽鬼子兵！”只有小喇叭老是不舒服，好像喉头哽着一块骨头，吃不下饭，说不出话来。队长见他变了，不觉发起笑来。

“你怕什么呀，小喇叭！我打了三十几次仗，挂彩过八次呢！勇敢些吧，跟着我就是！”

但是开到前线，小喇叭的心绪，一天比一天地坏了。两边战壕虽然相距极近，看得见人，却一枪也不放，冷静得厉害。尤其是喇叭，他天天吹惯了的，一到前线竟一次也不准吹了。

“这样没有趣味，”他自言自语着，“不许吹喇叭，要我来做什么的呀？”

小喇叭渐渐瘦了，老是吃不下饭，老是没一句话。队长也渐渐懊悔起来，摇着头想道：“新兵真难训练，一到前线就变了样！这里也够安全了，几个星期来没有开过一次枪！没吹过一次号！让他回去吧！小孩子脾气的人，到底成不得大事！”

但是小喇叭，却又不愿意回去，他要像小喇叭跟着他一样地跟着队长。

“那么你到底为什么不快活呀？”队长问他。

“我要吹喇叭！”

队长跳了起来，叫着道："你这人发疯了！没有命令，不准吹！听见了吗？知道这是什么地方吗？"

小喇叭哭丧着脸走了出去，队长慢慢叹了一口气，说道："真可怜！小喇叭原是人呵！"

一天又一天，依然不准放枪，不准吹喇叭。沉寂得没有人一样。小喇叭几乎病倒了。

一天，队长忽然把他叫了去，笑着说道：

"小喇叭！三天以后可以吹喇叭了，我们都开回去了。"

"真的吗？"小喇叭高兴得流出眼泪来了。"三天后可以吹喇叭了吗？"

现在他更加吃不下饭，睡不着觉了，等待着，等待着。

第一天，大家开始收拾行李。第二天，卫生排和担架排静静地先退了。第三天，一部分的士兵和辎重兵也走了。接防的军队已经到了五十里外，在缓缓地前进，先头部队十一时可以到达，这边的保安队黄昏起大部分陆续后撤，留下队长和二十五个兄弟，准备十二时撤退。小喇叭也在最后一批里。

弟兄们高兴极了，但又皱着眉头说："这样的仗还没有打过呢！两个半月来没有开过一次枪！太便宜了鬼子啊！"

到了晚上八点钟，队长收到了一批礼物，那是一个骑马的人送来的。说是接防的军队派他来，因为这边一批人要到十二点才撤退，那么一定不能睡了，特地送了几瓶酒和一些肉来，给大家提提神。队长笑着接受了，匆忙中没有对来人盘问清楚。等到只留下他们二十几个人时，弟兄们就闹着要吃酒吃肉。队长答应了，但叮嘱大家不能吃得太多，每一个人只准喝一杯酒，他自已只喝了半杯。小喇叭呢，愈到临走，愈加不能安静了，提着两个喇叭只是在山谷间徘徊着，不肯喝酒。

月光很亮，已经过了十点钟，小喇叭在计算动身的时间和明天的事情。

突然间，他望见了对面阵地上有些影子在移动！小喇叭凝神望着，仿佛觉得那影子慢慢地向这边爬过来了！

小喇叭心里一怔，立刻跑到队长那里，却又吓了一大跳，原来队长和弟兄们都醉倒了，怎样也推不醒来！

"不好了！"小喇叭想，再跳下原来的地方，对面影子渐渐清楚了。

"鬼子兵来了！队长！鬼子来了！弟兄们！"他又跑到队长那里，附着他的耳边喊着。

然而仍没有醒来，只是含含糊糊哼了几声。

这可把小喇叭急死了！那边来的人多，这边全醉了，只剩他不会放枪的一个！怎么办呢？他忽然看见了地上一盆洗什么东西的水，连忙端起来，向队长和弟兄们头上泼了去。接着就用小喇叭对着队长的耳朵，嘟嘟嘟吹了起来。

“干什么呀，你这……”队长有点醒了。

小喇叭扯住队长的另一个耳朵叫道：

“鬼子兵来了！队长！鬼子兵来了！吹号吗？吹什么号？快说啊！”

“唔，哦！冲呀！冲……”队长吞吞吐吐地没说完，却又睡熟了。

小喇叭得了命令，立刻跳到前面，提起大喇叭吹了。这是他两个半月来第一次使用大喇叭，也是他一生中第一次遇到这样紧张的关节。时间不容许他考虑有没有弟兄起来去冲锋。他吹了，吹起冲锋号了！一遍又一遍，紧张，激烈，急骤！他的心跳得那么厉害，好像要从他的胸坎里冲出来一样！他的经脉一根根粗绽起来了，热血在冲撞着！他的眼珠从他的眼眶里凸出来了！他用着整个的生命、整个的灵魂吹着！吹着！满山满谷，像有千万个喇叭一齐怒吼了起来，月亮失了色，黑云落到了阵地上，树木岩石都从山里冲了出去！狂风卷着飞沙向着敌人那边掠了过去！

“冲呀！杀呀！冲呀！杀呀！”有千军万马在满山满谷狂叫着。

敌人倒退了，丢下了枪械、子弹、头盔，奔着，滚着！

突然间，小喇叭看见两边山峡里闪出血红的电光，天崩地裂地起了个霹雳，火光像流星似的从他身边窜了过去！

小喇叭失了知觉，倒下了……

5

第二天，小喇叭醒来时，睡在医院里。队长正坐在他身旁。

“怎么呀？”他问队长。

队长快乐得流下眼泪来。

“你立了功了，小喇叭！没有你，我们全完了！你真勇敢！你一个人吹起冲锋号来！我们二十四人中了敌人的计，喝了药酒，一点也爬不起来，只会帮着你叫喊！你的喇叭把鬼子兵吓退了，把我们接防的军队喊来了！他们一部分飞奔到我们的阵地来，一部分绕到敌人的后面去了！你看，我们没一个挂彩的！打了一次好大的胜仗啊，明天我带你去看看俘虏！带你去看看缴来的枪弹！喔！小喇叭！我们夺回了好几个村庄、好几个山头！我们前进了三十里了呀！”

“那么我挂了彩吗？”小喇叭不放心地问。

队长笑了。

“鬼子兵哪里敢放枪！全给你的喇叭声吓得魂飞魄散了！咳！你吹得好厉害！我们从来没听见过这样激烈的冲锋号！医生说，你吹得太累，所以倒下来的。”

“真的吗？”小喇叭笑着坐了起来，“我的喇叭呢？”

“都给你系上了红布了，师长赏你的，他亲笔写了五个字：‘我们的喇叭！’从今天起，给你两个礼拜假！”

“那么我就吹上两礼拜喇叭！还有那祖传的小喇叭也要吹的哩！”

队长点了点头。小喇叭这才笑嘻嘻地又安心地睡熟了。

杨连副

一年前的一个秋天，我在湖南的一个小洲上认识了杨连副。那一天早晨，雨下得很大，我正站在门口，望着左近山头上奔腾着的云雾，起着忧郁的怀乡之感的时候，杨连副带着一个勤务兵，搬进了我的隔壁房子。我看见他胡髭留得很长，脸上罩着一股阴沉灰暗的气色，眼光带着忧郁的神情，军服沾满了泥土，缓慢地拖着脚步走了进来。那样憔悴颓唐的样子，使我立刻感到了苦恼。我想，他一定是刚从前线回来的，为了拯救千千万万苦难的同胞，这位弟兄憔悴了。

几分钟后，我证明了我的推测没有错误。我和他只隔着一层薄薄的板壁，清楚地听出他们的谈话和行动。他们在整理房子，在说着埋怨的话：

“唉，这是啥房子呀！”他说的是陕西口音。

“黑得好厉害！又是泥地！却不如我们家乡的窑子！”

“可不是吗，连副！”他的勤务兵回答说，“这种鸟房子，要租十元钱呢！这还是好的呀，有床铺，有桌子，奶奶的，跑了好多地方，才找到这间房子！老百姓不知道慌的什么，全逃到这里来啦！唉，连副，那房东还说，要不是下雨，早就租出去了呢！”

“肏他奶奶的！”杨连副的语气有点愤怒，“有钱的人多是汉奸！咱们在前线拼命，他们在后方捞钱，这样贵的房子，叫难民怎样过日子呀！”

“可不是吗，连副！以前这种房子鬼也不爱住的……”

他的勤务兵是个爱说话的人，这样那样骂着，从房租说到各种各样东西的价钱，随后却像泄了愤似的，高兴地讲到前线去了。

“咳，连副！想起陈小五那小子，真叫人笑破肚子呀！一听见飞机声，老是透不过气来，等到飞机飞远了，他就吹牛啦……有一天……”

“得啦！赵吉民！别再瞎扯！咱们休息一天吧，几个月来不是太没睡得了吗？”

“可不是，连副！咱几个月没合眼啦！”

“去你的！昨晚睡在车子里，睡得猪一样的，不是你是那一个呀？”

“咱是说，连副，几个月没睡得舒服呢！那是在那样……”

“得啦！得啦！不准再说！”

我听杨连副发出了相当严厉的命令似的口气以后，勤务兵赵吉民就不作声了，只听见他轻轻地在收拾房子。过了不久，我听见了杨连副的呼呼的鼾声。约莫半小时光景，又听见了一种更大的鼾声。我知道了他们的疲劳与辛苦，觉得这是个神圣的睡眠，不想惊动他们，我自己的动作也就非常轻声起来。他们有没有起来吃中饭，我不知道，因为过了不久，我到城里去了。

下午四时，当我从城里回来的时候，我发现我们的屋内发生了变故。一些邻居的妇人在走廊上低声地谈论着，脸上露出不平的神色。

“什么事呀？”我惊异地问一个熟悉的女人。

“什么事吗？哼！”她用着不屑的眼光瞥着我隔壁的房子，“比东洋鬼子还凶呀！我们是难民，怕东洋鬼子逃出来的！到达这里，没得房子，十元钱一间破屋，老老少少挤满了一堆，没得好吃，没得好穿，哪晓得当兵的不去打仗，却来欺侮我们女人孩子啦！”

“到底为的什么呢？”我问。

“为什么吗？”那妇人回答说，抬起头来望着楼上，“你上去问她们吧，天知道呀！”

我随着她的眼光，往楼上望去，看见正在我房子上面的走廊上，也挤满了一些妇人。她们的脸上都露着一股怒气，指手画脚地在谈论。

我很为愕然。我觉得从前线回来的弟兄，应该受到后方民众的热烈的尊敬和安慰的，却想不到第一天就引起了楼上楼下女人们的公愤了。这是件不幸的事情啊，我想。我苦恼地走向自己的房子，放下从城里买来的东西，正想再去问个明白，忽然听见隔壁房子里的愤怒的声音：

“赵吉民！”

“有！”

“送条子到办事处去，叫他们立刻找房子，懂得吗？”

“是……连副。”赵吉民的声音有点颤动，像有话要说，却不敢说的样子。

“转来！”过了一刻，杨连副又愤怒地喊着说，“咱问你，赵吉民！”

“有！”

“到底是你先骂，还是她先骂？你得照实说来！”

“是……连副……我发誓，是她先骂！”

“她怎样骂的？”

“她吗？”赵吉民停顿了一会儿，像在思索的样子，“咱已经报告连副，她说你们这些王八蛋丘八……”

“还有呢？”

“还有……她说，你们不到前线去打仗，到后方来干啥的！不要脸的逃兵呀……逃兵！你听见这话了吗，连副？咱们是拼过命来的！到这里有公事的……逃兵？咱忍不住火头上来啦！啪的就是一个耳光！肏你奶奶的，咱说，老子揍死你——丑婆娘！老子连日本鬼子也不怕，怕你这个丑婆娘不成！你敢说老子是逃兵……可是咱并没打到她，连副，咱让她躲开了。”

“嘿！打一个女人，拿枪杆的打一个女人！你这王八蛋！”

“是……连副……”赵吉民哭丧着声音说，“咱不该打她……可是她不该骂咱们是逃兵呀……连副，你看咱们一连人，哪一个是不要脸的？哪一个偷跑过吗？”

“去你的！总之这地方不能住啦！唉，老百姓这么不讲理，到现在还看不起咱们当兵的！”

从这些话里，我虽然没听出他们究竟为的什么吵架，但我充分地认识了他们的灵魂，尤其是杨连副那样合理的退让的措置，使我想起了上午第一次所见到的他忧郁的眼光。这是我们中国人的眼光，我所见的千千万万的同胞的眼光。面对着民族的苦难，即使是一个英勇的战士，像杨连副那样，也不能例外。

“在自己同胞的面前退让！”我仿佛听见了他在这样说，所以他决定搬出去了。他有着一个什么样的灵魂啊！我想。然而，这是不幸的，若是他的这种灵魂不被大家所了解的时候。以同胞的资格，我想，我至少应该把我个人的感觉，对他表白一番，给他一些温暖的同情的。他是为了拯救我们千千万万的苦难的同胞，在前线拼命的弟兄。到了后方，我们能够给他这样的冷酷吗？我踌躇了一会儿，决计冒昧地到他的房里去，想和他说话了。

但正当我这样决定的时候，忽听见隔壁开门的声音，接着是锁门声、脚步声。杨连副出去了。我不由得站在门口，望着他的颓唐的神情，拖着脚步，缓慢地从那寂寞的走廊上出了大门外。

他什么时候回来，我不知道，因为我这一夜不到十点就睡了。第二天天才微明，就忽然被隔壁的声音惊醒了。我听见杨连副在喃喃地骂着，在搬移床铺。他的勤务兵赵吉民站在门外，用着十分愤怒的声音大骂着。

“你下来！你这丑婆娘！你干的好事！肏你奶奶的……”

楼上似乎有人在说话，但没回答赵吉民。赵吉民愈加气了，在院子里捡起石子，蹦蹦地丢了许多上去。楼上窗玻璃雪朗朗地响了起来，好几个孩子哭了，惊吓地叫着妈妈。接着我听见那勇敢的母亲，打开门，走到走廊上，大叫了起来：

“你要打死人吗？你打！我给你打！你们当丘八的，有的是子弹驳壳枪，你拿来打吧，我站在这里给你打！给你打……”

“打就打！”我听见赵吉民忽然跑进房子，像在取枪的样子，板壁和桌子响了起来。我吃了一吓，但就在这一刻，我听见杨连副喊住了他：

“不准拿出去！你昏了吗？奶奶的！”他咬着牙齿说，“只准动嘴，不准动手，咱只许你骂个痛快。她明明是有意的！”我已经赶忙起来了，打开门一看，楼上楼下已经站满了人。楼上那一位母亲在大声地骂着。赵吉民又跑到院子里对骂着。

“息一息怒吧，弟兄。”我向赵吉民说。我看见他气得连头颈也红了，衣服还没扣起。“什么事情呢？说给我们听吧！”

赵吉民对我瞪了一眼，像怀疑我似的说道：

“你听吗？你如果偏袒……”

“我说公道话的，弟兄，倘若楼上的人不是，应该向你赔罪的！”

“那么你听着吧！她住在楼上的，那丑婆娘！她，她往咱们头上泼下尿来啦！听见吗？被窝全湿啦！你闻咱的衣服！”他伸出一双湿漉漉的胳膊来，那果然是有一部分湿的，“你闻一闻，是不是尿，有没有臭！”

周围有几个女人笑了，她们似乎感觉到了痛快，因为她们是同情楼上的邻居的。我对她们投出严肃的眼光，希望能够先止住她们那种轻蔑的嘲弄，然后对赵吉民解释道：

“这应该怪房东的，弟兄，楼板太薄了。我相信楼上不会有意泼尿下来的，她有好几个孩子，应该是孩子的不小心。”“不小心！”他愤怒地说，“你怎么知道是不小心呢？”

“我已经听见她说了。”我说。

“哼！”他说，“你看吧，刚刚落在咱和连副的头上！哪有这样巧！昨天下午，你知道吗？咱跟他吵过架来，她今天就用这东西来报复咱们的！那很明白，不用多说啦！”

“这是误会，”我说，“大家说过明白就完了……”

“误会！”我旁边一个女人讥刺地插入说，“他跑到楼上去打人，那才是误会呀！人家是难民，一个女人家带着五个孩子逃难到这里，挤在一个小房子里，孩子们蹦跳一下，做娘的就该吃耳光呀……”

“你说啥？”赵吉民愤怒地瞪着眼睛，往那说话的女人走了过去。

但这时杨连副把他喊住了。他站在门口，很有礼貌地对我说道：“同志，你的话不错，这是误会，请你到咱们房子里，大家解释一下吧，咱们是邻居，不是吗？赵吉民！”

“有！”

“不准再作声！”他命令着说，“拿烟来，去弄点开水！听见吗？”

“是！”赵吉民忽然微笑起来走进了房子。他好像已经骂得够，现在有了下台的机会了。

我走进杨连副的房子，注意着他的面孔。他的胡须已经剃光了，头发短而且齐，显见得比昨天年轻了许多，估计起来不过三十岁左右光景。他的眼光也不像昨天那样完全是忧郁的神情，在忧郁中，我看见了镇定和坚决，而在这深处还跳跃着希望和快乐的生命。我不觉快乐地紧紧握住了他的手。我心中像有千万句语言要向他表白，但我竟感动得说不出一句话来，全在喉头咽塞住了。

他愉快地招待我坐下，亲自送过烟来，极诚恳地对我说道：

“没啥要紧，同志，一点小小的不快活，立刻就没有啦。咱们当兵的，有时爱使性子，这也是个不好的脾气呵，请你原谅。”

接着我们各自介绍姓名和籍贯起来。我知道他是陕西平民县人，到这里来催运东西的。我告诉他我曾经路过那里。

"真的吗，同志？"他的眼里燃烧起了快乐的光，"那在你们南方人看起来，或许是个没有啥可爱的地方吧？一片沙漠，是不是？可是，这正是咱们顶爱的地方呢，同志！没有一个人不爱自己出生的土地的，太熟悉啦，从小就在那里长大……"

这话引起了我们对于故乡的沉痛，我看见他的眼光又阴暗了起来，也就低下头不敢再看他。

沉默了一刻，杨连副又忽然笑着说了：

"呵，咱忘记告诉你啦，同志，怎么发起脾气来的。一点小事情……咱们昨天太累啦，不该在白天睡觉……可是请你原谅，在路上辛苦了半个多月啦，一向没睡得那么舒服……咱那勤务兵是个粗人——也是个顶勇敢忠实的——他给楼上的孩子们闹醒啦，他正在做一个好梦，几年不曾见到他婆娘啦。正在这时，他给闹醒啦。他动了气，跑到楼上去质问啦。这自然很不对，同志，可是咱当时也有点不快活，也正是睡得顶好的时候给闹醒来的哩。等他跑上楼去，咱已经来不及制止，他已经闯下祸了……楼上的女人骂咱们是逃兵，同志，这正是咱们顶厌恶的，太侮辱了咱们，并且依照咱们军法，逃兵是——"

"我都懂得啦，杨连副，"我切断他的话说，"你的勤务兵没有什么过处的。我很了解他那好梦被打断的烦恼。"

"这是公道话，先生，"赵吉民在旁边听到现在，脸上露着笑容，止不住插进来了，"你知道咱有多少年没回家了啊？……"

"可是你闯了祸，奶奶的！"杨连副回过头去说，"不准作声！"

赵吉民果然不再作声了，但他的脸上却露着得意的微笑。显然他是觉得他有了安慰，一场争吵，他得到胜利了。从他那笑容里，我看出了他的天真、鲁莽，但是忠实而且正直的性格。

我在杨连副那里坐得相当久，听他滔滔不绝地讲述打仗的故事，赵吉民有时插进来几句笑话，使我们感到愉快。随后他叫赵吉民买了些糖果来，要求我一道到楼上去，表示道歉的意思。

"对女人和小孩，"他诚恳地说，"咱们是该格外爱护的。刚才是咱们的不是。知错认错，是咱们军人应该的。"

他说着极自然地走到楼上，一点不觉得委屈似的对着女人说了几句道歉的话，随后把糖果递给了她的孩子。

“这个孩子生得不错，”他指着一个七八岁的男孩子说，“你姓什么？别生气，杨连副给你赔罪来了哩，你到楼下来玩玩吧！咱带你去玩，好不好？唔！你看他还在生气哩！哈哈，咱们都是中国人呀！咱们中国兵是枪口对外，专打日本鬼子的哪！”

他高兴地笑着，牵着那孩子的手走了。我看见几个孩子都站在走廊上对他发着傻笑，好像对他的话感到了极大的兴趣。而孩子的母亲，虽然还装着一副严肃的面孔，一言不发，或者可以说是不知道怎样说才好，但在她的口角边，我已经看见那压抑不住的微笑的痕迹了。等他走到楼梯口，我再回头望去，那些孩子们已经做出了各种各样的鬼脸，一个大的孩子挺着胸，哑声地开合着小嘴，摇摆着头在模仿着他的神态。

这一天，楼上就显得特别安静了，比杨连副没搬来以前还安静。尤其是在夜里，很少听到楼板响。同院子的楼上楼下的女人都见着他改变成了和气的神色，一场颇为严重的感觉在各人心里都消失了。

第二天，我看见那个大孩子在楼下走廊里来来往往地走着，走得很轻很慢，眼光只是看着杨连副的门口。一走到那门口，他就飞快地跑了开去，仿佛很害怕的样子。但随即地又慢慢往这边转了过来，像捉蜻蜓一样。

那孩子爱上杨连副了，我想，因为他有一个纯洁的灵魂。这是幸福的，倘使谁能为一个孩子所爱。孩子爱游戏爱糖果，但在他们的心里蕴藏着世间最可宝贵的最真挚的爱情。谁要能够得到他们的爱情，他就必须有孩子心里所藏的一样的爱情。这样的爱情，在大人的心里是不易见到的，但在杨连副的心里，我发现了。他很快地和孩子们接近起来，熟识起来，而且亲密得如同他变成他们的小兄弟一样了。他的房子里，一个两个，三个四个，孩子渐渐多了，到最后几乎全院楼上楼下的孩子，都和他来往了。没有一个孩子不喜欢他，连女人们一见到他也是一脸笑容，和他谈天说地，仿佛一家人似的。

“你是来招兵的吗？”我笑着对他说，“你现在招了一队童子军了。”

“这一队童子军，同志，”他严肃地说，“他们比大人勇敢，比大人机警得多呢！只可惜没有大人的气力！你看着吧，咱正要把他们练成一支百战百胜的军队呢！”

我想，这是杨连副在说笑话，虽然他时常带着那一批孩子在小洲的沙滩上喊着一二三，喊着敬礼那些命令，教他们模仿各种动作，但那不过是游戏罢了，谁会真正相信他在想把他们练成正式军队的事!

但是，有一天……我记得杨连副就在那天后两星期走的……那时是午后三时光景，我在沙滩上散步。天气很晴朗，蓝色的高空只点缀着几片轻柔的白色的小烟云。江水起着明亮闪耀的光辉，有不少的船只张着帆在水上轻轻地行驶着，眼前的沙滩很平滑而且发着极强烈的刺目的光，一路望去，好像小洲的另一端给蒙上了云雾似的。这种情景好像是很平常，但我不由得昏迷混乱起来。我想到了故乡的海边，故乡的船只，故乡的秋天的天空，熟识的人物、草木和土地……我感到沉痛而又愤怒，因为接着我怀念故乡的情绪而来的是敌人的种种不可饶恕的暴行。

当我为这些情绪所围绕着，咬紧了牙齿的时候，忽然一阵紧张而激烈的啼哭声传到了我的耳内。我转过头去，看见在我们屋子前的沙滩上有三个孩子在争吵。在沙滩上啼哭着的，是杨连副楼上的那一家第三个女孩子。我关心地走了过去，只听得她那八九岁的哥哥在挺着胸握着小拳头对着另一个孩子骂着。那孩子比他高了许多，有十一二岁光景，生得颇为强壮，脸上有好几个疱，看过去相当倔强。这孩子，我很少看见过，他不是我们同一院子的邻居。当我还没听清楚他们骂的什么的时候，他们已经扭在一起了，他们一面互相扭住了衣襟，一面挥着小拳互殴着。力量自然是那个大孩子强，而且他高了许多，他的拳头尽落在小的头上；那小的呢，只能把拳头打在他的肩上和背上，很少落在对方的头部。我觉得我有保护那小的必要了，他显然已经处于下风，他的妹妹还只四岁光景，只晓得在地上哭着，不能给他一点援助。于是我急忙走过去，一手握住一个小臂膀，把他们扯了开来，说道:“别动手啦！为的什么呀？”

他们都没理我，从我身边跳了开去，再向对方攻击起来了。我赶快把身子插在他们的中间，随着他们移动，把他们隔离着，然后叫着说道:

“住手！住手！听我说话！”

但他们仿佛没有听见我的话，仍不回答，两个小面孔青得可怕，气喘吁吁地睁着恶狠狠的眼睛，捏紧了拳头。正在我没法排解的时候，我忽然看见对面拥来了好几个孩子，全是我所不熟识的。他们也都捏紧了拳头，在喊着打，冲向我和同院子的孩子这边来了。在地上哭泣着的那个女孩子现在似乎清醒了，她本已停止了啼哭的，现在又惊骇得尖利地叫了一声，爬起身想逃了。我相信她已经迟了，来不及跑到家里就会遇到攻击，就先一手把她抱住，高高地举了起来。

“没有谁敢打你的！”我一面安慰她说，一面仍揽护着她的哥哥。

我看见她的哥哥现在有了主意了，他已取了守势，在我身后跳跃着，嘴里像吹口哨似的嘘嘘地响了起来。这时在我肩上的女孩子也忽然清醒了，用手指拨着小嘴也一样地吹了起来，我惊愕地明白了这是他们求援的暗号，也自然地帮他们吹了几声口哨。

这声音才发出，几乎是同时，我听到远远地嘘嘘地响了起来，接着就有十几个孩子从我们的屋子内外向这边冲来。

“好厉害！”我想，“他们有了组织了！”一定是杨连副教的。

我看见对方退却了，他们一共只有七个，自然是敌不过这一边的。没等到这边的援兵跑到战场，他们一溜烟地跑了。那边的孩子倒也不追击，到了我们身边停住了。他们真是预备来打仗的，一个个都已卷起了袖子，穿长袍的把下半截也扎起来了。现在他们的脸上都发着喜悦的光彩，一堆堆地在跳着叫着谈笑，颇为混乱，我简直听不清楚他们说什么，而且我也没有时间去听他们，我的注意力首先是集中在那个跟敌人肉搏过来的孩子。我看见他脸上已经有几处被抓破了，左眼角有点发青，像要立刻肿起来的模样。

有两个大一点的孩子正在检验他的创伤，用手指这里那里按摩着：

“痛吗？”

“不！”那孩子带着笑容回答说。

“这里？”

“不！”

“还有？”

他没立刻回答，先摇了一摇头，然后回答说：“一点点哩！”

这显然是不实在的，我看见手指所按的地方已经红肿了。

“回去吧，”我说，“去擦上一点药才好呀！”

但那孩子没回答我的话，忽然对着另一个孩子的耳边说了几句，那孩子立刻走了。还打着口哨，那声音比第一次的长了一倍，于是许多孩子都走散了，沙滩上只留下了四五个同伴，也各自离得相当远，蹲在地上玩沙子。

“这大约是解散的信号了，这些孩子真厉害！”我一面惊诧地想，一面抱着那小女孩向着自己的屋前走着。

可是刚到大门口，就忽然听见沙滩上又喧闹起来了。我回头望去，敌人已经成群结队向这边而来。那是个可怕的队伍，为头的一个孩子已经有了十五六岁，跟在后面的大半是十岁以上的，比起我们这边起初出现的大了许多。我注意地望着沙滩，那里还剩着这边的两个孩子，他们已经开始向这边逃了。我真为他们着急，若是他们逃得慢些，一定会吃大亏的。我想赶上去，再给他们作一次掩护，但忽然一想，那边孩子这么多，已经不是我一个人的力量可以阻止的，便立刻退到门口，把手里的女孩子往门内一放，站在门槛上，两手攀着大门，准备让那两个孩子进来后立刻关上大门。然而不幸得很，那两个孩子好像慌了，他们却不往我这边跑来，他们从沙滩跑上土阜，绕着一棵大树，向另一方向的篱笆后面逃去了。敌人紧紧地追着，越来越近了。我不禁慌了起来，大声地向门内叫着，想叫屋内的大人们都走出来：

“你们的孩子闯下祸啦！闯下祸啦！”

这一喊，这院子就突然喧嚷起来，女人男人，都纷纷出来了。我一面对他们做着手势，自己就首先向外面跑了去，想去营救那两个孩子。但这时，两边的孩子们全不见了，他们已经隐没在一条屋弄里。许多大人都在门外焦急地奔跑着，叫喊着自己的孩子的名字，想阻止他们战争。在那人丛中，我看见杨连副和他的勤务兵赵吉民从一家小铺里走了出来。

“杨连副！”我焦急而埋怨地说，“你看那些孩子们呀！”

他没作声，带着得意的神情望着我，瞟了一个眼色过来，表示要我放心。我站住了，觉得他很是可疑。为什么他今天对孩子们这样可怕的成群结队的战争，看得这样冷淡呢？无论哪方面胜利，总有几个孩子吃亏的！这是怎么的呀，像他这样喜欢孩子的人忽然变得残忍了？难道真要让他们流血吗？

突然间，我听见口哨又响了。这次又变换了声音，特别短促。从屋弄的那一头传了过来，接着看见那一群大孩子三三五五地往这边冲过来了。他们的脸上显得很慌张，有几个衣服撕破了，一身泥土，一路躲到大人们身边去，求他们的保护，在后面，紧紧地追来的却是一群较小然而数目较多的这边的孩子。幸亏这时大人们多，把他们在路上拦住了。

然而战争却并没有完，口哨声音一路传了过来，在我们人群中也响起来了。咳，那些小鬼！不晓得原先躲在哪里的，惹得一身灰土，一个个从我们的胯下钻出来了！那信号一路传过去，篱笆后，大树下，一直到沙滩上，一个接着一个，全是小东西！要不是大人们多，无疑今天对方的孩子必定吃个大亏！他们会被截成不晓得多少段，到处被包围！这就是那个可恶的杨连副教出来的战术！

“这个祸闯得不小呀！”我走近他身边埋怨似的说，“要不是……”

“让我来给他们调解吧！”

现在杨连副出来了。他走到那些正在惊慌的孩子们中间，一个个摸摸头牵牵手说：“你们都是好孩子！有本领！哈哈！咱来告诉你们打仗！可是从今天起，你们两边不准打啦。会打仗的，去打日本鬼子！咱叫他们来向你们赔罪吧，咱请你们吃东西！请大人们走开些，让出路来，现在让他们合在一道！哈！赵吉民！买几块钱糖果来，咱请客！集合！”他最后命令着说。

孩子们的口哨又响了，这边的孩子很有秩序地围了拢来，打败仗的孩子们却又怀疑又恐慌地站着不敢动。杨连副做了一个手势，对这边的孩子们叫道：“还不认错吗？你们怎么打起中国人来了呢！”

于是这边的孩子们的脸上全露出了古怪的笑容，有的伸了伸舌头，有的翻起了眼睛，有的嘬了嘬嘴，仿佛恍然记起什么来，一个一个举起了小手到额角边，有半分钟光景。大人们哄然大笑了，连那些对方的孩子的父母也禁不住笑起来，忘记了刚才的不快。

“这个人古怪有趣啊！”我听见有人在说。

打败仗的孩子们也终于禁不住咯咯地笑了……

这事情过后不久，约莫半个月光景，杨连副又带着他的勤务兵到前线去了，留下来一队小小的后备兵，老是在我们的周围吹口哨，摆阵势，作种种攻守的姿态。见到这些顽强勇敢的小队伍，我的血流便激动起来，有一种明亮的光辉闪耀在我的眼前，使我永远不能忘记杨连副。

陈老奶

第二个儿子终于出去当兵了。没有谁能晓得陈老奶的内心起了什么样的震动。第二天，她没有起床。她什么也不吃，话也不愿说。大儿子和大媳妇走进去的时候，她挥着手要他们出去。跟她说话，她摇摇头，转过了脸。她那个顶心痛的孙子，平常是怎样纠缠她也不觉得一点厌烦的，现在都变成了陌生人一样，引不起她什么兴趣。她的脸上没有泪痕，也没有什么悲苦的表情，只显得浮上了一层冷漠的光。她没有叹息。呼吸似乎迟缓而且微弱了。这样一直躺到夜里，大家都熟睡以后，她忽然起来了。她好像变成了一个青年人，并不像已经上了六十岁，也不像饿了一整天似的。在这一夜里，她几乎没有停止过她的动作，仿佛她的心里有一团火在烧着一样，她这样摸摸，那样翻翻箱子，柜子抽屉全给打开了，什么都给翻乱了。大儿子和媳妇听见她的声音，连连地问她，她只是回答说“找东西”，门又不肯开。找什么东西？好像连她自己也不清楚，一直到东方快发白，她像点尽了油的灯火似的，倒到床上。

但是就从这天下午起，她忽然恢复了正常的生活。她没有病，只比以前瘦削些，眼圈大了一点，显得眼窝更加下陷了。走起路来，虽然有点踉跄，但可以相信这是因为小脚，倘使不遇到强力的跌撞，她是决不会倒下去的。她的心也像很快就平静了，或者至少可以说，即使她在沸滚的水中煎熬着，也不能立刻就在她的外表下找出什么标记来。熟识她的人看不出她和以前有什么不同；不熟识的人也决不会想到，就在不久以前，她的心受过怎样强烈的震动，她的行动起过什么样的变化——不，关于这些，甚至连她自己也好像全忘记了，不但不像曾经发生过一些意外，就连第二个儿子也像不曾存在过似的。她从此不再提起她的这个儿子，别人也竭力避免着在她面前提到他。但当谁稍不留心，偶尔提到他的名字或什么，她冷漠得像没听见或者像不认识他似的。她仿佛本来就不曾生过他，养过他，爱过他，在他身上耗费了无穷尽的心血一般。她像是把一切都忘记了——但也只是关于他的一切，别的事情就全记得清清楚楚。如果她的脑里存在着一根专司对他的记忆的神经，那么现在就恰像有谁把这一根神经从她脑里抽出去了。

她现在也爱说话，脸上也常有点笑容了。在家里，她虽没有一定的工作，但她却什么事情都做，甚至没比她的儿子或媳妇做得少。煮饭菜，清房子，无论什么杂事，她都要帮着媳妇做。此外大部分的精力就消耗在那个六岁的孙子身上。她不喜欢闲着，这已是她多年的习惯，但在过去五六年中，无论她一天忙到晚，她只是等于一个打杂差的人，许多事情依着大儿子和媳妇的意见，自己不大愿意提出主张来。“我还管他们做什么呢！年纪都不小了，好坏都是他们的，我也落得享几年清福！”她常常对人家这样说。她一点没有错，她的大儿子和媳妇都是又能干又勤劳，对她又孝敬，有什么不放心呢！只有第二个儿子，究竟还是一匹没上缰络的马，她得用全副精神管他……但是现在，她又一变为这一家的主人了。不论什么事情几乎都要先得到她的同意才行，不然，她就会生气。她已经几年没有管理银钱，现在她却要她的儿子和媳妇交出来，由她自己来支配了。第二个儿子的出去，在她一生的历程上是一番最可怖的波涛，这是无可否认的。她好像一个懈怠了数年的舵夫，经过这次打击，终于又挺身出来紧握着船舵，负起了一切责任。没有人晓得她这改变是因为谴责自己还是因为要把她的过去的希望重新建筑起来。但总之，她这样做，全是为了后一代人，却是极其明显的。

她的大儿子现在完全代替了第二个儿子的地位，就连穿衣吃饭也要受她的管束了。

“你看，你的衣服！这算什么呀？”

陈老奶最不喜欢人家不把衣纽一个一个地扣好，她常常说，这种人是不走正路的。她又不许她儿子穿拖鞋，她说只有懒人才这样。她自己吃得极坏，一碗菜要吃好几顿，有谁送了好的食物来，往往搁上好几天，一直到发霉生虫。但她对儿子却并不过分节省，看见他少吃一碗饭就要埋怨。她每次阻止他空肚出门。回来迟了，她要详细地盘问。她最反对的是烟酒嫖赌，她的大儿子恰恰喜欢喝几口酒，有时也高兴打牌。他是一个商人，在这镇上的一家杂货店里做账房，搭了一千多元股本，也算是个体面的人，无论怎样戒不了酒和赌，因为这两件事在他们简直是种必不可少的应酬，许多交易往往就在喝酒打牌中间谈妥的。每当他违了禁，陈老奶好像善于看相的人似的一望他的气色就立刻知道了。

“你又做什么去了？你又——？”她气愤地说。

这种事情如果发生在第二个儿子的身上，照以往的例子，她准会爆炸起来，从她的口里迸发出各种各样咒骂的语句，甚至还会拿起棍子或什么，做出恶狠狠的姿势；但现在，好像，她绝对禁忌着似的，什么咒骂的语句都没有了，总是简短地说：“你——？”在这一个字里，可以听出她的气怒、怨恨、沉痛和失望来。

“妈变了，”大儿子暗地里对自己的妻子说，“好多事情看不透，讲不通，我又不是三岁的小孩，要她时时刻刻管着！”

“我们只有依顺她，”他妻子说，“她现在——唉，只有你这一个儿子了呵！”

“她自己简直变得像个小孩子了。”

“那你就哄哄她，让她满意吧，这样老了呵。”

他的妻子真是个顶贤淑的女人，对丈夫对婆婆总是百依百顺，又能刻苦耐劳，把一切都弄得井井有条。因此她常常博得陈老奶的欢心。但她也并非完全没有过错被她婆婆发现，这时她老人家就用叹息的音代替了埋怨，哼出来一个字：

“唉——”

但无论怎样，在她的管理之下，这一个家庭即使失去了一个年轻力壮的支柱，却并不因此就显出悲伤颓唐的气象，它反而愈加兴奋振作，如一只张满了风帆的船只与激流相搏斗着，迅速地前进了。

过了三个月，陈老奶的第二个儿子写信来了。他报告他虽然离家很远，但还在后方受训练，一时不会开到前方去。他简略地报告他平安之后，一再请他母亲放心，要她老人家多多保养自己的身体，劝她别太操心劳碌，劝她吃得好一点，多寻点快活的事情散散心。最后他又问候他的哥哥和嫂嫂，要求他们好好侍候母亲。

这封用着普通书信格式和语句写来的家信，首先就打动了哥哥和嫂嫂的感情。他们虽然没一天不为目前和未来挣扎，但自从这个唯一的兄弟走后，却没有一天不像沉在深渊里。讲感情，他们是同胞；讲生活，他们是不可分的左右手。可是，战争使他们遭遇到生别死离之苦，使他们各自孤独起来，在渺茫的生死搏斗场中，谁也不能援助谁了。在从前，当兵是升官发财的一条捷径，像他兄弟那样的聪明人也读过几年书的，一出去准会荣宗耀祖，衣锦还乡；但现在可全不同，稍有知识的人都是抱着为救国而牺牲的目的去的，他的弟弟就是这千千万万之中的一个。什么时候能够再见到他呢？没有谁知道！火线上不是只见血肉横飞吗？“不会再回来！”他母亲这样想，哥哥这样想，嫂嫂也这样想。他们几乎已经许久没把他当作活着的人看待了。

可是，信来了，他终于还平安地活着，惦念着家里的亲人……

于是哥哥和嫂嫂首先读到了信，就像从梦里醒转来似的，记起了一切的过去，眼前又辉耀起未来的希望，背着陈老奶哽咽起来。

他们很迟疑，要不要把这消息告诉老年的母亲。母亲变了样，在竭力压抑着心底的悲痛，这是很明白的事，现在究竟要不要触动她的创痛呢？这虽然是个可喜的消息，但它将引起什么样的后果呢？据大儿子的意见，这会给她老人家更大更长久的痛苦，不如完全瞒着她的好。但他的妻子却反对他的意见，她认为这可以使母亲更加安静些。

“这样老了，做什么不让她得点安慰、存点希望呢？”

他们商量了好久，结果还是决定去告诉她。

吃过晚饭，陈老奶逗着孙子睡去后，习惯地独自对着油灯坐着，像在思索什么似的，她儿子和媳妇轻轻走近了她。

“妈，”他手中拿着信，竭力抑制着自己的感情，用极其平静的声调说，“弟弟写信来了，他很平安。”

她好像没有听见似的，只动了一下眉毛，对灯火呆望着，没有什么别的表情。大儿子惶惑地等待了一会，又低声地说了：

“妈，弟弟写了信回来了，他记挂你老人家哩……”

他们看见她那瘦削的下巴动了一动，像是要说话似的，但又忽然停住了，只慢慢地合上了眼睑，像在诚心祈祷一般过了一会儿才渐渐睁开来，望着她的儿子。

“你说的是……”她很安静地问。

“是的，妈，”媳妇立刻接上去说，“弟弟来了信，他还在受训练呢。”

“他很好，”大儿子接着说，把信递到她面前，“什么都很好。”陈老奶什么表情也没有，仿佛这事情于她毫不相干一样，对信封望了一会儿，依然很安静地说：“你就念一遍给我听吧。”大儿子照着她的意思做了，读着读着自己却又禁不住感动起来，声音渐渐低了下去。在这信中，他看到了弟弟对家中人的想念的殷切，也想到了他受训时候可遇到的辛苦来。但这时他的妻子却把注意力集中在她婆婆的身上。她已经贴近了她，怕她老人家会感动得倒下来。她把目光盯着她老人家，看她有什么表示。但是她依然冷淡得厉害，等她大儿子读完了信，只淡淡地说道：

“还在受训，那也好。”

随后她像什么都过去了似的，开始对媳妇嘱咐明天应做的事：买什么菜，怎样煮，孙子的鞋底快烂了，要早点给做新的，罩衣也该给换洗了……最后她看见大儿子惊异地在那里呆着，就对他吩咐道：

“起早的人，也要睡得早，保养身体要紧哩！”

儿子和媳妇一时猜不透她的意思，硬在她的房里张皇失措地坐了许久，一直等到她安静地上了床，他们才出去。但就在隔壁，他们也不能立刻就睡熟去，为的是怕她会半夜里起来，让自己的不安关着门内发作。

但是这一夜她睡着没有什么声息，第二天也和平常一样。这一封信，在儿子和媳妇都认为会激起她极度兴奋的，却竟比一个小石子投到海里还不如，连一丝微波也没漾起，以前，她原是极其善于感动，神经易受刺激的，现在竟变成了一副铁石心肠似的人了。

她的心底里存在着什么呢？没有谁知道。她现在几乎是和深不可测的海底一样，连跟她活上了三十年的大儿子也不能认识她了。然而无论怎样，儿子和媳妇都可以看得出来，她是在狂风逆浪中握紧了船舵，不允许有丝毫松懈，要坚决地冲着前进的。

她的努力并非徒然。因着她的坚决与镇定、耐劳与刻苦，几个月以后，这个家庭不但能够在暴风雨中屹然支持着，而且显得稍稍安定了。

他们这一个颇不算小的市镇，本来就很容易激荡，抗战开始以后，物价的增高是和城市里差不多的。可是最近因着搬来两个中学，突然添加了六七百人口，什么东西都供不应求，价格可怕地上涨了。单就青菜来说，以前只卖几分钱一斤的，现在也跳到了一毛半、二毛了。因着这变动，镇上居民的生活就很快失却了平衡，一部分人愈加贫困，另一部分人愈加富裕了。

她这一家没什么田地房屋，历年积蓄下来的也只有一千多元，放在杂货店里是利息并不厚的。在这时期，若是单靠大儿子每月二十几元薪水的收入，那他们是绝难维持的。幸而陈老奶有主意，她看到物价在渐渐高涨，就连忙从杂货店里抽了一部分本钱出来，买足了几个月的柴、米、油、盐，另外她又就近租了一块菜园，带着媳妇种了各种蔬菜。把生活暂时安定了以后，她还利用着一二百元做一点小买卖，和几个女人家合股采办一小批豆子、花生、菜油，有时几匹布，几只小猪，物价提高了，她就把它们卖出去，如果低落了，她就留着自己吃用。她儿子曾经主张做更大的买卖，以为这时论什么东西都可赚钱，即使借了钱来也是极合算的。但是她反对这么做，而且她禁止她儿子另外去做买卖。她说：

“你们年轻人，做事不踏实，只爱买空卖空，不走运就破产，就永不能翻身！这世界，有得饭吃就够了，做什么要发横财呢？我做这点小买卖，是留着退步的，不像你们那样不稳当！”真的，她做事是再稳当没有了，什么都盘前算后地先想个明白。譬如为了买一二百斤花生，她就先要把市面的行情问清楚，各家的存货打听明白，然后一箩箩选了又选，亲手过了秤，才叫人挑回家里来。

她精明能干胜过她的儿子，不久以后，她几乎成了这镇上第三等的商人了，虽然她并不是正式的商人，也无心做商人。因为她留心一切，爱打听，爱查问，所以什么行情都晓得，什么东西要涨价，什么东西要跌价，她也消息很灵通。她吃饱了饭，常常带着孙子在门口望，在街上走，跟这个攀谈，跟那个点头。

“真作孽呵！”有些人暗地里议论她说，“这样大年纪了，却轮到她来受苦，什么都要她担当！”

但也有些人表示另一种意见说：

“看看榜样吧，年轻人！个个都像她，就天不怕地不怕，什么都担当得起了！”

但是不幸，第二个儿子出门才半年，陈老奶又受到了更大的打击：一个春天的晚上，她的大儿子喝得微醺回来，挨了她一顿埋怨，第二天就起不了床了。他发着很高的热，两颊显得特别红，不时咳呛着。她现在终于极度地不安了，正如第二个儿子临走前几天一样，想用所有的力量来挽救。她接连请了几个医生来，但一个说是春瘟，另一个说是酒入了肺，第三个却说是郁积成痨。一连几天药没有停止过，却只见他越来越厉害，言语错乱，到后来竟不认识人了。

她像犯了大罪的人一样，总怀疑着自己是平常太管束了他，那一天晚上的埋怨又伤了他的心。她极度懊悔地去喊他，一再地答应他道：

“你要怎样就怎样吧……只要你的病快些好，想喝酒就给你买点好的……”

她日夜守在他床边，时时刻刻注意着他的脸色，默默地虔心地祈祷着，一面又不时叫媳妇烧开水，煎药来给他喝。

但是，什么希望也没有了。只经过八天，她的大儿子在高热中昏过去了。他从此不再醒来……

这一只暴风雨中镇定地前进的小船，现在撞着了礁石，波涛从船底的裂缝里涌进来了，全船的人起了哀号，连那最坚强的舵工也发出绝望的呼号来。这个年老的母亲的心底有着什么样的悲痛，几乎没有人能够形容。她生下了两个儿子，费尽半生心血，把他们教养大，现在都失去了，而且是在这样纷扰的时代，老的太老，小的太小的时候。留下来的人是多么脆弱呵，像是风中的残烛，像是秋天的枯叶……

还没有谁曾经看见她这样悲恸地号哭过，只有十几年前，当她丈夫丢下她和两个儿子的时候，她也是哭得很伤心的，但比起现在来，却又不同了。那时她的肩上是负着抚养两个儿子的责任，同时也把一切希望寄托在他们兄弟两个人身上，虽然艰苦，前途却是明亮的。但现在，希望在哪里？光又在哪里呢？她已经是这样的老了，还能活上几年呢？在她活着的时候，她能看见什么呢？为了后代，她牛马似的劳碌了一生，而结果竟是这样的悲惨吗？

不，希望仍然是有的，即使是极其邈远呵。就在眼前，也还有一个春笋般地在成长着的承继香火的孙子，和那贤淑的媳妇呵！唉，即使单为了这个可怜的好媳妇呵……

是的，几天以后，她终于从悲恸中清醒过来了。她抑制着自己的感情，又开始管理家务。而且不止一次地劝慰着日夜浸在泪水里的媳妇。

“你的日子多着哩，比不得我！孩子长得快呵，你总有称心的一天！”

有时她这样说：

“别怕，我还年轻呢，再帮你十年二十年……啊，你老是伤心，伤心有什么用！倒不如爱惜身体，好好把孩子养大，怎见得不是先苦后甜呵……”

自然，媳妇是不会忘记以前的事的，但为了老年的母亲和幼小的孩子，便不能不强制着自己的情感，她终于也和母亲一样地渐渐振作起来了。

“我有什么要紧呢！”媳妇回答说，“苦了一生又算什么！只是，你老人家也该享点后福呵！”

“活到这年纪，也算是有福了，有媳妇有孙子，我还有什么不足哩！”

这样互相安慰着，她们又照常工作起来，静静地度过了许多长夜和白昼，让悲伤深埋在最深的心底里。

第二个儿子在这时期里，又曾经写来过第二封信，但陈老奶依然没有什么表示，媳妇只见她的脸上好像掠过一线的笑容似的，动了一动嘴角，随即又把话扯到别的事情上去了。对于大儿子，她从此也一样地不再提到他。

可是，熟识的邻居们可以在这两个遭遇悲惨的婆媳身上看出显著的变化来，一个是头发渐渐秃了顶，脸上的折皱又多又深，眉棱和颧骨愈加高了；一个是脸上蒙着一层黯淡的光，紧蹙着眉毛，老是低着头沉默地深思着。谁要是走进她们的房子，立刻就会感到冷静、凄凉和幽暗。

“可怜呵！这两个婆媳！”人家都叹息着说。

但这也不过是随便的叹息罢了，谁能帮助她们什么，谁又愿意帮助她们什么呢？在这世上，坏的人多着呢！到处有倚强凌弱的人，到处有蒙面的豺狼……

就在这时，她的大儿子的老板来欺负她们了。他承认陈老奶的大儿子有几百元钱存在他杂货店里，但她大儿子却借支了一千多元，那老板假造了许多张字据，串通了一个伙计做证人，现在来向她催索了。这是她怎样也梦想不到的事情，如果那是真的，她这一家孤儿寡妇怎样度日呢？

“我的天呵，没有这种事，”她叫着说，“我儿子活着的时候，从来没向店里借过钱！他借了这许多钱做什么用呀？他活着的时候，你做什么不和他算清呀！”

但是，那老板拿着假造的证据，冷笑地说道：

“那么，我们到镇公所去吧，看你要不要还我这笔账——借去做什么用，我哪里知道，中风白牌，花雕绍酒，谁又管得着他！你想想他是怎样得病的吧！”

她气得几乎晕倒了。世界上竟有这样恶毒的人，来欺诈一个可怜的女人，还要侮辱那已死了的儿子！倘使她是个青年的男子，她一定把他用拳头赶了出去！但是现在，她有什么办法呢，一个衰老了的女人，她只得跟着人家到镇公所去。

镇长恰好是个精通公文法律的“师爷”，他睁起上眼皮，从玳瑁边的眼镜架上望了陈老奶一眼，再会意地看了看又矮又胖的老板和三角脸的证人，就立刻下了判断说：

“证据齐全，还躲赖什么！”

她叫着，辩解着，诉说着，甚至要发誓了，全没有用，镇长很少理睬她，到最后听得十分厌倦，便走了出去，宣布案子就是这么结束了。

“老实说，我也是个喜欢喝酒打牌的人，”他在大门口含笑地对她说，“你儿子是和我常常在一起的。一次他输了五百,一次三百。这事情你哪里知道呀！”

问题很快被解决了。不管她同意不同意，不到几天，镇长就把存在几处的钱统统提了去。人人都明白，这是一件怎样黑良心的勾当，但没有人敢代她说一句话，只有暗地里叹息说：

“可怜呵，这老太婆！”

现在她们怎样活下去呢？剩余的钱没有了，又没有田地房屋，又没有挣钱的人。老的太老，小的太小……

可是陈老奶好像愈加年轻了，她依然紧握着船舵，在暴风雨中行驶。她一天到晚忙碌着，仿佛她的精力怎样也消耗不完似的，虽然她一天比一天老了瘦了。

“眼泪有什么用呀！”她对那常常浸在泪水里的媳妇说，“只有吃得苦中苦，方为人上人！”

她马上改变了她们的生活。她自己戴上一副老花眼镜，开始给人家打起鞋底来。媳妇是很能做针线的，陈老奶就叫她专门给人家缝衣服。有的时候，婆媳俩还给学校里的人洗衣补衣。园里的蔬菜种大了，就卖了大部分出去。遇到礼拜天，学生们纷纷出外游玩时，她就在门口摆下一只炉子，做一些油炸的饼子卖给他们。

物价正在一天天地往上涨，她们的精力也一天比一天消耗得更多。冻饿是给避免了，但人却愈加憔悴起来。尤其是陈老奶，她究竟老了，越是挣扎，越是衰老得快，不到几个月，头发和牙齿很快就脱光了，背也驼了起来，走路像失了重心似的踉跄得更厉害了。

“你老人家本来是早该休养了的，”媳妇苦恼地说，“还是把什么都交给我做吧，我都担当得起的。”

但是陈老奶却固执地回答说：

“我又有什么担当不起呢！你看我老了不是？早着呢！我没比你老得好多……你看，你的眼皮老是肿肿的，这才是太吃力太熬夜了……”

有时她这样说：

“我是苦惯了的，不动就过不得日子呀！你不看见我老是睡不熟吗？不做一点事情，又怎么过下去呢？”

那是真的，陈老奶睡眠的时间越来越短了。天还没亮，鸡还没啼，她早已就坐在床上了。有时她默默地想着，有时她就在黑暗中摸着打鞋底，一直到天亮。窗子总是在东方发白前就给推开了一部分，她在静静地等候着早晨的来到。她不像一般人似的越老越爱说话，她常常沉默着。她的话总是关联着眼前和未来的事。她不时劝慰着媳妇，教导着孙子，对于自己却很少提起，总说一切都满足，身体也没有什么不舒服。

可是媳妇却看出她眼力渐渐差了，打出来的鞋底常常一针长一针短而且越来越松了，洗出来的衣服也不及以前的干净，有时还看见她的手在颤抖，在摇晃。为了怕她伤心，媳妇不敢对她明说，只有暗地里把她做过的事情重做一遍。这情形，陈老奶虽然没有觉察出来，但过了不久，却似乎也起了一点怀疑，好几次地问媳妇道：

“你看我打的鞋底怎样？怕不够紧吧？”

“结实得很呢，妈！”媳妇哄骗她说，“我打的也不过这样呵！你看又整齐又牢固，我真佩服你老人家哩！”

陈老奶微微笑了一笑，好像很得意的样子。

但是有一天，陈老奶却忽然极其自然地说道：

“有备无患呵，早一点给我准备好，也免得你临时慌张……衣服鞋袜都有了，就差一口寿材了……”

“怎么啦，妈？”媳妇突然吓了一跳，几乎哭了出来，“你怎么这样说呀，妈？你觉得哪里不舒服吗？”

“没有什么，”陈老奶安静地说，“不要着急。你知道我脾气，我是什么都要预备得好好的。现在什么东西都在往上涨，再过两三年用得着它时，又晓得涨到什么样啊。”

媳妇立刻安静了，听见她说是准备两三年后用的，而且想使她安心，也照着她的意思做了。

陈老奶还带着媳妇亲自往棺材店去看材料，和人家讲好厚薄尺寸和价钱，一点不变脸色，却反觉十分满意似的。她看见媳妇皱着眉头，她便笑着说：

“你看，你又怕起来了！我能够把自己以后的事情安排得好好的，还不算有福气吗？世上像我一样的有几个呢？”

“那自然，”媳妇只好勉强装着笑脸回答说，“谁能及得你呀！譬如我——”

“那有什么难处！”陈老奶笑着回答，“做人做人只要做呀，譬如走路，一直向前走，不要回头就是了……你看我老了，我可是人老心不老呢……”

但就在同时，媳妇发现了她老人家又起了另一种变化：她时常忽然地闭上眼睛，摇晃了几下头，用手去支着它，或者把身子靠到墙壁去，约莫经过一二分钟才能恢复过来。

“你有点头晕吗，妈？”

“不，”她回答说，“我好像记起了什么，但又记不起来哩……我真有点糊涂了……”

随后，她推说自己记忆力差了，把银钱统统交给了她的媳妇：

“还是你去管吧，我到底老了……”

可是虽然这样，她仍旧一天忙到晚，不大肯休息。她看出媳妇在忧虑她的身体，她还埋怨似的说：

“早着呢！你慌什么呀！我要再活十年的！”

然而时候终于来到了。第二个儿子出门后第三年，一个冬天的晚上，陈老奶坐在床上，背靠着床头，对着那在黯淡的灯光里缝衣的媳妇，轻声地说道：

“你过来，我告诉你……”

媳妇惊讶地坐在床沿上，凝神望着她，看见她的脸上正闪动着一种喜悦的光辉。

“我一连做了好久的梦了，每次都是差不多，”她缓慢而且安详地说，“我看见孙子长大了，成了亲了……又像是大孩子还活着，欢天喜地在吃谁的喜酒，喝得醉醺醺的……又像是仗打完了，二孩子穿着军装回家了……你好像肥了，老了，做了婆婆，又像是我自己年轻了……喔，你怎么啦？”她看见媳妇眼眶里闪动着泪光，严肃地说道，“我近来做的都是好梦，我心里从来没这样舒畅过……你应该记得我的话，你总有出头的一天的……是吗？”

她看见媳妇伏在她身上哽咽起来，便伸手摸着她的头发，继续地说道：

“别伤心呀，记住我的话：做人总是要吃苦的……先苦后甜呵，你总有快乐的日子……我是很满意了……”

于是她微笑着，渐渐闭上眼睛，躺下去睡熟了。

第二天清晨，媳妇还没醒来，曙光已经从窗隙里射进来了。它压抑着小房中的阴暗，静穆地照明了陈老奶的床铺。陈老奶脸上映着微笑的光辉，安静地休息着。但她的眼睛不再睁开来，她已经在深夜里，当媳妇悲伤而且疲劳地进入梦境的时候，和这世界告辞了……

千家村

东方才发白，我就离开小伙铺，急急地前进了。从这里到我的乡村，还有八十里旱路，我要在今天黄昏以前赶到我的屋门前。

我已经整整四年不曾见到我的家乡。我的心现在只是剧烈地击撞着。这是因了喜悦，还是因了恐惧，或者是因了悲伤，我都无从知道。不管怎样，我现在是急于要见到我那出生的故土。我没法延缓我的脚步，它几乎是像在放肆地奔跑着。我那一担行李，显然是并不轻的，看那挑夫的年纪也该将近六十岁了，他老是气喘喘地流着满头的汗，停下担子来。这使我苦恼、不安，但我还是不能不忍心地催促他帮我赶了一程又赶一程。

其实所谓故乡，我是早已进了它的怀抱里了的。当我三天前坐在火车里，一进我们的省界，我就有了已经到了故乡的感觉。而今天，脚下的这一条路，眼前的田野和山峦，都是儿时最熟悉的景物，也是几年来时常深深怀念着的，现在却不知怎的，我竟面对着它们无心细细观赏、玩味和回忆了。距离我那出生的故居越近，我的故乡的范围就愈加缩小起来，所谓故乡就只是我那屋门口的一片水田、一个池塘、一簇树木、一所屋子、一堵砖墙似的——不，它甚至缩小到只是指的一个院子、一条水沟、一块石板、一根柱子、一个窗户、一道门槛了——不，不，我现在所想的故乡，还只是母亲房里的那一张方桌子，右边一个抽屉里的我的笔墨和书本，桌子旁的那一口大衣柜，打开它的门，在最底下的一格里，放着母亲的一袋麻线，那就是我放风筝的好材料。还有那一张古旧的朱红色的大木床，叮叮发响的铜帐钩，印着蓝色的云雀和树枝的夏布蚊帐，在这里，我偎着母亲的胸怀躺着躺着，不知道躺过多少黑夜，做过多少的梦的……

梦，也许这就是我的故乡了吧?

一天又一天，一年又一年，我渴念着故乡，渴念着故乡的一切，而现在，它果真又梦似的一幕一幕地揭露在我的眼前了。

我可真要怀疑，我已经有了多少年纪。十几年前这仿佛是一刹那呢，当我远离故乡六年之后的一天，我不是也从这同一的路上，急忙忙地奔向家里吗?那时的情绪，也几乎和今天的没有两样：像要哭出来，像要笑出来——喜悦，悲伤，恐惧……各种各样的情绪充满了心头，纠结成了一个剧烈的烦躁。

然而那时是为了母亲的病。现在呢，母亲早已死了。故乡已没有第二个那样亲切的人，我们的老屋几乎是等于空着，剩在那里的只是一些破烂的家具和一家看守田屋的佃户了。我实在没有必要再回到故乡来。而且我这次旅行原是有着一种公事，须在有限的日子里赶到别一省份去。可是三天以前，一进入我们的省界，我的对于故乡的渴念终于疯狂地强烈起来，拖着我往这方向走了。我对自己这样解释：为了生命的短促，世事的变幻，我应趁这时回一次故乡；为了故乡的周围，曾经遭遇过三次的战争，我应该慰问一下我那些熟悉的长辈和同辈，也连带看看自己的老屋；这样绕一趟路，多花三天时间，我宁可以后多赶一程的。

于是我渐渐走近我那出生的故土了。翻过了一个岗又一个岗，穿过一个树林和村庄又一个树林和村庄，一直到下午二时，我愈走愈急，我的心也愈加跳得厉害起来。我立刻要爬上那最后的一个小山岗了，从那里，我将完全看见我的真正的故乡——那就是我们的那一村庄，有名的千家村，围绕着树林、田野、河流的千家村。

我们的千家村，它现在怎么样了呢?我想看见它，也怕看见它。我的心只是猛烈地击撞着。

“我们现在是衰落了，”我七八岁时，父亲曾叹息着这样说道，“好几代以前，我们这里，其实还不只一千家人家，是我们这一县里人口顶旺的一个村落，你看我们有三个祠堂就可以知道。据说以前的屋子，西边一直是到河边，东边起自柏树林，南边到那小土坡，北边起自老祠堂。可是后来一次一次的兵灾，人口少了下来，屋子也少了下来。就在我像你这样大的时候，那个池塘还没有，那里是起着几间屋子的……”

现在呢？三次战争以后……

我的腿不禁颤抖起来，我几乎不想爬上那个可以清楚地望见我们千家村的小山冈。

可是时候已经迟了，我已经上了一半的坡，就要到那坡顶了。

“往哪里去的呀？”山冈上忽然有人问起来。

我看见那边的大树下正站立着两个农夫模样的人，打着赤脚，把裤脚卷得高高的，头上盘着青布，用一种惊诧的眼光扫射着我们。随着这声音，我的挑夫一边立刻把担子放下了，一边回答着说：

“来吧，老弟，千家村呢。”

我正在诧异这回答，岗上那个身材高一点的已经走到半坡上来了。他拖着一根扁担在身后，站住在我面前，向我身上打量一番，随即问道：

“你是哪里的？”

因这盘查似的询问和不客气的语调，我不高兴立刻回答，我想先认出他是我们村上的哪一个，然后再应付他，因此我也只睁大着眼睛，在他身上打量。可是我毕竟离开故乡太久了，何况是十几年来又是常常不在故乡久住的，看了他半天终于想不出一点熟识的影子来，于是我就淡淡地回答道：

“我是千家村的。你是哪里的呢？”

他不信任地发出一种狡猾的笑声，随后就说道：

“千家村？好吧，我给你挑行李。”

他没等我回答，已经走过去挑担子了。我心里着实有点生气，倘不是看在故乡的面上，我真会立刻和他闹起来。这是怎样的一种无礼呵。

“不行，”我用坚决的语气止住他说，“我这挑夫是一直雇到屋门口的。”

他这时已经在换绳子，我那挑夫却像和他串通了似的由他这样做，一点也不作声。直至他套上扁担，试了一下轻重之后，他命令似的向我说：

“你付了他的钱吧，一直到屋门口。我不要你的钱，这是规矩。”

“是的，他不会错。”那个老年的挑夫这才对我说了这一句。

这使我又气又迷惑，但为了和平，我终于控制着自己，付了钱，随着这个新来的挑夫走了。

走到冈上，我看见原先站在大树下的那个人还在那里，但也一样地认不出来是谁。

“说是千家村的哩！”那个高个子对他的同伴轻俏地打了这么一句招呼就走了。随后他又让我走在前面，说是恐怕他走得太快，我会跟不上。

我真给他弄得满腹狐疑起来了。他难道是一个坏人吗？我心里想。可是看他那轩昂的眉目，却像个耿直的人，而且在这里，走下山坡，村庄就在那里了，也不容许发生什么意外的。那么，他究竟是干什么的呢？为什么他露着疑惑的眼光，盘查似的询问我，又试探似的要我走在前面领路呢？

“你是住在——哪一所屋子里？你叫什么呢？”几分钟之后，当我沉默地走完了一半下坡路，我终于回过去，这样问他了。

他紧跟在我背后，疑虑地望了我一眼，好像着实考虑了一会儿，却用问话代替了回答：

“你呢？”

我感觉到非常的不快，从此沉默了下来，随时看了他一两眼，故意放缓脚步，让自己落在他背后，有时又赶到他前面。这样的几次以后，我们已经完全走完山坡，到了田野的中间，我看见我的聪明的挑夫的眼睛里现在带了一种恐惧的光，加速着脚步，一点也不肯休息，异常紧张地往前走去了。我想不出他是为的什么，但我可以确定地说，看他的神情是颇像一只老鼠躲避着猫似的。我禁不住暗暗地笑着，同时又觉得可怜他起来。

这样地走了十几分钟，我终于遇到了一个熟人了。那是我屋后的四公公，一手拄着拐杖，一手提着一只包袱，缓慢地向我走了来。他那一头的白发，现在已经秃了顶了，下巴下的白须也稀疏了许多，可是这些依然是他特别的标志，我远远地就认出了他。

“四公公，你老人家好吗？”

他在我面前站住，睁着无光的眼睛望了我半天，皱簇着眉头，像思索什么似的，过了许久才吞吞吐吐地说道：

“声音怪熟的，你是——”

“我是秋光呀，四公公，你怎么，看得清楚吗？”

“啊啊，看得清楚的，”他把包袱和拐杖用一只手拿了，空出一只手来抹一抹自己的眼睛，然后又思索地用手指轻轻点了几点前额，继续说道，“是的，你是秋光，你回来了吗？你爹可想你呢……”

我知道他并没弄清楚，便又加上一句道：

“四公公，我是你屋前的秋光呀，你忘记了，我就是你喊作光伢子的呀？”

“呃——”

我看见四公公迅速动着睫毛，张大了嘴，现在完全认出我了。他喜悦得丢下他的包袱和手杖，走近几步，一手按住了我的肩膀。

“你真长得高大，光伢子，又是满脸红光，这多年不回来了呀！我给鬼子弄昏了，人又老，眼又花，记性又差，一时认不出是你来……”

“你还和以前一样康健呢……”

“三番四次的逃难，还说什么，这根老骨头，实在是——啊恭喜你升了官呵，”他显然是对我这个出门人不肯说出不吉利的话来，所以立刻掉转了话头。“你们一家人都好吗？有几个崽女了？你们打算搬回来吗？”

我简略地把我一家人的情形告诉他之后，说明我这次是路过这里，特意来看看大家，不会在这里多耽搁。

“好，好，你真叫作不忘本了，光伢子！”他高兴地说，“多住几天吧，真是难得哩！”随后他捡起包袱和拐杖，说是时候已经不早，他今晚要赶到五里外的外孙家去，明天准定再回来和我细谈。他又叮嘱着给我挑行李的人说：

“今天可给你放哨放哨，接到一个大官来了。连伢子！好好带他到大屋里去吧，叫富洪把屋子打扫得干净些，他是个读书人，顶爱干净的，通知那个没用的村长，明天去陪他，今天他该累了，让他好好休息一晚——唉，也不坐顶轿子，跑得一身都是泥灰，真像他爹的脾气！叫你堂客杀一只鸡崽去，连伢子，他爹以前够关顾你爹的呢……”

他像叮嘱不完似的，提起拐杖，又拄了下来，最后又把我拉过去，轻声地问道：

“你听到什么风声，光伢子？鬼子还会来吗？”

我告诉他现在是最安静的时期以后，他这才匆忙而高兴地和我分了路。

我看出给我挑行李的这个连伢子的阴沉的脸色现在给喜悦的光彩所代替了。从四公公的谈话中，我完全明白了他。原来他是在那里放哨，对那早已远遁了的敌人还在严重地警戒着。现在他得到了可靠的保证，一切疑虑和不安都消失了。他对我亲切地笑了一下，重又挑上担子，向前走去，而且放缓了脚步，怕我赶不上似的随时等候着我。他沉默着，连喘息的声音都不大听得见，我可以猜出这是他对我尊敬的一种表示，他不想再搅扰我了。

我也沉默着。我的心现在完全平静了。我不再匆匆地走，我特别放缓了我的脚步，轻轻地踏着松散而柔软的黄土，让它留下一个一个清晰的足印。走过一个小小的颓圮的土地堂，就是我们千家村的界内。我以一种虔诚肃穆的心情，投入了我的可爱的故乡的怀抱。路的两旁几乎都长着嫩绿的野草，这里那里开放着白和薰色的小花。有一股熟悉的气息，泥土味混和着野草和野花的清香，一直沁透到我心灵的深处，这正是我儿时经常呼吸着的。我的面前展露着几片水田，在阳光下发着亮晶晶的镜般平静的光。蝈蝈儿在低低地唱着。这里那里活动着几个农夫和耕牛，看样子，春耕已经开始了。在田里的人都远远地对我投射出一种惊异的目光，但走在前面的连伢子仿佛在用暗号似的脸色和姿态，立刻把他们镇静了下来。有几个显然认识我，露着欣悦的微笑，对我点着头，喃喃自语着。

走上一道板桥，树林就矗立在我的面前。这时已近午后四时，炊烟像云雾似的缭绕在树林上。斜阳穿过树隙，放射出碎金一般的光线，把附近的枝叶映成了翡翠色。一阵晚风，枝叶间的炊烟就变成一条飞虹，盘旋飞腾了上去。

远近的鸡声和应过后，我听见树林后面响起了犬吠声，随后就有儿童的奔跑声、呼唤声。我们千家村的屋子就在这树林间开始了。这是最南端，我记不清楚住着一些什么人，只知道大部分是耕田的，我们虽然相熟，但平常也很少来往。当我走过这些低矮的破旧的屋子前，门前常站着几个熟识面孔的人。他们都用微笑或温和的脸色望着我，好像在说：“你来了吗？”

接着是那几块菜地和几间孤立的小屋子、一所祠堂、几个小池塘。我渐渐走向千家村的中心，也渐渐走近我们的老屋，见到的熟人也渐渐多了。他们都对我露着亲切的笑容，但都像有什么要事似的，只和我打一个招呼就匆匆地分开。我看出好些人的脸上都显露着一种阴沉和紧张，每个人的心头都好像压着一块沉重的石头似的。这是什么呢？三次的战争，敌人的暴行。我看着这种情形，我的心也渐渐沉重起来了。故乡还不曾毁灭，那是真的，我至少已经看见了它的一部分都还和往年一样。可是生活在这里的人呢？他们遭遇了什么呢？

转了弯，走近几间屋子，我就可以看到我们那祖居的老屋，忽然迎面来了一个衣服褴褛的男子。这是福全哥，我的一个堂兄弟，他的家境原先并不坏，人也胖胖的，现在却瘦得一根枯柴似的了。

“你怎么呀，福全哥？”我立刻停住脚步问。

他惊诧地望了我一眼，回答说：“我？”然后仰起头来，睁大了眼睛，像在思虑什么似的，一会儿又把他的眼光往我身上扫射了过来。我看出那是一种没有神采的眼光，仿佛他一时不能把精神集中一般。随即他伸出手，一把抓住了我的衣衫，喃喃地念咒似的说了起来。我听不懂他说的什么，只听到半句“玉皇大帝”，下半句大概是“急急如律令”一类的话了。

“他疯了，我们走吧，”连伢子给我推开福全哥，让我走在前面，自己挡住了他，“就是第二次打仗给鬼子吓疯的。”他在我后面加上这一句。

我像受了电击一般，眼泪涌到了眼眶边，我跟前的一切都模糊起来了。但我究竟是清醒着，我是个男子，我不能准许自己就在路上呜咽流泪的。我于是竭力想着别的事情低下头，避开一切的行人急忙忙地走向自己的老屋去。我曾经听到路边有人喃喃地说话，也像有谁在喊我的名字，但我不能望他们一眼，只装着没听见，就一直走进了自己的屋子，甚至于连自己的门墙变成了什么样子也没留意到。

我看见我的屋内，我的堂屋里，并不静寂，这里正在晚餐，四个孩子围成了一桌子，对着一碗蔬菜争吵着。这是我们佃户富洪的几个孩子，大的有十四五岁了，我完全认识她，她叫作菊妹子。她背着门坐着，没看见我们进去。这时她正用筷子向一个弟弟的头上打去，喊着说：

“你夹了五六筷了，还说她吃得多！你看你的饭碗！”

“我！你看吧！你自己——”那一个十一二岁的被打的男孩叫着反抗说，但他立刻停住话，已经看到我的来到了。

于是这两个大的站起来了，他们和我打着招呼，快活地笑着。只有那第三个还伏在桌边哭泣，第四个最小的五六岁也举着碗离开了桌子，惊异地望着我。

我看见他们碗里都是薄薄的稀饭。

我问到他们的父亲，菊妹就争先跑出去了，她说就在某一家人家，她去叫他来。我正想问他们的妈妈，从大门外忽然跑进来一个男人。这是我嫡堂的七哥，将近四十岁，却留着一大把胡须，看过去憔悴得很。

“你好，七哥！”我叫着说。

但是他没回答，忽然拼着嘴，吱吱地响了起来，流下了满脸的眼泪。

这显然又是因着兵灾遭遇了不幸，我也禁不住心酸，纷纷落下眼泪来……

……

当天晚上，我的屋子里坐着五六个人。我竭力抑制着自己，倾听着他们的哭诉。但是我听着听着，终于又呜咽了。

佃户富洪的妻子，在第三次打仗的时候，给敌人赶到了河里，七哥的一个八岁的孩子连她一齐失去了，但这还是受害最轻的！好多屋子，在我们村上北端的被毁了……

整个的千家村，现在只剩下了一百多户，而且很少是完整的，就连这些残留的部分也沉浸在凄凉苦难中。千家村是日夜在战栗着……

这一夜，我无论怎样也合不上眼。对着一盏暗淡的孤灯，我只会呆着出神。屋外有蝈蝈儿在叫，它们给我揭开了甜蜜的儿时的回忆，一会儿杜鹃的啼鸣又把我引到了这眼前悲惨的境界，窗外有风在摇曳树木，呜咽而且悲愤，一阵阵的鸡鸣似在催人奋起……

我不能在这里多耽搁，天还未明，我把我应做的能做的事全准备好托付了七哥和富洪，就带着连伢子急急地离开了我们的老屋、我们的故乡、我们的千家村……

樱花时节

讲述后面这个故事给我听的李君，是一个有相当有知识的中年人。他在他的故乡芜湖开了一个小酒店已有二十年，一家老小全靠它养活。敌军将侵入芜湖的时候，他家里的人都逃走了，只有他一人不肯走，留在那里看守着这个惨淡经营了半生的产业，因此险些丢了命。到后来他尝尽恐怖和危险，为了要复仇，终于牺牲了酒店，而自己也逃到这里来了。但这属于另外的一个故事，这里所讲的是他一部分的遭遇。当他开始讲述的时候，他的眼睛是那样可怕：虽然睁着，但像在凝视什么东西，没有一点光；接着他的眼睛，渐渐红了起来，像要冒火，像要爆裂似的，但到后来，我又看见他的眼光渐渐平静，眼角润湿了。听了他的讲述，看了他的表情，我很感动，因此把他的话记了下来。

一手提着血淋淋的人头，一手舞着大刀，你一定看见过的吧！是在戏院里常见的，并不可怕，有时，我们还听见咯的一声，有人从半空中接住了那样的人头哩！——但是，朋友，倘使一个日本兵，也是这样，一手提着血淋淋的人头，一手舞着大刀，疯狂地向你奔来呢？倘使他把那血淋淋的人头提到你眼睛边，又把那一边闪着红光一边闪着白光的大刀搁在你头上呢？

我那晚是躲在后院子一只大酒缸里，上面盖着稻草的。我不知道那些日本兵怎样找到我店里，只听见哗啦啦一阵乱响，店门给撞开了。听那脚步声，进来的人不止五六个以上。有人扳着机关枪，有人吆喊着，还有人拍着桌子敲着柜台。一些酒瓶酒缸给摔在地上了——那些是空的，我已把酒藏起来。随后我听见有人声到后院子来了。他们用枪柄一路敲着，许多空酒缸又给敲碎了。人越走越近，我瞥见电光闪了过来，我发抖了，紧紧地闭住了眼睛……

哗啦……我的那个酒缸敲碎了，我紧紧地缩作了一团，腿子上已着了一枪柄……随即我被拖出来了……

“完了！”我想，此外就什么念头也没有……

但他们并不立刻枪毙我。他们把我丢在店堂里，用手电照着我，恶狠狠地对我叫着。我一点也不懂他们说的什么，我只是浑身发着抖，不敢作声。我的眼睛只留了一条缝，不敢闭也不敢开。他们呼呼地叫吼着，用枪柄敲我的腿子，又用枪刺指着酒缸。我起初简直不敢想他们是在做什么，只等待着砰的一声把我结果。这样地过了一会儿，我渐渐清醒了。我知道他们还不想立刻杀我，他们的目的在叫我拿出酒来请他们喝。于是我战战兢兢点点头，做手势给他们看，表示去拿酒来。他们会意了，也做着手势要我去拿来。我这才慢慢从地上爬起，从柜台内拿出一封蜡烛。他们立刻抢过去，把一封蜡烛全点上，照得店堂内和白天一样的亮了。我只取了一支，往后院的地洞走去。那是我们平时的防空洞，风声紧迫时我们一家人费了一夜工夫，才把所有的酒缸搬进洞里的。他们有两个人跟着我走，一个提枪在我背后逼着，一个用电筒照射着，好像怕我院子里有埋伏。我一路走一路发抖，抖得手里的蜡烛熄了几次。我总觉得背后那枪尖已经刺进来了……但他们并不杀我。他们看见酒就满意了，大家望着笑了起来，有几个还喝起来了。我那地洞里，有的是上好的高粱，远年的绍酒，他们不管好歹，一口气就喝了两罐。随后我看见有几个已经醉了，眼射着红光，疯狂地拿着刀子舞了起来！

我想，我现在总活不成了！恶鬼喝醉了酒，不会把我留着的！

过了一会儿，我忽然听见门外有人叫吼着，狮子似的冲进来了！啊！那样子！想起来都是可怕呀！那简直是地狱里跳出来的魔鬼！光着头，满脸是血！眼睛发着火，想要把屋子全都烧光一般！左手提着一个血淋淋的人头，右手舞着大刀！那刀子还在滴着鲜红的血！

啊！他向我走过来！但并不扑过来，只是一步又一步，朝着我逼过来……我本来站在柜台边，不知道怎么也一步又一步往后退了……可是我后背是一堵墙，我终于不能再动弹，就壁直地贴在那里……

那人头和刀子晃着晃着，渐渐近来了，一股血腥，一股冷气，我吓得闭上了眼睛……人头已经贴在我的脸上，刀子——在我头颈上……

嚓！我好像听见我头颈上这么一声！我的头一偏，身子倒下了……我什么感觉也没有，只有一点意识像电光一般，在我脑子里闪了过去：完了！

但是谁也想不到，我竟然没有完！不知道过了多少时间，我像做了一场噩梦，忽然苏醒过来。我听见那可怕的笑声和歌唱，闻到酒气和血腥。我真不相信我还活着，用手摸摸头颈，那里是好好的，不痛也不痒。我睁开眼睛来，看见自己还伏在墙边的地上。满屋点得好明亮！一定是把我抽屉里的五封蜡烛全点上了！房子里的人好像多了起来，但我不敢看他们。他们说的话，我一句也不懂！只是怪可憎的！那笑声，简直不像是人声！这时我有枪也好，有刀也好，我真的想跳起来，往他们身上扑过去！我再也不能忍耐了！我得向他们讨这一笔血债！他们把我们中国人看作什么呀？占我们的土地！杀我们的同胞！抢我们的财产！我已经给弄得妻离子散，他们倒在我店里喝酒作乐！那些一罐罐的酒，里面装着的都是我血汗，为什么我要让他们白喝呢？我真懊悔！早知这样，我一定放下砒霜！然而我是蠢得和猪一样！我竟一点没想到！我竟拿我的血去喂那万恶的野兽！而自己却躺在地上，等待着他们喝饱了来杀我！

“我这还有点人气吗？”我咬着牙齿问我自己，我几乎想站起来把那屋子推翻了！“敌人！报仇！敌人！报仇！”我暗暗地叫着。

可是我还是镇定了下来，压下了心头的火。我知道报仇的时机还没到。我得暂时屈服一下，倘使他们喝饱了酒，真的就把我杀掉，那也就怪自己了。这时他们人多，我又手无寸铁，是万万动不得的。我只能希望我还能多活一点时候，有机会给我报仇……

我这样决定了，就索性伏着不动，假装着吓昏了没醒来，但有的时候，我也偷偷地睁开一点眼睛来，看他们在做什么。

我渐渐看清楚了。在我店里的一共像是九个日本兵。有一个好像是军官，别的都是兵士。有两三个已经在柜台的那一边地上睡熟了，呼呼地打着好大的鼾声。我特别注意那个提着人头的畜生，他的脸上还留着血迹，我注意到他的右眉上有一条刀伤，结着长长的一个疤，我相信那畜生还是不久以前给我们中国兵砍伤的。他真是个恶鬼！一脸横肉！笑起来，嘴巴和碗一样大，两颗獠牙，两眼往上吊，冒着杀气！声音粗暴得像是牛叫，连说话也像跟人家相骂一样！他们一边喝酒，一边谈笑着，歌唱着，忽然跳着，忽然拍着桌子，又忽然乱打我的东西！那个恶鬼却一连摔破了我五六只酒罐！好几只里面还有酒，他也毫不介意，哗啦啦摔在地上！

啊！我真不愿意再想了！我敢认定他是个短命鬼，没得好死的！这样的畜生，没有人去杀他，他自己也会寻死的！可是你看吧！朋友！我什么都没猜得好，至少这一点是猜对了！

你不要问我，这天晚上后来怎样。我简单地告诉你，后来走了好几个人，留下来的几个，有的睡熟了，有的通夜把守着后门。我自然不会逃出去，也不敢有什么动作，只特别留心那一个恶鬼，我听见他牛一样叫吼了一声，就扑通地倒在地上，不一刻就呼呼地睡熟了。

你一定明白我那夜后来的心境：又怕又恨又气！我伏在地上只是这样想那样想，一直到天快亮，我才睡熟去的，就在那靠墙的一边。是冷是热，是酸是痛，我全没觉得！

第二天，我醒来了。我的店堂里已没有日本兵，只是前后门有日本兵把守着，满街走的也是日本兵，不见中国人的影子。我自然仍不能走出去。我检查我的酒罐，给打破了十五只，还有不少的酒瓶。我的地洞处一共少了八罐绍酒、十五罐高粱。那些鬼东西喝了一饱还不够，还偷出去了许多罐。

“操他娘的！日本兵是狗养的！”我拍着柜台，独自骂了起来，“下次再来，看我要你们的命！”

我气极了！我决计不要我这酒店，也不要命了！我决计去买砒霜来放在酒里！一下子毒死那一伙鬼子兵，不是比打仗还狠吗？

正在这时，我忽然看见我的桌子上丢着一堆钞票！我一眼望去，一元五元的钞票总在十张以上！

“他们忘记带走了！”我想，“一定是醉晕了！”

但再仔细一看，那里却留下了一张小条子，钢笔写着这几个字：

“谢谢：一醉居主人”

底下还留着一个名字。那时我没心思留心它，只记得是什么姓屋的。

一醉居是我酒店的招牌，他把这钱和字条留下，明明是给我作酒钱的。但是我并不高兴，我反而更加发气了！他们不敢杀掉我，还给我钞票，这明明是有意捉弄我！我会要他们的钞票吗？那些都是我们中国银行、中央银行的钞票，他们日本鬼从哪里弄来的？刺刀，枪杆！嚓——刀！咚——枪！把我们中国人杀死枪毙了！不看见那个血淋淋的人头吗？——啊！我不能想了！

我绝不愿意要那歹钱！那歹钱里有着我们同胞的血！那钞票给那个肮脏的畜生的手拿过的！我不愿意看见那钞票和条子，我把它们撕成一片又一片，又点起火来，把它们烧掉了！

请你相信我吧，朋友，要不是我想报仇，我当时简直会把我那屋子一齐烧掉的！我气得发疯了！我甚至气得连自己也不想活下去了！我是堂堂的男子汉，我已经活了四十多年，我从来不曾受过这样的侮辱。说我们中国人不争气，所以招来了亡国灭种的大祸，但我们当老百姓的，几时看不起自己？几时自愿做人牛马？几时不想自由自在地活着？几时不想做一个体面的人？谁愿意跪在日本鬼子的面前？谁愿意躺在砧板上由日本鬼子来宰割？谁愿意做奴隶？谁愿意做亡国奴？

唉，唉！朋友！请你原谅我啰唆！我想起来简直头晕！我说得这样七七 八八，都是因为我实在气不过，到现在也还气不过呀！

现在，请让我再说下去，后来怎样吧！

后来，一句话，我还是没办法，我不能走出门去！街上全是日本兵，我出去了不就是自己寻死吗？他们那些畜生，有什么良心的！躲在家里，自然也不是事，他们随时会进来，随时可以拿我的头去！但除此之外，我也就没别的办法了！头一天，我躲在酒缸里，既然就给他们拖出来了，第二天就索性不躲了。日子自然难挨，时时刻刻提心吊胆的，但也只好想明白。于是我在屋内来回地走着，这样想想，那样想想，什么事情也不做，连肚子饿了也不去弄东西吃。只是一分一秒地挨时间。幸亏这一天终于给我挨过了。门口时时有日本兵走过，在门口停了一停，跟站岗的日本兵打个招呼，就都过去了，没一个进门来。只有那站岗的到我店堂里进来了两次，做着手势，问我要酒喝，我没法，便给取出绍酒来，但那家伙却不识抬举，单要高粱喝！

到了晚上，我看见那恶鬼又来了——那个用人头和大刀逼我的畜生！我认识他很清楚，他的右边眉毛上有个疤！他这次一共带来了五个下级军官模样的人。他们自己还带了许多牛肉鸡肉、饼干面包那一类东西。我待在昨夜站过的靠墙的一面，没有动，也不作声。我知道他们的目的是要喝我的酒。但我决不自己送上门！我宁可再让他把刀子放在我的头颈上！嚓！去了头就去了头吧！有什么要紧的！

但那家伙今晚上忽然换了一副面目了。他先招呼别人坐下，自己就笑着向我走过来，做着手势，意思无非叫我拿酒出来。我故意睁着眼睛，假装着害怕的样子，痴呆地站了半天，后来看他收了笑容，露出着急的神色，声音越来越粗越高，估计他兽性快要发作，我就装出领会了他的意思，到防空洞里去取了一罐高粱来。

这一晚，他们好像都变了。他们不再像头一晚那样地疯疯癫癫。他们虽然有说有笑有唱，但比较起来，安静得多了。他们不再拍桌子，敲东西，并且乖乖地走得很早。临走的时候，那个眉毛上有疤的又在我柜台上丢下了几张钞票！

你想我会收下吗？等他们一出门，我又立刻把钞票烧掉了！我已经决心报仇，连自己的性命也不要了，还会要那些钱吗？

第三天，我又把钱烧掉了。

我想，他们现在给我这些钱，无非是一个鬼记。他们想快活地喝酒，或许也正在怕我放毒药，所以想用钱收买我的心。等到我的存酒完了，他们还不是把我杀掉，又把我的存款抢回去的！我这么一烧，日后大家都没有，倒也是值得痛快的，我这样想。

可是第四天晚上，我忽然改了主意，把钱收下了。我这样做，并不是我变了心。那是因为我存下了狠心，要报大仇！

这一天，我看见街上的中国人渐渐走动起来了，日本兵仍然不少。我悄悄走到我的店门口，我才明白我的门边贴着一张不像样的告示，半文半白，写的中国字，说的日本话，大意是说：这里面住着正当的商人，不得扰捣。看看街上做小生意的中国人和横行无忌的日本兵，我明白我们中国军队一时不会回来了，我们从此都得受日本人管了！以后的日子怎样过下去，这是谁也想不到的！于是我咬咬嘴唇，决定了一个计策，想做更狠的事！你知道，芜湖是一个重要的地方，一定有重要的日本官将在这里。擒贼先擒王，这是我们的老话，与其害死那几个不中用的无名小卒，倒不如害死一个重要的日本人！倘使做不到，我也要等候更好的机会，害死大批大批的鬼子兵，才有意思！现在他们喝中意了我的酒了，那些日本鬼全是爱喝酒的，我这里的招牌一定容易传开去，只要我耐心，就不愁没机会！这样决定以后，我就估计我的酒店的本钱和货物的来源是不是可以撑得久——一句话，不留一点钱，是没法做到的！况且我自己也要吃也要用！拿他们的钱来安排我的计策，然后下手，这是聪明的办法，我想。于是我把钱收下了。不但收下了钱，我还决定改变我的态度。要对他们慢慢和气起来，让他们放心我不会有恶意。

他们对我的态度已经一天比一天好了。第四天晚上，他们好像对我很熟了，不再唠唠叨叨地命令我做这样做那样，许多事情他们自己来动手，喝酒的时候，还要我过去一道喝，到了临走，那个眉毛上有疤的人，从袋里摸出来一条布条给我。

我看了一看，几乎眉毛都竖起来！但我立刻想到我已经决定的计策，便竭力按住了我的脾气。你说那是什么东西？是顺民证呀！

我从此该做日本鬼子的顺民了！唉，顺民！顺民！是奴隶！是牛马呀！我是堂堂中国人，为什么该做日本鬼子的顺民呀？我们的国家哪里去了？我们的祖宗有灵吗？这一夜，我没有合过眼！我只是独自关在房内哭泣着……

可是我终于把那顺民证给挂上了……这也并非是不值钱的东西呀！那上面就写着“每张一元”！我呢，该感谢那个日本鬼子，白白地送给了我！不但这样，我的头从此有了一点保障了，两脚也可以动动了！哈，哈，顺民证！我为什么该挂上呢？我想你一定明白的。并且，请你注意，我的运气实在也不坏呀！你要是那时在我们的芜湖，你一定会相信我的话不错！第五天，等我到街上去的时候，我看见了什么呢？我不愿多讲了，总之，这里那里全是我们中国人！有的断了腿，有的丢了头，有的——啊！女人，小孩，老头子，我还是不说的好，总之，那些全是我们中国人！但这世界不是我们的世界！这是——比禽兽还不如的世界呀！

报仇！报仇！除了这年头，我什么思想都没有了！不管他是好人是坏人，不管他是强迫当兵来打中国还是自愿的，只要是日本人，我见了没有不眼睛里发出火来！日本人！这是一根针，插在我们骨髓里的一根针！不把它拔出来，我们就休想活在世上！

日子一天一天过去，芜湖的市面渐渐恢复了，逃难的老百姓也纷纷回来了，大家挂上了一张顺民证！我的家眷也回来了。我忘记告诉你了，我家里的人数：那里是一个七十多岁的老母、一个妻子、一个五岁的孩子、一个半岁的女孩、一个弟媳妇、两个侄儿子。还有一个十八岁的大孩子已经跟着南京的学校搬到湖北去了。一家这么多人，你可以知道我负担的重，我这酒店对我一家关系的重大。可是为了要报仇，我已决心不开这酒店。家眷呢，我估计到大孩子出学校，也还勉强可以过活的。因此，他们回来后，我又马上叫他们住到乡下老家去了，为的那里容易过活，将来有事，我也容易脱身。我只留下我那四十岁的女人和两个小孩子在城里。过了不久，看看买卖慢慢好起来了，我又把从前的学徒和厨子都找了回来，整理好座位，又重新卖酒带卖点下酒的小菜。

日本兵到我店里来喝酒的慢慢多了。他们总是自己带干菜。他们常常喝了酒不给钱，或者随意给得少。喝醉了酒，还常常打打骂骂，敲碗盏拍桌子。只有那眉毛上有刀疤的一个和他的同伴却总是加倍地给钱，并且特别和气有规矩。

我的店铺能够维持，不能不说是全靠他。但是因为他曾经用人头和刀逼过我，我怎样也不相信他是个好人。他越和气，我越怀疑，越厌恶，越憎恨。我起初对他很小心，后来我就渐渐露出不快的脸色，到最后我甚至也常常对他做出凶恶的神色来。可是不知怎的，那家伙以后只有更加和气，更加规矩，好像他受到良心的责罚似的。

但这在我却只觉得更加可恶。我想他无非是看不起我这个手无寸铁的中国人罢了。他一定记得头一天晚上，他把人头逼到我鼻子前，把血刀放在我颈上的时候，我是怎样的恐怖，怎样的怯懦，刀子还没动，我就先晕倒了。他一定在暗笑我。现在他嘴里不说，心里一定时时刻刻记得的，所以无论我现在怎样地凶起来，也没放在他眼里！

“有一天，当我再把刀子放在你头颈上，你又得晕倒了！”我相信他一定在这样想，所以他看不起我的愤怒，甚至还故意笑了起来，更加和气起来。

这又是太侮辱我了！我几次三番想先下手对付他！但仔细想一想，我还是等待更好的机会，单单对付这一个无名小卒，未免太不值得了。因此，我有时虽然对他板起面孔来，也就很快地变了笑容。

有一点，我可以相信：他始终没看出我心里的计策，我对他的憎恨。他起初是每晚来的，后来隔一两天来。但星期日就几乎整个的下午在我店里。他对我显然非常放心。别人带了菜来我店里，对我的酒先这样闻闻，那样看看，尝了又尝，试了又试，生怕我放了毒药，但他却毫没这些顾虑，他后来甚至连菜也不带了，专吃我们做的熏鱼、五香牛肉那一类东西。别人到我店里来只有一醉，他却好像另有目的。他不常喝醉，两颊红了一点就停了杯。每次总是慢慢地喝，和几个朋友谈谈。有时一个人来，就这样看看，那样望望，叽里咕噜对我说些日本话，不管我一句也听不懂。他常常在我店里坐得很久，好像舍不得走似的。我真不晓得我这小酒店有什么可留恋的地方，既不背山又不靠水，店堂里又布置得那么乱七八糟。

我女人是最怕日本兵的。日本兵进城时，作下了多少罪恶，她都一一清楚。所以每次远远地看见日本兵走来，她就躲到后面去了。我那五岁的男孩，起初常常给她关在防空洞里，要他别到店堂里来，说日本兵会把他杀死。但后来那孩子不耐烦起来了，以为爸爸既然在外面，他也就要出来看看。我的女人慢慢挡他不住，吓他不了，也终于让他走出来溜一溜，就马上叫厨子拖了他进去。有几个日本兵对他恶狠狠地睁着眼睛吆喝，确实也使他害怕。但眉毛上有刀疤的那一个，第一次就给了他很好的印象。他只对我小孩皱一皱眉头，接着微笑地望着。我那孩子不晓得爱上了他什么，也就出神地望了他半天。第二次那个日本兵给了他一包糖。我的女人特别担心，怕那是放了毒药的，不准我的孩子吃，但我那孩子却偏偏要吃，果然吃了也没见生什么病。后来我的女人对那孩子就渐渐放松，而那孩子又怎样对那个日本人愈来愈亲近，我就不大清楚了。

那也真奇怪，一个连中国话还说得不完全，一个只会说日本话，却竟会要好起来。起初他们只是做手势，各人说各人的，到后来那日本人竟叫唤我孩子的名字，我的孩子也叫唤那个日本人的名字了。

那个日本人叫什么名字，我起先是很不关心的，我只知道他是什么田边中队的一个小卒，此外我就什么都不想知道了，因为我不屑理他。后来孩子在叫，他在答应，我才知道了他叫作什么屋恭卡希。

可是最使我生气的，却是我孩子却说起日本话来了！他学到的并不多，只是三五句，什么阿里阿，可是我听见了简直是什么都刺我的心！这在战前，也许我会高兴，看见我的孩子会说几句外国话，但现在，人家是要把我们亡国灭种的时候，我们是已经挂上了顺民证的时候呀！况且，那仇人就是用人头和刀子逼过孩子的爸爸的！

“这是什么意思呀？”我对我的女人叫着说，“难道我这孩子，生下来就准备做亡国奴的吗？——要是真的，”我咬着牙齿说，“不如现在就给我结果了吧！”

但是我的女人现在变了，她批评我不对，说我看错了人，说那个什么屋的确是个好人！

“理由在哪里呢？”我问她。

她说不出理由来，她说她并没看错人，她看见许多日本兵都害怕，但是看见他，也和孩子一样地觉得他是个好人。

“不管是好人是坏人，不管有没有用人头和刀子逼过我们，”我说，“凡日本兵都是仇人！我们不能相信他，不可以和他接近！”

但我的女人却站在我孩子的一边，不相信我的话，日子久了，她不但不阻止我的孩子跟那个屋恭接近，她自己还抱着那个半岁的女孩走出来了。她也和他打起招呼来，有时还把那小的给他抱抱玩玩。

“反了！反了！”我发疯一样地对她叫着说，“再这样下去，我非先结果你不可！你活到四十岁了！你进我的门有二十四年了！你是我的女人！你是中国人！不，你这女人，你不懂得什么叫作中国，这也罢了，难道你连丈夫也不认识了吗？我不告诉过你，这个屋恭用人头和刀子逼过我吗？你这无耻的女人！你这下贱的女人！”

我什么话都骂尽了，要不是我和她都已上了年纪，要不是看二十几年同甘苦共患难的夫妻分上，要是在十年前，我怕早就把她一拳打倒地上了！

“你说得对，”她却并不动气，只是淡淡地回答说，“可是我也没错，你慢慢会相信我的。你现在不要生气，我不是年纪轻的女人了，这，你可以放心的。并且我对他也不过点点头罢了，我连笑容也没有的。你的话我都明白，你放心，我不会把他看作自己人的。”

她这样说，我也就无话可说。一方面，她到底已经四十岁，已经是三个孩子的娘，我也只好静下来。另一方面，我想这样也好，可以让日本兵不怀疑我们，可以让我好好地干一下。好在这并不是出卖我的女人和孩子。为了要报大仇，我总得忍耐一点的。

我既然抱着这样态度，以后也就不去禁止她和小孩跟那个日本兵接近了。我的女人好像不明白我的意思，她以为我对那个屋恭也改变念头了，便时时来和我谈起他，说他昨天怎么抱着孩子出门去玩，今天又换了什么鞋子。

“是的，是的，”我起初懒洋洋地回答说。但到后来我不大耐烦了，她没说完，我就截断了她的话：“我看见的，我知道的！”

日子越久，她提到他的次数愈多，于是我又对她生气了，“少说一点不好吗？他是恶棍，他杀过许多中国人，他用人头和刀子逼过我的！老实说，你最好不要提到他，我宁可听你多讲些猫和狗、鸡和鸭子的！你懂得吗？”

“你总是成见太深，不过也怪不得你……”我的女人回答说。

“你说这是成见吗？倘使我那天晚上被他杀死了，你也说成见吗？你到底喜欢他什么呀？是他年轻，还是他钱多呢？”后面这两句话原是我不该说的，我根本就没有这样疑心她。只是我当时脾气来了，就胡乱地骂了出来。于是这使她太难受，她哭了。

“我不过觉得这个人可怜吧，你做什么这样侮辱我呢？”她哭着说。

“你看见他什么地方可怜呢？”我问她。

“我常常看见他皱着眉头，像有什么心事，”她说，“不管他是什么人，我看见他愁眉不开，总是心里怪难受，你不是不知道！”

“那我知道，”我回答说，“你是个女人，心肠特别软，连杀一只鹤也要闭眼睛的。可是你忘记了，这个可怜的人，就是拿着刀子杀我们中国人的人呢。这样的人，你也可怜他吗？”

“那是我糊涂，”她说，“我知道他作过恶，也记得他用人头和刀子逼过你，可是不知怎的，我一看见他，心里总是怪难受的……”

我又没话讲了，女人总是女人：心肠比什么都软，道理比什么都不懂，啰唆又特别厉害，一天到晚说些琐琐碎碎的话！

可是因为说他常常愁眉不展，心事特别重，我也渐渐对他注意。我倒不是和女人一样地可怜他，我一半是好奇，一半是含着报复的意思。“他也会苦恼吗！他这个杀人不眨眼的凶手？”我想。

我现在注意出来了，我女人的话不错，那个屋恭的确是常常愁眉不展的。他老是低着头沉思，面前放着酒，可以半天不喝。一个人来时不说话，那是当然的。可是同许多日本兵一道来时，他也很少说话。他有一个习惯，总是用手摸他的面孔，挤那脸上的酒刺，但其实依我看来，是在想别的事情。因为他神思很恍惚，人家跟他讲话，他常常不听见，要喊他几声，他才像做梦一般地抬起头来。他又常常坐立不安，当他的朋友们喝得最高兴的时候，他忽然走开了，一个人在屋角里踱来踱去，等一会儿又在那里呆坐半天。所有日本兵看起来都像是畜生投胎的，他们在我店里老是喝醉了酒吵吵打打，有时一面喝酒，一面赌纸牌，钱输光了，就拔出手枪来。有时又带了姑娘来，在我店里闹得天翻地覆。常常不给钱，还要打烂我的东西。只有那个屋恭卡希，却不玩姑娘，不赌纸牌，不和别的人一样。看起来，他算是脾气最好的一个，要不是他曾经用人头和大刀逼过我，我也许还会疑心他是有相当品格的日本人呢。

但是有一次，我却看见他发大脾气了。那一桌喝酒的，连他在内是五个日本兵。喝到半醉，一个眼光顶狡猾的日本兵，忽然从袋内摸出来一封信给大家看，他非常注意，跷起一个大拇指，像在对大家夸口。这时另外三个也得意地从袋里摸出信来了。我看见那些信封很漂亮，上面有花，好像都是情书。他们把信纸抽出来，交给大家看，高声地读了一遍又一遍，有的摇着头，有的哈哈地笑着。过了一会儿，他们看见屋恭卡希只是一声不响地低着头，大家就把眼光都射在他的身上切切地冷笑了起来。屋恭本来低着头在挤他脸上的酒刺，这时抬起头来了。他对他们望着望着，眼里渐渐冒了火，接着他一手扳着桌沿，慢慢地站起来了……突然，他用力把桌子推翻，一手抽出手枪来，对准了那一个拿出信来的人……

店堂里的人全慌了，那几个日本兵都跳了开去，有一个人跑到屋恭卡希的背后，紧紧地抱住他按住他的手枪，取出子弹，把那枪丢还给他，然后大家都对他讥刺地笑了一笑走了。他像受了伤一样，痉挛地在桌子上伏了半天，才恢复精神，把大家的酒钱一起付了走出去。

从此以后，我看见他越来越颓唐，人也越来越瘦了。气候渐渐往春天走，他却好像由秋天变了冬天。他的眼睛渐渐大了，面颊突了出来，下巴变得又尖又长，胡须也不刮，头发也不剪，活像失了魂魄一般。“这个人有心病。”我的女人对我说，“恐怕是在想家吧。”我不很相信她的话，我始终觉得这个人生来很强硬凶狠，不会想家想到这样地步。

他好像很用功，常常一个人带着一本书来看，但几个月了，他还是看的那本书。他又常常带了一本簿子来写什么，可是每次都把写好的撕了又烧掉。我看不出来他爱好什么，只晓得他爱我的孩子。他已经慢慢会说几句不大好的中国话了，那好像还是我大孩子教他的。但他也并不常和我讲话，只是几句普通的应酬话。

有一天，为了想知道他是不是在想家，我问他了：

“喂，屋恭卡希，你家里有什么人吗！娘？老婆？儿子？”

他皱了一皱眉头，踌躇地回答说：“没有……”

“没有？”我问他，“像你这样年纪，还没结婚生孩子吗？”

“没有……”他重又回答说。

“那么，家里有什么人呢？”

他苦笑了一下，摇着头走开了。

当天晚上，我就把这话告诉了我的女人。我女人详细地问我，他说话时的态度以后，她就说，一定是了，他在想家。

“一个杀人不眨眼的人，也会想家想得这么狠吗？”我不相信似的对我女人说，“如果他这么想他的娘，他一定是个孝子；如果这么想他的儿子，一定是个慈父；如果这么想他的女人，一定是个好丈夫！可是像他这种人也会有人心吗？”

有一天下午，屋恭忽然笑着跑进了我的店堂，他好像快乐得发疯了，大声地叫着，推翻了我柜台上好几个酒瓶，把我那大孩子高高地举了起来。随后他从一个信封里抽出一张四寸大的相片，恭恭敬敬地摆在我和我女人的面前。

“娘！老婆！儿子！”他指着相片告诉我。

我细细看那相片，是三个人合照的。他的娘坐在中间，他的女人抱着一个孩子站在旁边。看他的娘总有六七十岁了，额上满是皱纹，嘴是瘪的，一定牙齿都掉光了，头发很稀，前顶发着光，像是秃了顶。看那容貌像是她儿子，可是极其慈爱的样子。他的那个女人只有二十五六岁，面孔很秀丽，看那样子也极其温和，她手里抱着的那个孩子，不过一岁多，伸着手指，张着嘴，像在叫人，倒也生得活泼。这几个人，虽然穿着日本衣服，但据我看来和我们中国人并没有什么不同。

“不错呀！”我女人快活地说，“你那孩子张着嘴巴，说不定正在叫你爸爸呢！——你看，”她忽然转过头来朝着我说，“他这一向不快活，到底是在想家哩！”

“那自然，有这么好的一个家庭，难怪他不想了，倘不是派到中国来打仗，一家人团聚在一起，多么享福呵！”我对我女人说，心里不觉有点替他难过。

“他家里的人还不晓得怎样想他呵！”我女人回答我说。

“出来打仗，是死是活，谁又难料——那看她们不也愁眉不开的样子吗？”

给我女人这么一说，我的心也软了。我再看那相片，他的娘和女人像在那里对我们说什么话，她们的眼里含满了眼泪一样……

“唉，唉……”我叹着气说，“好好一个家庭……谁叫他来打仗的呢？我们中国人几时侵犯过日本人呀？”

我抬起头来看屋恭，不料他已经不在我们的身边了。他正独自伏在屋角的一张桌子上，在那边低低地啜泣。

“喂，屋恭卡希，”我过去叫着说，“信也来了，相片也来了，正该高兴呀！离别总是有的，你也写封信去，拍张照片去安慰你的娘和老婆吧！”

自然，我的话不会有什么用处，他的苦痛悲伤也只有他自己最晓得。可是从这天起，我特别可怜他了。拿自己的血肉去做炮灰，我想无论什么人都不会愿意的，除非像我们中国人是要救中国救自己，救子孙。日本人为什么要打到中国来呢？像屋恭那一类的人又不是没饭吃，又不是没衣穿，家里又有老的少的。当兵不是他自愿，派到中国来打仗更不是他自愿，都是很明白的事，那么，他想家，他想从炮火中把这条命留下，也是极自然的事了。可是他没自由，他不能违反命令，他被逼到中国来了，什么时候可以回家呢？他也不能够知道。他其实不过像一匹在路上爬行着的蝼蚁罢了，什么时候给人一脚踩死，给人用火烧死用水淹死，他是没法知道的。他真是个可怜的东西呵！

但可怜的，却还不只这样，我想起来他应该还有比这更痛苦的地方哩。他家里有娘有女人有孩子，他想念她们得这样厉害，可是同时看他却用他的枪和刀杀死了许许多多有娘有女人有孩子的人！他不会想到吗！许多中国人，老年的爷娘死了儿子，年轻女人做了寡妇，做儿的变成了孤儿？而这些中国人又从来不曾侵犯过他！这是什么样的生活呀？要是我，我变作了他，我真是活不下去了！

这道理并不难懂，我想他一定早已想到了。我女人说他有心病，或许就是患的这个心病吧？那才是最痛苦、最使良心不安的事呵！

唉，谁叫他犯这罪？一个活生生的人，一个有知识、有灵魂、有良心的人难道愿意自己犯这罪吗！自然，那又是被人家逼出来的。可是，为什么不能反抗呢？倘使他再这样一想，他的痛苦又将怎样加深呵……

唉，朋友，请你听我说！从那次以后，我给他这样想想，那样想想，我不但可怜他，我甚至原谅他第一天晚上对我那种凶暴的行为了。他杀了人，他拿了人头和血刀来逼我，为什么当时不在我颈上轻轻用一点力呢？我相信他那时已经良心发现了。

"放下屠刀，立地成佛。"这是我们的老话，我相信这个人并不是恶棍，而是一个好人。我曾发下心愿，要向他报仇，要向许多日本人报仇，但以后我对他改变了念头。我想我还是放过这一个日本人吧。他已经是秋天的枯叶，自己快要掉下来，何必再去拨它呢？

我从此不但对他不再存丝毫恶意，而且常常关心他了。他喜欢我的孩子，就是他在想念他自己的孩子，我很希望我的孩子能够给他一点安慰。他喜欢喝那高粱，我总是挑选了最好的给他。他要吃熏鱼，我每天总是给他留下了最好的一份。我很想知道他家里的情形，有没有信来，但怕触起他苦恼，我始终不向他提起。看他难过时，我常常走过去同他闲谈一些当地的京戏和什么新闻。他虽然不大听得懂我的话，但我也只是这样那样地讲给他听，希望他从我这里得到一些快乐。他很懂得我的用意，因此他看见我，总是勉强装出笑容来，表示很快乐的样子。他常常感激地对我说：

"好朋友，好朋友，谢谢你，你高兴到我们东京去玩玩吗？"

真的，倘不是在这个时候，我们有什么不能成为好朋友的呢？日本人和中国人，卸下军装，不也是一个善良的老百姓吗？

唉，我真可怜他，他老是这样的忧愁、痛苦！他常常对我提起，他到中国来已经几天，已经几点钟又几分几秒了。

“什么时候可以回家呢？”我问他。

他失望地摇了一摇头。随后他像安慰自己似的说道：“大约快了吧……”

有一天，他忽然叫着跳着来了，非常高兴地告诉我，再过一星期，他可以回家了，调防的军队已经到了南京，他可以在樱花时节赶到家里了。

“这样很好，”我也很高兴地说，“你们一家人不久可以团聚了，给你贺喜！”

我说着取出酒菜来请他吃，还在旁边跟他聊了许多话，同时我心里却也起了一种怅惘和一种忧虑。怅惘的是他跟我太熟了，他这一走，我这店里会冷落起来。忧虑的是，换防的军队不晓得是好是坏，我们这批人会不会再遭一次荼毒。

正在这时，我听见街上闹起来了。十五六个日本兵都疯疯癫癫走进了我的店里。他们都是得到了回家的消息，来到我店里痛饮的。好几个日本兵拿出纸笔来画了许多小花，然后把那纸条捻作一团，丢来丢去，又各自拿了一份拆开来看，很像我们中国人的猜纸谜卜吉凶。他们又大声地唱着歌，声音很凄凉，忽而又很快乐。我不明白他们的意思，就去问屋恭卡希。

“樱花哪，”他笑着回答说，“想要樱花时节到家哪。”

“那是个很有趣的时节吗？”

他点点头，用笔画了一朵小花给我看，随后他又写了几个字告诉我：“美丽，出名，年年赏玩，年年团圆。”

我不很明白他们的风俗，但猜想起来好像我们中国人过年那样的隆重吧，要是真的，那才叫离别的人悲伤得死，叫团圆的人快乐得发狂哩！看他们一心一意都想在那时节赶回去，我也不禁暗暗给屋恭卡希高兴了。

“回去了！回去了！”他高高地擎着我的孩子叫着说，颇有点恋恋不舍的样子。

第三天，他买了不少的糖果和玩具来送给我的孩子。第四天，他没来。第五天晚上，他来了，和五个日本兵一道。他们都像要哭出来了似的，一句话也不说，只是喝酒，一直喝到大醉。我知道事情有点变化了，走过去问他说：

“你们后天回家去了吗？”

他没有回答，只摇了一摇头。过了半天，他忽然冲出去了，那几个同来的人都止不住他，叫着跟了去……

从此他不再到我店里来。他的同伴过一天开到九江去了，屋恭卡希就在那天晚上自杀的，他的灵魂在樱花节前赶到家里去了。

唉，想起来真可怜，我们都给他流眼泪……他的死，更使我想对逼迫屋恭他们万恶的日本军阀报仇了……